Albrecht Thoma
Doktor Martin Luthers Leben

SEVERUS Verlag

Thoma, Albrecht: Doktor Martin Luthers Leben. 2017
Neuauflage der Ausgabe von 1917
ISBN: 978-3-95801-717-7

Korrektorat: Julia Neumann
Satz: Julia Neumann

Umschlaggestaltung: Annelie Lamers, SEVERUS Verlag

Bibliografische Information der Deutschen Nationalbibliothek: Die Deutsche Nationalbibliothek verzeichnet diese Publikation in der Deutschen Nationalbibliografie; detaillierte bibliografische Daten sind im Internet über https://dnb.de abrufbar.

Der SEVERUS Verlag ist ein Imprint der Bedey & Thoms Media GmbH, Hermannstal 119k, 22119 Hamburg

---

SEVERUS Verlag, 2017
http://www.severus-verlag.de
Gedruckt in Deutschland
Der SEVERUS Verlag übernimmt keine juristische Verantwortung oder irgendeine Haftung für evtl. fehlerhafte Angaben und deren Folgen.

Albrecht Thoma

Doktor Martin Luthers Leben

Inhalt

Vorwort 3

Erstes Kapitel
Vom Martinstag, und wie Martin Luther geboren und
erzogen ward 5

Zweites Kapitel
Von Schule und Kirche, wie es darin aussah, und wie
es Luther darin erging 13

Drittes Kapitel
Martin Luther studiert 18

Viertes Kapitel
Wie Luther ins Kloster kam und wie er's da trieb 28

Fünftes Kapitel
Wie's Luther in Wittenberg und zu Rom ging 48

Sechstes Kapitel
Tezel und Luther, das ist vom Ablasskram und den
95 Thesen 62

Siebentes Kapitel
Von mancherlei Disputationen: Streit-, Friedens-
und Siegesgesprächen; ingleichen was Luther und
der Papst voneinander hielten 78

Achtes Kapitel
Von allerlei Schriften Luthers und des Papstes 94

Neuntes Kapitel
Wie Luther vor Kaiser und Reich in Worms stand 106

Zehntes Kapitel
    Luther auf der Wartburg...121

Elftes Kapitel
    Wie es derweilen in Wittenberg zuging, und wie
    Luther die Schwärmer dämpfte...129

Zwölftes Kapitel
    Reformation und Revolution 141

Dreizehntes Kapitel
    Von Luthers Heirat und häuslichem Leben......................158

Vierzehntes Kapitel
    Wie Luther in Sachsen Visitation hielt und
    Kirchen und Schulen reformierte...174

Fünfzehntes Kapitel
    Wie die Evangelischen protestieren und Luther
    und Zwingli disputieren 182

Sechzehntes Kapitel
    Was Luther auf der Koburg machte und der
    Reichstag in Augsburg 188

Siebenzehntes Kapitel
    Die Wiedertäufer in Münster, der Papst in
    Wittenberg und Luther in Schmalkalden..........................205

Achtzehntes Kapitel
    Von Luthers Arbeiten, des Papstes „Nimmermehr-
    konzil" und der Ausbreitung der Reformation 216

Neunzehntes Kapitel
    Wie Luther stirbt..226

Letztes Kapitel
    Und wie er lebt 237

Vorwort

Doktor Martin Luthers Leben fürs deutsche Haus von D. Albrecht Thoma ist erstmals im Lutherjahr 1883 bei Georg Reimer in Berlin erschienen. Ehe der Verfasser selber das Lebensbild des Reformators für das Reformationsjubiläum 1917 neu bearbeiten konnte, wie er beabsichtigte, hat ihn Gott bald nach seinem 70. Geburtstage im März 1915 heimgerufen.

So hat sich seine Gattin entschlossen, das Buch in einer Volksausgabe für seine Schüler und Freunde neu zu beleben.

Der Verlag Georg Reimer hatte es in liebenswürdigster Weise freigegeben und hält es auch fernerhin zum Bezug in seiner ersten Form bereit.

Die Honorarbezüge und Überschüsse sollen der „Lutherspende" zufließen.

Bei der Durchsicht hat sich der Herausgeber auf die notwendigsten Änderungen beschränkt, im Übrigen aber den Thoma'schen Luther, „den wahren Christen, den rechten Deutschen, den großen Mann" als ein mit Meisterschaft und Liebe gezeichnetes Gesamtbild des Reformators unangetastet gelassen.

Möchte das Büchlein in dieser schweren Kriegszeit recht vielen zum Trost, zur Erhebung und Freude werden.

Oesingen (Baden), Oktober 1916.

Pfarrer Schneider.

Ein neues Lied wir heben an,
Das walt Gott unser Herre!
Zu singen was Gott hat getan
Zu seinem Lob und Ehre.
Zu Wittenberg im deutschen Land
Durch einen frommen Meister
Hat er sein Wundermacht bekannt,
den er mit seinem Geiste
Gar reichlich hat gezieret!

n. L.

Erstes Kapitel

Vom Martinstag, und wie Martin Luther geboren und erzogen ward

„Bis willkommen, du edler Gast!"
L.

Sankt Martin war ein milder Mann; er teilte nach der Legende seinen Mantel mit einem Bettler, das war aber der Herr Christus selber und so hat Martin den nackten Herrn der Christenheit bekleidet; so bringt er auch, oder brachte doch in der guten alten Zeit an seinem Namenstag einen fröhlichen Braten, die Martinsgans, das heißt für die, die's haben und machen können. Aber Martin ist auch ein gestrenger Heiliger und sein Namenstag ein gefürchteter bei Schuldnern und Zinsleuten: Martini ist der Termin für verfallene Kapitalien und Zinsen, er macht dem heiß, der an die Abrechnung denken muss, und seiner freuen sich nur diejenigen, die etwas zu fordern haben und längst darauf warten, weil sie's nötig brauchen und lange Zeit sich damit getröstet und darauf eingerichtet haben.

Solche Martinstage gibt es aber auch in der Weltgeschichte – und vor vierhundert Jahren ist einer gewesen. Der Papst und die römische Klerisei hat sich gütlich getan in der Welt, namentlich in der deutschen, sie hatten es und konnten es machen. Aber Hus, „die böhmische Gans", schon hat ihnen hundert Jahre früher einen Martinstag verkündet, einen Termin und Zahltag für alte Schulden und Sünden, die der Papst und sein Anhang begangen hatten, für die sie Abrechnung halten und Buße zahlen sollten; und diese Heimzahlung längst verfallener Forderungen heißt Reformation. Der Martin aber, der als ein strenger Heiliger und Kriegsmann mit dem scharfen Schwerte des Gotteswortes diese Forderung von dem bösen Schuldner eintrieb, der als milder Anwalt der Notleidenden und Bedrängten und eifriger Bischof die geistlich arme nackte Christenheit bekleidete und sich ihrer annahm: das war der strenge und milde Gottesmann Dr. Martin Luther.

Diesen Martin Luther, der ein geistgesalbter Knecht des Herrn und großer Heiliger gewesen ist wie nur irgendeiner; ein Held der Kirche und auserwähltes Rüstzeug Gottes, wie seit einem Jahrtausend keiner, ein Bischof und Seelenhirte für viele Geschlechter und Zeiten, den sollen wir kennen nach seinem Wesen und Leben, dass wir Gott für ihn preisen; seinen Gedächtnistag sollen wir feiern als einen großen Festtag, an dem wir uns erbauen und erfreuen, und das vierhundertste Geburtsjahr der Reformation als ein Jubiläum, an dem wir uns erheben und begeistern; wir evangelischen Christen alle in der ganzen Welt, deren geistiger Vater er ist; und wir deutsche Protestanten besonders, die ihn zum Landsmann und Volksgenossen haben. Denn er war ein deutscher Mann und Christ, deutsch von Geblüt und Gemüt: Fleisch von unserm Fleisch und Bein von unserm Bein; und auch von echtem deutschem Schrot und Korn, ein deutsches Gewissen und ein deutsches Herz schlug in seiner Brust. Darum können wir stolz auf ihn sein, dass er unser ist, und können an ihm uns erfreuen und erheben, denn er ist das beste und edelste Teil von unserm Wesen und Leben; ein Sohn Thüringens, welches das Herz ist in der Brust der edeln Jungfrau Europa. Eine Freude ist's von dem zu erzählen, eine Freude von dem zu hören und zu lesen, wie er gewesen ist, wie er gelebt und was er gewirkt hat.

Unmittelbar an der Pforte des Martinstages im Jahre 1483 am 10. November kurz vor Mitternacht kam in dem Städtlein Eisleben, das in einem Winkel des Thüringerlandes gelegen und nicht einmal so berühmt war wie Bethlehem Ephrata, das doch gar klein ist unter den Städten in Juda, ein Knäblein zur Welt, das erstgeborene Kindlein eines jungen Ehepaares. Die Eltern dachten nicht daran, dass aus ihrem Sohne einst ein berühmter Mann werden würde, mit dem der Papst und Kaiser einmal wie mit Ihresgleichen verhandeln müssten und dessen nach vierhundert Jahren viele Völker und Länder mit tiefstem Dank gedenken würden; wie es auch umgekehrt kommt, dass Vater und Mutter oft meinen und träumen, ihr mit Sammet und Seide geputztes Kind würde einmal wie Joseph in Ägyptenland ein großer Herr werden, vor dem sich Sonne, Mond und Sterne verneigen müssten; und wird schließlich ein Tagedieb daraus, der Gott und der Welt nichts nützt, oder ein Tagelöhner, von dem nach hundert Jahren kein Mensch und kein Buch mehr etwas weiß und sagt.

Das Knäblein wurde nach frommer christkatholischer Sitte noch selbigen Tags getauft und nach dem großen Heiligen des Tages Martinus genannt; hatte also einen berühmten Bischof und Kriegsmann zum Namens- und Schutzpatron. Von seinem Vater erbte er den Namen Luther, das ist so viel wie Lothar und bedeutet gleicherweise einen Heergewaltigen, einen Rufer im Streit, wie denn Luther nachher auch wirklich ein trefflicher Ritter des Geistes geworden ist. Es ist doch gut und schön, wenn ein Kind nach einem edeln Manne oder einer frommen Frau genannt ist, und also, ob es auch niedrig und arm ist, einen hohen und reichen Paten bekommt, von dem es etwas Besseres erhält als Geschenke an Weihnachten und Ostern, nämlich ein herrliches Muster und Vorbild und einen Schatz an Worten und Werken, an dem man auch zehren und sich erquicken kann, besser und länger als an Lebkuchen und Konfekt, oder an Geschmeide und Kleidern, – wer's versteht und daran denkt, dass auch Herz und Geist etwas haben muss, an dem es lebt und sich's wohltut.

Dieser Martin Luther war nun auch solch ein arm niedrig Büblein, dem es wohltun musste, dass es einen solch vornehmen Paten im Himmel hatte. Hans Luther, sein Vater, war ein Bauernsohn, von dem harten und oft knorrigen Stamm, aus dessen Holz der himmlische Baumeister viele der festesten Säulen am Bau seines Reiches in Kirche und Staat herauswählt und zurechtzimmert. Aber nicht ein großes, reiches Hofgut hat der Hans geerbt, denn in seiner Heimat Möhra ist das Feld moorig und nicht fruchtbar; das Dörflein war klein, hatte nicht einmal Kirche und Pfarrer, bot also nicht viel Gelegenheit zum Erwerb. Auch war Hans Luther der älteste Sohn gewesen und in seiner Heimat Möhra galt das Recht des Jüngsten. Der erbte also das Bauerngütlein des Vaters und da der Boden nicht mehr Haushaltungen ertragen mochte, so mussten die älteren Brüder ihr Brot anders verdienen, wenn sie selbständig sein und ein eigenes Hauswesen gründen wollten. Das aber wollte Hans Luther, denn er war eine von den freiheitliebenden Naturen, wie sie in Möhra und namentlich in dem großen Geschlechte der Luther häufig waren; auch hatte er ein liebes, kleines Frauele gefunden, Margarete Zieglerin, deren Eltern aus dem Frankenlande am Main herstammten, mit der wollte er leben und einen Hausstand stiften. Darum fing er's als Bergmann an und grub nach Kupfer in dem Schiefer bei Möhra. So ist der erste Grund gelegt worden, dass Martin Luther, der „eines Bauern Sohn und dessen Vater, Großvater und Ahnherrn rechte Bauern gewest sind", nicht auch einer wurde und etwa Schultheiß oder Oberknecht in Möhra, sondern der deutsche Reformator. Weil der Kupferschiefer in Möhra aber nicht ergiebig genug war, so verließ der handfeste unternehmende Hans Luther sein Vaterland und seine Freundschaft und seines Vaters Haus und zog mit seiner eben angetrauten Ehefrau nach dem Städtlein Eisleben, wo der Bergbau sehr in Schwung war, und da kam eben ihr erstgeborenes Söhnlein zur Welt, in einem fremden Hause, fast wie das Christkind in Bethlehem. Aber in Eisleben war es übersetzt mit Bergleuten, deshalb wanderte nach einem halben Jahre Hans Luther mit Weib und Kind wieder weiter nach Mansfeld, dem andern Bergstädtlein „der edeln berühmten Grafschaft", wo er besser sein Brot und Nahrung zu finden hoffte und auch Arbeit und Verdienst bekam.

Aber das hielt hart genug; die jungen Eheleute hatten einen schweren Anfang. Verdienst war zwar da durch strengen Fleiß und sparsames Zuratehalten von Hans und Grete; aber der Familienstand wuchs, zu dem einen Martin kamen noch Brüderlein und Schwesterlein hinzu, sechs oder sieben, sodass es in dem Hausstand des Mansfelder Bergmanns war wie in dem des Zimmermanns zu Nazareth, wo auch neben dem erstgeborenen Jesusknaben noch sechs bis sieben Geschwister heranwuchsen. Später kamen sie wohl vorwärts; immerhin galt's harte Arbeit von Vater und Mutter, fleißige Beihilfe aber auch von den älteren Kindern. Hans und Grete ließen es auch ihrerseits daran nicht fehlen. „Mein Vater", erzählte Martin Luther später, „ist ein armer Berghäuer gewest, die Mutter hat all ihr Holz auf dem Rücken eingetragen, damit sie uns Kinder erziehen konnte. Sie haben's sich lassen blutsauer werden; jetzt würden's die Leute nicht mehr so aushalten." Sie waren zähe und derbe Leute, wenn auch leibarme „kleine und kurze Personen, ein braunlicht Volk", hager von harter Arbeit am Schmelzofen und im Sonnenbrand. So schildert sie einer, der sie gesehen hat. Aber die Arbeit und Mühe und Sorge sieht man auch jetzt noch ihren Gesichtern an auf den Bildern, die auf der Wartburg von den beiden alten Lutherleuten hängen. Auch der junge Martin musste wacker mithelfen, das Hauswesen zu besorgen und die jüngeren Geschwister aufzuziehen samt seinem Bruder Jakob, der sein Lieblingsgeselle war; denn keinem schmeckte ohne den anderen Essen oder Spiel.

Streng waren die Eltern also gegen sich selbst um ihrer Kinder willen; streng waren sie aber auch gegen die Kinder. Diese Strenge aber sollte auch den Kindern selber gut tun, denn damals wurde noch stark auf kindlichen Gehorsam und Respekt gehalten, und es war noch kein so verzärteltes und empfindliches Geschlecht, wie es heutzutage Kinder und Erwachsene vielfach sind. Dazumal stak noch in jedem Hause die Rute hinterm Spiegel und man meinte nicht, dass es eine Unmenschlichkeit sei sie zu brauchen, sondern „dass es eine große Barmherzigkeit sei, dem jungen Volk seinen Willen zu beugen, ob's auch Mühe und Arbeit koste, und Drohungen und Schläge erfordere." So hat später der große Martin Luther gesagt, obgleich der Kleine die Rute stark zu fühlen bekam und die Mutter nicht etwa mit dem Apfel hinter dem Vater stand, wenn dieser die Rute handhabte, sondern ihn selber tüchtig abstrafte. Nein, der junge Martin wurde hart gehalten von Vater und Mutter, härter als manchmal gut und recht war, wie es ja jungen Eltern mit ihren ersten Kindern und jungen Schulmeistern mit ihren ersten Schülern zu gehen pflegt, dass sie meinen, sie müssten fleißiger und handgreiflicher erziehen und züchtigen, als die Kindernatur verträgt. So hat ihn einmal sein Vater so hart gezüchtigt, dass der Knabe ihm gram wurde und ihn floh, und sich nur mit Mühe wieder an ihn gewöhnte; und die Mutter hat ihn einmal wegen einer Nuss blutig geschlagen. Das ist aber nicht die Regel gewesen; denn sonst hätte sich der Vater nicht wieder um die Zuneigung des Söhnchens bemüht und hätte dieses sich auch nicht wieder an den Vater gewöhnt.

„Sie haben eben die Geister nicht zu unterscheiden gewusst, wonach die Züchtigung zu bemessen ist." So hat er selbst später die heftige Härte der Eltern erklärt, denn er wusste und sagte es auch: „Sie haben's herzlich gut gemeint." Und die strenge leibliche Strafe für seine kleinen Sünden und Fehler hat ihn auch stark und zäh gemacht am Leib und Willen, aber empfindsam am Gewissen, dass er gar gut und nur zu gut zu unterscheiden wusste, was gut und böse war. Also umgekehrt, wie es manchmal auch bei zu strenger Zucht geht, wo die Kinder hartschlägig werden am Herzen und Gewissen. Seinen Eltern hat Luther ein gar gutes, dankbares Andenken bewahrt, und als er ein berühmter Mann war, ihnen Ehre und Liebe erzeigt auf mancherlei Weise bis in ihren Tod.

Doch Schläge und Schelte waren nicht die einzigen Erziehungsmittel bei Martin Luther, wie es in so manchem andern Hause ist; er sah und hörte noch anderes. Oft hat Hans Luther am Bette seines Martin gestanden und gebetet, und sonst auch draußen in Feld und Wald mit ihm vom himmlischen Vater geredet; und die Mutter, der er an Gesicht und Haltung so ähnlich sah und von derer einen Teil Mutterwitz erbte, hat ihm Gotteserkenntnis und Gottesfurcht eingeflößt; beide Eltern aber gaben ihren Kindern, was das Wichtigste ist, das Beispiel und Vorbild eines ehrsamen frommen Wandels. Den bezeugt Melanchthon, der sie sah, mit Worten und Luther selbst mit der Tat durch die hohe Achtung und Verehrung, die er seinen Eltern immer erwies. Es ist ein gesegnetes Kind, dem Gott solche Eltern schenkt und mehr wert als in Reichtum und Glanz aufzuwachsen und in glücklicher Bequemlichkeit. Übrigens waren die Eltern Martins keine griesgrämigen Leute; Vater und Mutter hatten eine gute und frohe Laune, und diese führte ein Liedlein im Munde, wenn sie Verdruss erfahren hatte; das sang sie auch ihrem Martin an der Wiege, dem es Gott fügte, dass er's später hat auch singen müssen, wie er sagt, nämlich: „Mir und dir ist niemand hold, das ist unser beider Schuld."

So wuchs der junge Martin auf in dem Bergwerkstädtlein des rauen ernsten Harzer Hügellandes, half der Mutter Holz suchen im schattigen Wald, oder spielte an dem klaren Bach, der munter in dem engen Tal durchs Städtlein rauschte; sah dem emsigen Arbeiten der Bergleute zu, die aus den dunkeln Tiefen das Erz förderten und in flammenden Öfen schmolzen, oder dem bunten ritterlichen Treiben droben auf der stattlichen Grafenburg, die die Stadt überragte; lauschte in den Spinnstuben den Historien und Märlein von Markolf, Eulenspiegel, Dietrich von Bern, aber auch den Teufels-, Gespenster- und Hexengeschichten, die unter den Bergleuten immer, und zu jener Zeit ganz besonders sehr im Schwange waren; denn als Luther vier Jahre alt war, ließ die Kirche ein Gesetz ausgehen wider die bösen Hexen und Zauberer; oder der kleine Martin tummelte sich mit den Mansfelder Bergmannsbuben, den „Harzlingen", bei denen das Sprichwort galt: „Wer schlägt, wird wieder geschlagen." Doch die „Möhrlinge" aus Möhra waren bekannt dafür, dass sie auch nicht feig und verzärtelt wären; und so hat sich der kleine Martin Luther mit dem kriegerischen Doppelnamen wohl auf seine späteren Fehden einüben und vorbereiten können zum tapferen Kriegsmann, hat aber daneben doch allezeit die „Harzlinge" gerne gehabt als seine Landsleute und seines lieben Vaters „Schlägelgesellen".

Zweites Kapitel

Von Schule und Kirche, wie es darin aussah, und wie es Luther darin erging

Ach Gott vom Himmel, sieh darein,
Und lass es dich erbarmen!
Wie wenig sind der Heil'gen dein,
Verlassen sind wir Armen.
Dein Wort man nicht lässt haben wahr,
Der Glauben ist erloschen gar
Bei allen Menschenkindern.
L.

Als der junge Martin sieben Jahre alt war, schickte ihn sein Vater auch in die Schule, die es in Mansfeld gab. Das Schulhaus lag oben auf dem Berg und der kleine Martin wurde die steilen Gassen oftmals hinaufgetragen von einem stärkern Kameraden, der nachher sein Schwager wurde und dem es Luther noch als alter Mann gedachte, indem er es „dem guten alten Freunde" in seine Bibel schrieb. In dieser Schule lernten die Kinder lesen, schreiben, singen und einige lateinische Brocken, ohne Sinn und Verstand. Gern hätte Martin etwas gehört von den Poeten und Historien der alten Römer, dafür aber musste er Merkverse aus einem lateinischen Kalender hersagen. Am liebsten noch waren ihm die Gesänge, lateinisch und deutsch, „feine Lieder", die sie in der Schule sangen und die namentlich der junge Martin „fleißig und schleunig lernte" mit seiner guten Begabung für Musik und Gesang, auch Psalmen, item die Hauptstücke des Katechismus: Vaterunser, Glauben und Zehngebote wurden gelernt. Wie es aber in dieser Schule und andern zu Luthers Jugendzeit zuging mit Lehre und Zucht, daran dachte Martin Luther noch dreißig Jahre später mit Schrecken. Nur die Worte wurden auswendig gelernt, aber nichts getan, dass es auch verstanden ward. Und so hart habe man die Jugend halten, dass sie wohl Märtyrer zu heißen gewesen wären, und die Schulmeister Tyrannen und Henker; dazu wurde mit manchen Dingen die Zeit unnütz zugebracht und mancher geschickte Kopf „mit Poltern, Stürmen und Schlagen" verderbt. Denn da wurden die armen Kinder „ohne Maß und Aufhören gestäupet, lernten mit großem Fleiß und unmäßigem Eifer, aber mit wenigem Nutzen." „Eine Hölle und ein Fegfeuer war unsere Schule, darinnen wir gemartert wurden und doch nichts denn eitel nichts gelernt haben durch so viel Stäupen, Zittern, Angst und Jammer. Da hat ein Knabe müssen zwanzig Jahre und länger studieren und hat nur soviel böses Latein gelernt, dass er mocht Pfaff werden und die Mess lesen; ist aber ein armer, ungelehrter Mensch sein Lebtag geblieben, der weder zum Glucken noch zum Eierlegen getaugt hat." „Solche Lehrer und Schulmeister haben wir gehabt, die selbst nichts gekannt und nichts Gutes noch Rechtes haben lehren können, ja auch die Weise nicht gewusst, wie man lehren und lernen soll." So ist Martin selbst eines Vormittags fünfzehnmal „gestrichen" worden, und zwar unschuldig, weil er Regeln hersagen sollte, die man ihn nicht gelehrt hatte.

In der Kirche ging es wie in der Schule. Prediger, die das Gotteswort erklärt oder auch nur vorgebracht hätten, habe es gar nicht gegeben; ja manche Geistliche haben selbst die Hauptstücke des christlichen Glaubens nicht recht gewusst. „Das ward allein gelehrt und getrieben: Rufe die

Jungfrau Maria und andere Heiligen an als Mittler und Fürsprecher; faste und bete; laufe zur Wallfahrt, oder ins Kloster und werde ein Mönch, oder stifte so und so viel Messen. Und haben gewähnet, wenn wir solches täten, so hätten wir den Himmel verdienet."

„Das war die Zeit der Blindheit, da wir von keinem Gotteswort nichts wussten, sondern nur von menschlichem Tand und Träumen. Die Prediger fuhren, nachdem sie den Text des Evangeliums gelesen hatten, dahin ins Schlaraffenland: einer predigte aus den Büchern von heidnischen oder christlichen Weltweisen, ein anderer aus päpstlichen Erlassen, einer predigte von Heiligen oder einem Mönchsorden; der von blauen Enten und jener von Hühnermilch, wer kann's alles aufzählen, das Ungeziefer!" Der Name Jesus wurde fast gar nicht auf der Kanzel ausgesprochen, außer in den Passionspredigten. Wie aber diese beschaffen waren, davon gibt Luther auch ein Pröbchen. „Die Passionsprediger hielt man für die besten, die sich, sonderlich die Mönche, darauf gaben, wie sie es recht kläglich machen und die Leute zum Mitleiden und Weinen bewegen könnten. Derhalben hörte man in solchen Predigten nichts denn ein Judengeschelte auf der Juden verstockte Bosheit und von den Schwertern, die der hl. Jungfrau durchs Herz gedrungen wären und wie sie geweinet und kläglich von ihrem Sohne geschieden; damit brachten sie schier das Ganze, oder doch beste Teil der Predigten zu. Wenn man aber Christi Leiden predigte, so hat man's gar nicht unterschieden von den Leiden der andern Heiligen, und nicht angezeigt, wie uns damit gedienet ist und wir desselben genießen sollen."

Das mochte wohl alles mehr schauerlich als erbaulich, teilweise auch mehr ergötzlich für junge Knaben sein als heilsam. So wusste die Kirche auch die Kinderseelen an sich zu locken und zu unterhalten durch Legenden, die

Luther nachher im Zorne „Lügenden" hieß, durch Prozessionen und „allerlei Gaukelspiel". Da haben die Mansfelder Buben und Mägdlein, natürlich auch Martin Luther, mit Stolz und Freude die Fahnen getragen und Kerzen mit Sträußlein am Hut und Kränzlein auf dem Kopf, was ihnen gar wohl gefallen hat. Und an den Heiligen, sonderlich der Jungfrau Maria und ihrer Mutter, der hl. Anna, der Schutzpatronin der Bergleute, und dem Drachentöter Ritter Sankt Georg, dem Heiligen von Mansfeld, dessen Bild der junge Martin täglich über der Pforte sah und mit Hutabziehen begrüßte, wenn er in die Schule ging – an diesen Heiligen, deren Gestalten den empfänglichen Kindergemütern durch Legenden, Gebetlein, Lieder und Bilder so glänzend und farbig eingeprägt waren, hing Luther so sehr, dass er später sagte: „Es ist mir aus der Maßen sauer geworden, dass ich mich von den Heiligen losgerissen habe."

Außer dem Locken und Trösten verstand die Kirche aber auch und noch viel besser das Erschrecken und Angstmachen. Luther erzählt: „Ich wurde von Kindheit auf so gewöhnt, dass ich erblassen und erschrecken musste, wenn ich den Namen Christi nur nennen hörte; denn ich war nicht anders unterrichtet, als dass ich ihn für einen gestrengen und zornigen Richter hielt. Denn wir waren alle dahin gewiesen, dass wir selbst müssten genugtun für unsere Sünden, und Christus am jüngsten Tage würde Rechnung von uns fordern, wie wir die Sünden gebüßt und wie viel gute Werke wir getan hätten. Und weil wir darin nimmer genug tun konnten – es blieben immerdar eitel Schrecken und Furcht vor seinem Zorn – so wiesen sie uns weiter zu den Heiligen im Himmel, als die da sollten Mittler sein zwischen Christo und uns, lehrten uns die liebe Mutter Christi anrufen, dass sie wolle abbitten und Gnade erlangen; und wo Unsere Liebe Frau nicht genug war, nahmen wir zu Hülfe die Apostel und andere Heiligen, bis wir kamen auf die Heiligen, von denen man nicht weiß, ob sie heilig sind, so der mehrere Teil nie gewesen sind: St. Anna, Barbara, St. Christoph, St. Georgen. Die mussten alle zu Fürbittern und Nothelfern angerufen werden. Ich habe mich nie können einmal meiner Taufe trösten, sondern immer gedacht: O wie willst du einmal fromm werden und genugtun, dass du einen gnädigen Gott kriegest? So wurde statt der Freude, euch ist heute der Heiland geboren, das höllische Feuer gepredigt. Das war die Zeit der Blindheit, da wir uns und andere in Jammer geführt haben; und ich derselben einer gewest bin, der in diesem Schweiß- und Angstbade wohl gebadet habe."

So ist der arme Martin Luther im Hause, noch mehr aber in Schule und am allermeisten in der Kirche in Angst und Schrecken gejagt worden; mit Angst gemartert wurde sein Verstand, mit Angst seine Phantasie, mit Angst auch sein Gemüt; er war nicht leichtsinnig und oberflächlich, um sich zu trösten und zu helfen durch Beicht und Buße, durch Rosenkränze und Prozessionen, sondern sein Herz blieb erschrocken, er bekam und erhielt ein „blödes Gewissen", und das hat ihn nachher auch ins Kloster getrieben. Er hat es erfahren und selber ausgesprochen: „Wo eine solche Furcht in der Kindheit bei einem Menschen einreißet, die mag schwerlich wieder ausgerottet werden sein Leben lang."

Drittes Kapitel

Martin Luther studiert

Gott selbst vom Himmel sah herab
Auf aller Menschen Kinden,
Zu schauen sie er sich begab,
ob er würd' jemand finden,
Der sein' Verstand gerichtet hätt',
Mit Ernst nach Gottes Worten tät
Und fragt nach seinem Willen.

Do war niemand auf rechter Bahn,
sie war'n all ausgeschritten,
Ein jeder ging nach seinem Wahn
Und hielt verlorne Sitten,
Es tät ihr keiner doch kein gut,
Wiewohl gar viel' betrog der Mut,
Ihr Tun sollt Gott gefallen.

L.

Martin Luther war jetzt vierzehn Jahre alt, hatte die Mansfelder Schule durchgekostet und wäre nun nach dem gewöhnlichen Laufe der Dinge wie sein Vater Schieferhauer und Ratsmanm, vielleicht gar Bürgermeister oder „Talherr", wie man dort sagte, geworden; und wenn er zeitlebens in Mansfeld geblieben wäre, so hätte er gar enge Gedanken behalten von der Welt, von Staat und Kirche, und hätte den Druck des Gewissens und die Herrschaft der

Kirche vielleicht auch ertragen, wie viele tausend frommer Christen in Stadt und Land.

Aber Gott und sein Vater hatten andere Dinge vor mit dem Knaben Martin. Der hatte einen feinen Kopf bekommen, den ihm auch die Mansfelder Schule nicht vernageln und verschlagen mochte. Deshalb wollte ihn auch sein Vater etwas Tüchtiges lernen lassen, und dachte nicht, wie mancher gemeine Geizhals, der da spricht: „Ha, wenn mein Sohn deutsch schreiben, lesen und rechnen kann, so kann er genug." Sondern er dachte, wie später sein Martin: „Lass deinen Sohn getrost studieren, so gibst du unserm Herrgott ein fein Hölzlein, da er dir einen Herrn aus schnitzen kann. Es wird doch dabei bleiben, dass gemeiner Leute Kinder werden die Welt müssen regieren, beide in geistlichem und weltlichem Stande."

Freilich meinte er auch nicht, es müsse erzwängt sein, dass jedes Kind, auch wenn es kein einziges Talent hat, geschweige denn zwei oder fünf, absolut studieren müsse, weil das vornehmer sei, denn Hans Luther ließ nur seinen Erstgeborenen studieren, weil der das Zeug dazu hatte und nicht etwa weil der Vater das Geld dazu hatte. Allerdings erging es jetzt Hans Luther besser, Gott hatte ihn mit fünf Schmelzfeuern gesegnet, die er vom Grafen in Pacht hatte, denn dieser hielt große Stücke auf den zugezogenen Bergmann, und schon nach sieben Jahren ward Hans Luther von seinen neuen Landsleuten zum Ratmann gewählt, obwohl er doch als ein Fremdling in die Stadt eingewandert war.

Also tat Hans Luther seinen Sohn im vierzehnten Jahr auf die lateinische Schule nach Magdeburg, die besser war als die in Mansfeld, und zwar in Gemeinschaft mit dem Sohne des Mansfelder Bergvogts, Johannes Reinicke, der später auch Hüttenmeister in Mansfeld wurde und dem Luther ein guter Geselle und Freund geblieben ist sein Leben lang. Beide Väter haben für eine glückliche Reise und Schulzeit ihrer Söhne in der Mansfelder Kirche zwei neue Altäre weihen helfen lassen und an ihnen Messe gehört. Es war aber Magdeburg eine sehr große und berühmte Stadt, daselbst war ein Erzbischof, viele Priester und Mönche, ein berühmter Dom, Kirchen und Klöster, auch mehrere gelehrte Schulen. Martin Luther kam aber nicht in die Klosterschule zu den Franziskanern, sondern er ging in die Domschule, an der auch die „Nullbrüder" unterrichteten, das war ein Verein von frommen Geistlichen und Laien, die unter sich und im Volke das Seelenheil und einen gottseligen Wandel pflegten durch Predigt und Schulhalten. Seine Unterkunft fand er wohl in einem bescheidenen Bürgerhaus.

In Magdeburg war damals Erzbischof der Bruder des frommen und weisen Kurfürsten Friedrich von Sachsen; der Erzbischof hielt in seiner Geistlichkeit auf gute Zucht, förderte die Wissenschaften und den Wohlstand der Stadt. Auch die Klöster hatten tüchtige Häupter und Glieder. Der greise Vorsteher des Augustinerklosters sagte oft zu seinen Klosterbrüdern: „Die Kirche bedarf einer großen und starken Reformation und ich sehe, dass sie nahe herbeigekommen ist." Daher sah der junge Mansfelder in der Bischofsstadt die Kirche und ihre Geistlichen von einer andern und guten Seite. Freilich auch ihre Macht auf die Gemüter lernte er da kennen. Und einen Anblick hat er damals gehabt, den er sein Lebtag nicht vergessen konnte und lange nachher einmal erzählte. „Ich hab mit eigenen Augen einen Fürsten von Anhalt gesehen, der ging in der Barfüßer Kappe auf der breiten Straß um nach Brot und trug den Sack wie ein Esel, dass er sich zur Erde krümmen musste, aber sein gesell Bruder ging neben ihm ledig, auf dass der fromme Fürst ja allein das höchste Exempel der grauen beschornen Heiligkeit der Welt einbildete. Sie hatten ihn auch so übertäubet, dass er alle andern Werk im Kloster gleichwie ein ander Bruder tat, und hatte sich also zerfastet, zerwacht und zerkasteit, dass er aussah wie ein Totenbild: eitel Bein und Haut; starb auch bald, denn er vermochte solch streng Leben nicht ertragen. Summa: wer ihn ansah, der schmatzte vor Andacht und musste sich seines weltlichen Standes schämen."

Zu solchen Leuten gehörte auch der junge Luther; er wurde durch solchen Anblick mit frommem Eifer erfüllt und wünschte auch so heilig zu werden, wie dieser Fürstensohn. Der alte Luther dachte aber anders und meinte nicht, dass alle Leute Mönche zu werden oder Stiftungen zu machen brauchen, und als ihn ein Pfarrer einmal bei einer Krankheit vermahnte, der Geistlichkeit etwas zu vermachen, hat er geantwortet: Ich habe viele Kinder, denen will ich's lassen, die bedürfen's besser."

Martin Luther gehörte in Magdeburg zu den Schülern, „die armer Leute Kinder sind, die sich aus dem Staub herausarbeiten und viel leiden müssen, nichts zum Stolzieren und Pochen haben, sondern sich drücken und stillschweigen, aber auf Gott vertrauen lernen und denen Gott auch gute Köpfe gibt." Was ihm sein Vater mitteilen konnte, war wenig und reichte nicht hin zum Unterhalt und zur Schule. So musste er derweilen „nach Brot gehen", wie es bräuchlich war bei armen Schülern, aber auch bei Kindern von Wohlhabenden, damit sie die Wohltätigkeit jetzt verspüren und später üben lernten; er hat „den Brotreigen gesungen" und vor den Türen sein *„Panem propter Deum!"*, das ist: „Brot um Gotteswillen!" gerufen. Auch „zur Leiche" hat er mit anderen Knaben gesungen; wie solches ja noch heute in manchen Städten üblich ist bei den Kurrentschülern oder Chorstiftsbuben. Darum sagte Luther später von solchen jungen Gesellen, man solle sie nicht verachten, denn er sei auch einer gewesen. Auch auf den Dörfern der

Umgegend zogen sie umher. So gingen sie einsmals, Luther mit noch andern Gesellen, zu der Zeit als in der Kirche das Fest von der Geburt Christi gehalten wird, auf den Dörfern von einem Haus zum andern und sangen in vier Stimmen die gewöhnlichen Lieder vom Kindlein Jesu geboren zu Bethlehem. Da geschah es von ungefähr, dass sie vor eines Bauern Hof kamen, so gar am Ende des Dorfes gelegen war; und da sie der Bauer singen hörte, kam er heraus und fragte mit grober, bäurischer Rede: „Wo seid ihr Buben?" und brachte zugleich etliche Würste mit, die er ihnen geben wollte. Sie aber erschraken vor den barschen Worten so sehr, dass sie die Würste nicht sahen und alle miteinander davonliefen. Endlich aber rief sie der Bauer wieder, sie legten die Furcht ab, liefen herzu, und empfingen die „Parteken", Brotstücke, die er ihnen reichte. Das erzählte Luther selbst und setzt hinzu: so furchtsam seien sie gewesen vom täglichen Dräuen und der Tyrannei in der Schule zu Mansfeld; und meint, so gehe es uns blöden Menschen mit Gott, wenn der uns etwas Gutes tun wolle, so fürchten wir uns und laufen ihm davon.

In Magdeburg blieb Martin Luther nur ein Jahr. Dann tat ihn sein Vater nach Eisenach, einer kleinen Stadt, bei der die Wartburg liegt. Dort lebten einige Vettern und Basen mütterlicherseits; die konnten aber gar wenig tun für den jungen Schüler, denn sie selber waren arm, nur einer, der Küster oder Mesner war, nahm sich des Vetters ein wenig an. So musste denn der Jüngling wieder „den Brotreigen" singen als Kurrentschüler. Aber eine „andächtige Matrone", eine vornehme Frau aus einem reichen Hause, Ursula Lotta, nahm sich seiner an, dieweil sie zu dem Knaben „um seines Singens und herzlichen Gebetes willen in der Kirche eine sehnliche Zuneigung trug." Da lernte nun der arme Bergmannssohn zum ersten Mal, was es heißt, ohne Sorgen und Druck leben in einem behaglichen Haus an einem gutgedeckten Tisch, unter behäbigem Hausrat bei freundlichen heiteren Menschen, die nicht täglich mit des Lebens Not zu ringen hatten. Frau Lotta, feine „Wirtin", wie Luther sie nennt, war eine liebreiche Frau; sie führte den Spruch:

*Es ist kein lieber Ding auf Erden
Als Frauenlieb, wem sie mag werden.*

Den Spruch hat nachher Luther als Randbemerkung zu Sprüche 31,10 gesetzt. In ihrem Hause sang Luther, lernte, wie's heißt, die Flöte, später auch die Laute, und taute auf aus seiner Schüchternheit und Erschrockenheit, denn er war von Natur ein fröhlicher munterer Geselle.

Auch an die Schule zu Eisenach hat Luther später gerne gedacht. Der Rektor oder „Schulmeister" hieß Trebonius; wenn der in die Schulstube trat, nahm er sein Käpplein ab und grüßte seine Schüler höflich, indem er sagte: „Es sitzet unter diesen jungen Schülern mancher, aus dem Gott einen ehrenhaften Bürgermeister oder Kanzler oder hochgelehrten Doktor oder Regenten machen kann." Dieser Schulmeister war aber auch ein gelehrter, sprach- und lehrkundiger Mann, auch Poet. Bei ihm lernte Martin Luther tüchtig Latein, was ja das Vornehmste und Wichtigste für einen Gelehrten damals war, und zwar lateinisch reden, schreiben und dichten. Er eilte seinen Schulgenossen voraus. Unter einem so milden und kundigen Lehrer, „da hat er nun erst gemerkt, wie ein lieblich Ding es wäre um die Lehre und hat aus Begierde mehr zu lernen Lust zur hohen Schule bekommen, der Brunnenquelle aller Weisheit."

Zu einem solchen Brunnquell der Weisheit konnte nun der junge Luther nach vier Jahren ziehen. Seine Eltern waren mittlerweile auch so von Gott in ihrem Wohlstand gefördert worden, dass sie ihn auf einer Hochschule von dem Segen ihres löblichen Berggutes zur Not erhalten konnten und auch nach Kräften unterstützen, wie Martin selbst bekennt: „Mein lieber Vater hat mich mit aller Liebe und Treue auf der hohen Schule gehalten und durch seinen sauren Schweiß und Arbeit dahin geholfen, wohin ich gekommen bin." Er wurde nach Erfurt gesandt, denn das war nicht nur die nächste, sondern auch die beste Universität, die so berühmt war, dass alle andern dagegen nur als Abc-Schützen-Schulen angesehen wurden und ein Spruchwort aufkam: „Wer recht studieren will, der ziehe nach Erfurt." Auch sonst war Erfurt als reiche Stadt und durch viele Kirchen und Klöster berühmt. Und der Martin Luther wollte recht studieren, darum zog er im Jahre 1501 nach Erfurt und wurde ein Student.

Wenn man das Wort Student hört, so stellt man sich in der Regel einen jungen flotten Menschen vor, der eher alles andre ist als fleißig und eher alles andre treibt als studieren, wovon er doch den Namen hat. Warum? Ein Student ist ein junges Blut, hat darum einen frischen leichten Sinn, findet um sich heitre Gesellen die Menge, ist aus dem engen Zwang der Schule entflogen, und fühlt sich jetzt in der Freiheit, wie der Vogel, der aus dem Käfig ist, und denkt bald genug wieder in das Joch der Arbeit und des Amtes zu kommen, will also frohen Mutes sein Leben genießen; wer will's ihm verargen? Ja, wer wollte es tadeln und begehren, dass einer in seiner Jugend ein Sauertopf sei und Kopfhänger? Wenn er's nur nach seinen Mitteln tut mit Maßen und in Ehren und Gottesfurcht; dann ist die Jugendfreude ein schöner Mai, der die Blüte hervorlockt, welche der heiße Sommer des Mannesalters zu Früchten reift. Luther selber sagt, als er später ein ernster gesetzter Mann war und Arbeit und Sorge genug hatte: „Ein junger Mensch soll fröhlich sein, soll sich selbst nicht fressen oder martern mit Angst und beißenden Sorgen, die ihm seine Kräfte verzehren und den Saft seines Lebens aussaugen. Hebe nicht frühe an, dich zu plagen. Wenn das Alter herankommt und allerlei Sorgen und Geschäfte vorfallen, so werden auch Sorgen und allerlei Jammer genug folgen."

So war Luther auch als Student „ein hurtiger und fröhlicher junger Geselle", wie sein späterer Freund und Schüler sagt, trug den Degen an der Seite, wenn er ausging, schlug im Kreise munterer Gesellen die Laute und war gern bei einem Trunk in witzigem Gespräch mit guten Freunden. Dabei aber war er äußerst fleißig, verschlief oder versäumte keine Lektion, fragte gerne seine Professoren und besprach sich in Ehrerbietung mit ihnen, repetierte oftmals mit seinem Gesellen, der auf seiner Kammer mit ihm wohnte, und wenn nicht öffentlich von den Professoren gelehrt wurde, so las er für sich in Büchern, die der Universitätsbücherei gehörten. Er las Cicero den Redner, Virgil den Poeten und Livius den Historienschreiber. Dabei sah er weniger auf die schöne feine Form der Sprache, wie die Anhänger der damals aufblühenden Altertumswissenschaft, die „Humanisten", als vielmehr auf den Inhalt, den Sinn und Geist der Schriften, um heilsame Lehren und Vorbilder daraus zu schöpfen. Vor allem aber studierte er Philosophie, wie es jeder musste, der die Rechte oder die Gottesgelehrsamkeit betreiben wollte. Damit wurde das Denken geübt und geschärft, wie es nötig war für die spitzen und oft spitzfindigen Unterscheidungen der damaligen Gottes- und Rechtsgelehrten; da fand Luthers scharfer Verstand aber auch Beschäftigung zu grübeln über die letzten Gründe des Seins und die Gesetze des Lebens. Auch übte er sich im Disputieren auf Lateinisch, denn solche Rednerturniere waren damals sehr im Schwang, sind auch von Luther zum Teil geliebt und geübt worden. Und ob er wohl nicht geistlich studieren sollte, so fing er doch alle Morgen sein Lernen mit herzlichem Gebet und Kirchengehen an, wie denn dies sein Sprichwort gewesen: „Fleißig gebetet ist über die Hälfte studiert." Freilich die Weltweisheit, die er damals studieren musste, war vielfach nichts als Spitzfindigkeit; es „herrschte der verdammte Brauch, die Jugend wie die Lehrer mit Eiden zu verstricken und ihr Gewissen zu martern, nichts zu lernen und zu lehren, das wider die römische Kirche sei, aber es ist eine nützliche heilsame Lehre vorhanden gewesen, und die liebe christliche Lehre verdunkelt mit verdrießlicher unnützer Sophisterei; darinnen viele treffliche Talente sind verwirret und gehindert worden, dass sie zu keiner nützlichen Frucht haben kommen können. Den Heiden Aristoteles aber hielt man in solchen Ehren, dass wer ihn verneinte oder ihm widersprach, der ward zu Köln (der berühmten Universität) für den größten Ketzer gehalten und verdammt – und haben dabei den Aristoteles nicht einmal verstanden." Die christliche Lehre war ganz vergessen, sodass Luther „in Erfurt nicht eine rechte christliche Lektion oder Predigt zu hören bekam." Auch meinte er lange, es gebe nichts von der Bibel als die Texte, die am Sonntag verlesen wurden, und sah, als er eine zur Hand bekam, „mit größter Verwunderung, dass viel mehr darin stände; und wünschte, unser getreuer Gott wolle ihm dermaleinst auch ein solch Buch eigen bescheren."

Doch war es gut, dass Luther in die Künste der Gelehrten eingeweiht ward, denn dadurch allein konnte er später seinen Gegnern widerstehen und sie überwinden. Er war auch darin so vortrefflich, dass er mit 22 Jahren ein glänzendes Examen machte und „Magister" wurde, das ist so viel wie Doktor der Philosophie, und von nun an selber darin lehren durfte und mit seinem Lehren die Bewunderung der Lehrer und Schüler erweckte; auch verdiente er sich damit etwas für seinen Unterhalt. Magister zu werden, das galt dazumal als eine große „Majestät und Herrlichkeit" und wurde mit solchem Gepränge gefeiert, dass

Luther später sagte: „Ich achte, dass keine zeitliche weltliche Freude ihresgleichen gewesen sei." Sein eigener Vater nannte ihn von da an „Ihr".

Das war die erste große Freude und Ehre, die Martin Luther seinen Eltern machte, aber auch die letztes – auf lange Zeit hinaus wenigstens. Sein Vater und seine Verwandten hatten Großes mit ihm vor. Er könnte seine Gaben, meinten sie, am besten als Rechtsgelehrter anwenden. Hans Luther wollte, „sein Sohn solle ihm einmal Ehre machen in weltlichen Ämtern und Würden und er gedachte ihm reich und ehrenvoll zu freien; er wünschte keineswegs, dass er Bischof, Pfaff oder Mönch würde, um versorgt mit fremden Gütern wohlzuleben und gute Tage zu haben, statt mit eigner Mühe sich zu ernähren." So musste denn Martin Luther die Rechte studieren statt der Gottesgelehrsamkeit, nach der er Verlangen trug, und sich ein *Corpus juris*, das ist die Rechtsbibel, anschaffen statt einer heiligen Biblia, wie er gewünscht hatte.

So war Martin Luther daran, ein Advokat zu werden, oder ein Richter oder Kanzler. Da hieß es nicht lange nachher eines Tages, der Magister Luther sei ins Kloster getreten.

Wie war das zugegangen?

Viertes Kapitel

Wie Luther ins Kloster kam und wie er's da trieb

> *Dem Teufel ich gefangen lag,*
> *Im Tod war ich verloren,*
> *Mein Sünd mich quälte Nacht und Tag*
> *Darin ich war geboren.*
> *Die Angst mich zu verzweifeln trieb,*
> *Dass nichts denn Sterben bei mir blieb;*
> *Zur Hölle musst ich sinken.*
>
> L.

Luther hatte als Student nicht nur Wissenschaft studiert, sondern auch über sein Seelenheil gegrübelt; er hatte sich nicht nur jugendlich heiter des Lebens gefreut, sondern auch männlich ernst des Todes gedacht; er hatte jetzt nicht nur sich für seinen künftigen Lebensberuf zu entscheiden und darauf vorzubereiten, er hatte auch über das ewige Leben im Jenseits nachgesonnen, musste sich hierauf entscheiden und vorbereiten.

Was auf der gelehrten Schule getrieben wurde, das konnte wohl seinen lebhaften Verstand beschäftigen, aber nimmermehr seinen Geist befriedigen; auf die tiefsten und größten Fragen, woran die Seele hängt und das Seelenheil, darauf fand er keine Antwort, kaum gestreift waren sie in den Lehrvorträgen der neuen Doktoren und den Schriften der alten, und nicht besser war's in Predigten der Geistlichen und den Postillen der Kirche. Noch immer und immer mehr war ihm Gott der Unnahbare, Unfassliche, Fürchterliche, Christus der schreckliche Richter; sein Gewissen wurde immer empfindlicher, seine Sünde immer schwärzer und schmerzlicher, die Heiligkeit, die ihm das Gesetz und die Kirche einschärfte, immer unerreichbarer. Von Vergebung wusste und vernahm er immer noch nichts, denn in der alten Kirche „da sah und hörte man nichts, was ein Herz in seiner Angst und Not hätte trösten und aufrichten können. Was gesungen, gelehrt und gepredigt wurde, wies von Verheißung der Sündenvergebung ab auf eigene Gerechtigkeit. Und es ist doch nichts schrecklicher als in Sünden sein und dennoch von Gnade nichts zu haben und zu wissen." „Oftmals schon hatten ihn, wenn er Gottes Zorn und schwere Strafgerichte ernstlicher bedachte, plötzlich solche Schrecken ergriffen, dass er darüber fast seinen Geist aufgab." „O wann wirst du einmal recht fromm werden und genug tun, dass du einen gnädigen Gott kriegest", sagte er sich immer und immer. Wenn er sich morgens die Hände wusch, hörte ihn sein Stubengenosse immer und immer wieder sagen: „Je länger wir uns waschen, desto unreiner werden wir." So wollte er bezweifeln an Gott und seiner eigenen Seele: „Verzweifeln aber macht einen Mönch!" sagt das Sprichwort, das Luther ein Wahrwort nannte, „denn aus Verzweiflung, dass sie sich sonst nicht getrauen, selig zu werden, werden manche geistlich."

Ein Jurist sollte er werden, wollten seine Eltern und Gefreunde; Ehre und irdisch Gut, Behagen und Freude sollte er erleben. Aber war dies zeitliche und weltliche Wohlleben auch förderlich für das ewige selige Leben? Die Juristen galten damals, wie sie's wohl vielfach waren, für schlechte Christen; und Luther wäre gerne ein guter Christ, zum wenigsten lieber ein Gottesgelehrter geworden; das Ewige und Geistliche stand ihm hoch über dem Zeitlichen und Weltlichen. Und er teilte auch die allgemeine Meinung und Lehre, dass der geistliche Stand der gottgefälligste, ja der allein wahrhaft christliche Stand und der sicherste Weg zur Seligkeit sei. Diese Meinung wurde dem Volke handgreiflich in einem Gemälde vor Augen gestellt, wie es Luther von Jugend an eingeprägt war und also von ihm beschrieben wird: „Da malten sie ein groß Schiff, das hieß die heilige Kirche. Darin saß kein Laie, auch Könige und Fürsten nicht, sondern allein der Papst mit den Kardinälen und Bischöfen vorne an und dem hl. Geist, die Pfaffen und Mönche zur Seiten mit Rudern und fuhren also dem Himmel zu. Die Laien aber schwammen im Wasser um das Schiff; etliche ersoffen, etliche zogen sich zum Schiff an Stricken und Meilen, welche ihnen die Väter aus Gnaden und Mitteilung ihrer guten Werke herauswarfen und ihnen halfen, dass sie am Schiff klebend und hängend mit gen Himmel kämen. Geistliche aber waren keine im Wasser, sondern nur Laien." Es hieß also: außer der Kirche kein Heil. Zur Kirche aber gehörten nur die Geistlichen; nur sie konnten heilig und selig werden. An Heiligkeit überragten aber alle die Mönche, deren Leben am meisten voll guter Werke und Ertötung des Fleisches war, von denen man darum sagte, dass sie „in der Geistlichkeit der Engel einhergehen" und nicht nur das Gesetz, sondern auch über Pflicht und Gebot „die evangelischen Ratschläge" befolgten. Also dachte Luther: „Wenn ich in ein Kloster gehe und in der Kappe und Platte Gott diene, so wird er mir lohnen und mich willkommen heißen."

Jedes tiefere Gemüt hat solche heilige Anfechtungen und trübe Gewissenskämpfe und fasst solche heilige Entschließungen und Gelöbnisse; am meisten aber in der Jugend, und besonders wenn ein neuer Lebensabschnitt eintritt, im 14. oder 21. Jahr, wo der Knabe zum Jüngling und der Jüngling zum Mann wird. Wenn er aber grade am tiefsten erregt ist, redet so einer am wenigsten davon und merkt man ihm nichts an. Kommt aber die Gelegenheit, eine äußere starke Veranlassung, so gibt sich das innere Grübeln kund in Bekenntnis und Gelübde; bei oberflächlichen und schwachen Naturen wird dies wieder verwischt und vergessen, aber tatkräftigere führen sie mit rascher Entschlossenheit und rücksichtsloser Begeisterung durch. So war es mit dem jungen Magister Luther in Erfurt. Er hatte sich von seinem Vater die Bücher zum Studium der Rechtswissenschaft kaufen lassen und bereitete sich mit Eifer auf seinen neuen Beruf vor und wäre wohl den Weg weiter gegangen, den sein Vater sich für ihn ausgedacht hatte: da ist Gott ihm in den Weg getreten.

Luther wurde damals krank. Ein alter Mann, der ihn besuchte, tröstete ihn: „Mein lieber, seid getrost, Ihr werdet dieses Lagers nicht sterben; unser Gott wird noch einen großen Mann aus Euch machen, der viele Leute wieder trösten wird. Denn wen Gott lieb hat und daraus er etwas Seliges ziehen will, dem legt er zeitig das heilige Kreuz auf, in welcher Kreuzschul geduldige Leut viel lernen." Er wurde auch wieder gesund, wie sein alter Freund gesagt hatte, aber als er genesen war und zu Ostern 1505 seine Eltern besuchen wollte, da schnitt ihm unterwegs im freien Feld sein Degen in die Hauptader am Fuß und er wäre beinahe verblutet, bis sein Freund den Arzt herbeibrachte. Kurz darauf wurde sein Freund plötzlich erschlagen. Das waren Vorbereitungen, aber die entscheidende Wendung gaben seinem Leben weder diese Ereignisse, noch die Anfechtungen, sondern eine „Erscheinung", ein Erlebnis, da er sich von Gott selbst gerufen meinte. Zu Mariä Heimsuchung suchte Luther auch seine Eltern heim als „junger Magister", „ging aber traurig einher", obgleich er so hoch geehrt ward. Als er nun wieder nach Erfurt zurückwollte, da überfiel ihn unterwegs ein schreckliches Gewitter, der Blitz fuhr vor ihm nieder und warf ihn zur Erde. Da rief er „mit Schrecken und Angst des Todes umgeben" wie Paulus vor Damaskus mit Zittern und Zagen: „Hilf, liebe Sankt Anna! Ich will ein Mönch werden!"

Das war das Gelübde Luthers; und obwohl es ein angstgezwungenes und gedrungenes war, so fühlte er sich doch in seinem Gewissen gebunden; und wenn es ihn auch schwer ankam und reuen wollte, als er wieder in Ruhe in Erfurt war, so setzte er es doch durch, und wollte „Gott den großen Gehorsam leisten", den dieser forderte. Er wusste, die Gelehrten, insbesondere seine Amtsbrüder, die Magister, würden den Mönch verspotten und seine Verwandten ihm gram werden und vor allem sein Vater ihm aufs höchste zürnen: aber er meinte, Gott mehr gehorchen zu müssen als den Menschen. Vierzehn Tage später lud er seine Freunde noch einmal abends bei sich zu Gaste und bat sie, jetzt fröhlich mit ihm zu sein, sie würden ihn in solcher Weise nicht mehr um sich sehen! Er griff auch selber zur Laute, um den Geist der Traurigkeit von sich und seinen Freunden zu vertreiben; denn diese waren bestürzt, als sie seinen Entschluss hörten. Vergeblich suchten sie ihn zurückzuhalten. Am andern Tag, dem Tage des hl. Alexius, gaben sie ihm unter Tränen das Geleite ans Tor des Augustinerklosters. Die Pforten öffneten sich und schlossen, wie er meinte, hinter ihm die Welt und das Leben ab, vor ihm aber den Himmel und die Seligkeit auf.

Luther hätte unter vielen Klosterschaften die Wahl gehabt, denn es gab gar mancherlei Mönchsorden damals mit wunderlichen Namen, wunderlicher Kleidung und wunderlicher Heiligkeit. Er ging aber unter die Augustiner, deren Schutzpatronin die hl. Anna war, welcher Luther sein Mönchstum gelobt hatte; sie waren am wenigsten verschrien als Ketzermeister oder Bettelmönche oder wegen Trägheit und Liederlichkeit; vielmehr übten sie das Predigen, auch wohl die Wissenschaft und Krankenpflege. Auch besaßen sie in Erfurt ein Kloster, das gar nicht übel berüchtigt war, und der Oberste der Augustiner in Thüringen und Meißen war ein trefflicher, frommer und gelehrter Mann; er hieß Johannes von Staupitz. Also trat Luther ins Augustinerkloster, ließ alles Weltliche und Eigene zurück, wie die jungen Menschen, wenn sie unter die Soldaten gehen, sogar seine Bücher bis auf zwei, schickte seine Kleider und seinen Magisterring seinen Eltern heim, zog die schwarze Kutte an mit dem weißen Skapulier darüber, dem Streifentuch, das über die Schulter und vorne weit herunterhing und das sanfte Joch Christi versinnbildlichen sollte; wenn er auf die Straße oder in die Kirche ging, trug er die Kappe oder Kapuze, daheim ein Lederkäpplein, an dem Kopfe waren ihm die vollen braunen Locken abgeschoren; dass bloß ein Kranz von Haaren blieb, das sollte die Dornenkrone Christi andeuten. Ein Jahr lang dauerte die Probe, ob er auch fähig sei für die drei Gelübde der Mönche, namentlich zum unbedingten Gehorsam. Also wurde der Neuling oder „Novize" dem Zuchtmeister übergeben, der hatte ihn anzulernen in der Möncherei und auch besonders dafür zu sorgen, dass er gehörig gedemütigt ward. Er musste den Unrat im Kloster ausfegen und mit dem Bettelsack auf dem Rücken in der Stadt und auf den Dörfern umher „terminieren". Da musste es ihm manchmal schwer ankommen, wenn ihm einer seiner Bekannten und Freunde begegnete und ihn, den Magister so sah, wie er betteln ging. Die „Brüder" im Kloster halfen ihn tüchtig schurigeln; denn das war der Brauch bei jedem Gewerbe damals, beim Lehrbuben im Handwerk, beim Lehrling des Kaufmanns, bei den „Schützen" in der Schule und so auch bei den Neulingen im Kloster, und wenn einer es überstanden hatte, so half er mit um so größerem Eifer einen andern hänseln. Als daher Luther eintrat, sagten sie schadenfroh zu ihm: „Wie uns geschehen ist, soll dir auch geschehen!" Vollends weil er ein Gelehrter war und mehr als sie, machten sie's ihm noch ärger und hatten ihre besondere Lust daran, den jungen Magister in Demut und Gehorsam zu üben: „Sie waren mir gram darum, dass ich studierte; sie meinten, studiert der Bruder, so wird er uns beherrschen", merkten also, dass Wissen Macht gebe. „Mit Betteln und nicht mit Studieren reichert man die Klöster", hieß es; „also mit dem Sack in die Stadt!" Aber das alles machte Luther nichts, er wollte es ja so haben, er wollte recht viel leiden und tragen und tun um seiner Seligkeit willen; darüber jammerte er nie: „Ich war ein Mönch ohne Klage." Er fühlte sich auch trotz dieser Dinge in der Anfangszeit in dem „geruhsam göttlich Leben" wohl.

Etwas ganz anderes als diese Quälereien war's aber, was er seines Vaters wegen zu leiden hatte. Der „wollte darüber gar toll werden", als er den Schritt seines Sohnes erfuhr; „er sagte mir alle Gunst ab und nannte mich wieder du." Denn seine Gelehrsamkeit und Würde hatte er abgestreift damit, dass er ins Kloster ging, alle Kosten und Mühen der Studien waren umsonst, denn ein Mönch konnte jeder werden ohne Talente und Studium, und schmerzlich wollte es den Vater ankommen, dass all seine schönen Pläne dahin seien und er und alle Verwandten und Bekannten konnten es fast nicht hinunterbringen, dass solche große Gaben sollten im Kloster vergraben werden. Sein Vater meinte auch, hinter dem geistlichen Stande stecke nur Gleisnerei und Büberei; und wenn es einer auch anfangs ernstlich meine, so wäre die Möncherei vielen gar misslich gelungen. Erst spät und mit Mühe und widerwilligem traurigen Herzen und Zweifeln ergab sich Hans Luther darein, als ihm zwei Söhne an der Pest starben und auch Martin ihm totgesagt wurde. „Es gehe hin!", seufzte der alte Mann, „Gott gebe, dass es wohlgerate." Das machte dem jungen Mönch zu schaffen und kam ihn schwerer an als die Quälereien der Klosterbrüder.

Doch dauerten die nicht sehr lange. Weil er ein Magister war, so nahm sich die Universität seiner an und auch der Ordensmeister Staupitz sorgte dafür, dass der junge Gelehrte nicht länger mit schmutzigen und gemeinen Arbeiten geplagt wurde. Nach einem Jahre legte er Profess ab, das heißt, er wurde feierlich aufgenommen und geweiht in den Orden und versprach sich ihm zu eigen „bis in den Tod." Er warf sich in Kreuzgestalt auf die Erde und der Prior besprengte ihn mit Weihwasser. Er sollte auch jetzt nicht mehr nach seinem Taufnamen Martin, sondern Augustinus heißen, zum Zeichen, dass er ein neuer Mensch sei und mehr als ein gewöhnlicher getaufter Christ. Die Brüder wünschten ihm Glück, dass er nun sei, wie ein unschuldig Kind, das frisch aus der Taufe komme, und führten ihn in seine eigene Zelle, wo ein Tisch, Stuhl und eine Bettstatt war. Jetzt war Luther erst ein ganzer und rechter Mönch.

Und ein ganzer und rechter Mönch wollte er sein, nicht bloß dem Namen nach heißen und der Kutte nach scheinen. Also hielt er die „Horen", d.h. die sieben Betzeiten um Mitternacht, Hahnenschrei, Morgen, Neune, Mittag, Dreie und Vesper, jedes Mal fünfundzwanzig Vaterunser und Ave-Maria, sang, fastete, wachte, beichtete, kommunizierte, wie es „die Regel" vorschrieb, und zwar „heilig und andächtig", und ist es bei ihm nicht gewesen, wie sonst in den Klöstern, „wo sie die Horen lesen, wie Elstern, Dohlen oder Papageien reden, und die Körnlein am Rosenkranz klappern lassen." „Mit großer Andacht bereitete ich mich zur Messe und zum Gebet." „Ich beobachtete die Gelübde, die ich gelobt hatte, mit dem höchsten Fleiß und Eifer bei Tag und Nacht." Ja mehr, als er gelobt hatte und geboten war, tat er sich wehe und gegen den Rat seiner Obern, sodass er sich abmergelte und einmal fünf Wochen nicht schlafen konnte und fast in Geisteszerrüttung geriet. „Ich habe mich aufs allerhöchste beflissen solche Satzungen zu halten und meinen Leib mit Wachen, Fasten, Beten und anderen Übungen viel mehr zermartert und zerplaget als alle die, so jetzund meine ärgsten Feinde und Verfolger sind, und legte meinem Leibe mehr auf, denn er ohne Verletzung der Gesundheit ertragen konnte." „So hätte ich nicht zwei Jahre leben können, also zermartere ich mich und flohe vor dem Zorn Gottes und mangelte auch an Tränen und Seufzen nicht." „Wahr ist's, ein frommer Mönch bin ich gewesen und habe so strenge meinen Orden gehalten, dass ich's sagen darf: Ist je ein Mönch gen Himmel kommen durch Möncherei, so wollt ich auch hineinkommen sein. Das werden mir zeugen all meine Klostergesellen, die mich gekennet haben; denn ich hätte mich, wo es länger gewähret hätte zu Tode gemartert mit Frieren, Wachen, Beten und anderer Arbeit." So erzählte er später. Ja, als Muster und Exempel wurde der neue Mönch von einem andern Pater seines Klosters dargestellt, als ein „wunderbar zur Geistlichkeit bekehrter Paulus."

„Mein ganzes Leben hatte also vor anderer Augen einen großen Schein, was die äußerliche Larve anbelangt, und fürwahr auch ich hätte mich gerne gefreut der herrlichen Tat, dass ich auf einmal ein so trefflicher Mensch geworden wäre, der sich selbst durch seine eigene Werke ohne Christi Blut so schön und heilig gemacht hätte. Aber wiewohl ich solches süße Lob und prächtige Worte von meinen eigenen Werken gerne hörte und mich also für einen Wundertäter halten ließ, der sich selbst so leichthin könnte heilig machen und den Tod fressen samt dem Teufel, so wollte das doch nicht Stich halten. Je saurer ich mir's werden ließ, mein Gewissen zufrieden zu stellen durch Fasten, Wachen, Beten, desto weniger Ruhe und Frieden ich fühlte." So half also auf die Dauer die Möncherei nichts zu dem, weshalb Luther doch die Welt verlassen hatte und Mönch geworden war: zum Frieden der Seele, zur Ruhe des Gewissens.

„Ich konnte nicht zufrieden sein, sondern marterte mich mit dem Gedanken: Siehe, da hast du die und die Sünde getan, bist neidisch, ungeduldig, darum hilft dich's nicht, dass du den heiligen Orden angenommen hast, alle deine guten Werke sind verloren." Ja, er zweifelt wohl manchmal an dem ganzen Klosterleben, namentlich wenn er an seines Vaters Wort dachte, und marterte sich mit dem Gedanken: „Wer weiß, ob's Gott gefällig ist oder nicht!" Und einmal will ihm gar vorkommen, die Möncherei sei „ein höllisch Giftküchlein, das mit Zucker überzogen ist."

Denn noch neue Sünden und neue Gewissensunruhen kamen im Kloster zu denen, die er schon in der Welt gehabt, und die alten fühlte er noch stärker. Da er ein Mönch oder geistlich geworden war, so sollte er nichts tun und denken als geistliche Dinge, sollte unaufhörlich grübeln über seinen Seelenzustand. Das hat er vorher genug und tiefsinnig getan, war aber doch durch das Leben in der Welt und den Umgang mit andern Menschen oftmals davon abgezogen worden; jetzt aber war „der mit dem Geist der Traurigkeit Geplagte einsam" und alle Menschen und Dinge wiesen ihn auf das Grübeln, auf die Selbstbeobachtung und die wurde zur Selbstpeinigung.

Wenn jemand beständig an einer Wunde reibt, so entzündet sie sich und wird immer bösartiger und peinlicher, wenn sie auch anfangs nur ein kleiner Ritzer ist; und so ging es Luther auch mit den Fehlern auf seinem Gewissen; sie wurden ihm unleidlich und machten ihn immer aufgeregter, denn er musste sich immer damit abgeben, immer daran herumtasten. Er sollte ferner ein frommer heiliger Mensch werden, hatte aber niemand, an dem er wirklich Gutes tun konnte; er sollte gute Werke üben, aber die Werke, die ihm vorgeschrieben und möglich waren, wie Fasten, Wachen, Kasteien waren sinnlos, zwecklos, unnütz, taten niemand wohl, und das ist die entsetzlichste

Pein, wenn der vernünftige Mensch unnütze Dinge tun muss und darüber Leib oder Seele oder beides verzehren. Statt großer, wahrhaft guter Werte, heiliger Pflichten, an denen der geistig gesunde und starke Mensch seine Kraft auslassen kann, hatte er eine zahllose Menge von kleinlichen Geboten und nichtigen Satzungen zu erfüllen, bei jedem Schritt und Tritt war etwas vorgeschrieben durch die Klosterregel, wie man dabei sich leiden, sich halten, reden solle, gerade so wie in den Satzungen der jüdischen Pharisäer. „Da ist ein solch Wesen angerichtet mit Menschenlehren von Essen und Trinken, Kleidern und heiligen Stätten, Tagen und Zeiten, Gebärden und Werken, dass schier niemand kann einen Bissen essen oder Tropfen trinken, ja die Augen auftun – so ist ein Gesetz darüber gemacht und die Freiheit genommen." Als große Sünde war es angerechnet, dagegen sich zu verfehlen. Wenn er in den Gebeten ein Wort ausließ oder verwechselte, so war ihm das ein arges Vergehen, wenn er einmal ohne sein Skapulier aus seiner Zelle ging, rechnete er sich's zur Todsünde; wenn er überm Studieren einmal die Horen vergaß, so büßte er es mit einer dreifachen Zahl van Rosenkränzen. „So macht der Teufel aus dem, was gar keine oder nur die geringste Sünde ist, eine Hölle, dass einem die Welt zu enge wird."

Also kam es, dass Luther von seinem Mönchsleben sagen musste: „Ich hatte einen zerbrochenen Geist und war immer betrübt." „Wo nur eine kleine Anfechtung kam von Tod oder Sünde, so fiel ich dahin und fand weder Taufe noch Möncherei, die mir helfen möchten. Da war ich der elendeste Mensch auf Erden, Tag und Nacht war da eitel Heulen und Verzweifeln, dass mir niemand steuern konnte. Also wurde ich getauft und gebadet in meiner Möncherei und hatte die rechte Schweißsucht. Gott sei Lob und Dank, dass ich mich nicht zu Tode geschwitzt habe!"

Aber hatte die Kirche keine Gnadenmittel und keinen Trost, um die betrübten Gewissen zu beschwichtigen und den armen Sündern zu helfen? O ja, Mittel und Sakramente genug, den Sünder zu versöhnen, aus Sünde, Fegefeuer und gar aus der Hölle zu retten: Beicht und Buße, Messe und Ablass – für den, der sie aufrichtig begehrte und ernstlich brauchte. Tat denn Luther das nicht? Freilich tat er's und eifrig genug. „Ich versuchte mancherlei, beichtete alle Tage und half mir doch nichts." Er beichtete umständlich, bereute ernstlich, büßte so hart und strenge er immer konnte – aber dennoch war er immer im Zweifel, ob er auch genugsam bereuet und keine Sünde vergessen habe. Und je ernstlicher ihm die Sünde leid war, desto mehr Qual und Gewissensunruhe hatte er und die Absolution und Trostsprüche, die ihm die Beichtväter vorsagten, konnten ihm nichts helfen. „Mit großer Andacht bereitete ich mich zur Messe und zum Gebet; aber wenn ich auch noch so andächtig war, so ging ich ein Zweifler zum Altar, ein Zweifler ging ich wieder davon. Denn wir waren durchaus in dem Wahn, wir könnten nicht beten und würden nicht erhört werden, wir wären denn ganz rein und ohne Sünde wie die Heiligen im Himmel." Von Vergebung, von Gottes Gnade und Christi Freundlichkeit hörte und wusste er nichts. „Ich glaubte nicht an Christus, sondern hielt ihn für nichts anders, denn für einen strengen und schrecklichen Richter, wie man ihn malet auf dem Regenbogen sitzend." Vor dem Kruzifix erschrak er wie vor einem Wetterstrahl. Auch zur Kommunion ging er möglichst oft, aber mit welchen Gefühlen, das zeigte sich einmal offenkundig, als er bei einer Prozession neben dem „Allerheiligsten" zu gehen hatte; da brach ihm der Angstschweiß aus und er meinte in des heiligen Gottes Nähe vergehen zu müssen vor Schrecken.

Aber Luther erhielt noch mehr geistliche Gewalt, er wurde zum Priester geweiht und erhielt so selber Vollmacht zur Messe und über alle Sakramente; wurde jetzt auch „Pater" genannt und als „Ehrwürdiger Vater" begrüßt. Das Priestertum galt für eine Gnade über alle Gnaden und für eine Gewalt im Himmel und auf Erden und unter der Erden, denn „ein geweihter Pfaffe galt gegen andre getaufte gemeine Christen gleichwie der Morgenstern gegen einen glimmenden Docht." Der Weihbischof sprach zu ihm, da er ihm den Kelch reichte: „Nimm hin die Gewalt, zu opfern für Lebendige und Tote", und in der Messe hatte er zu sagen: „Ich bringe dir, dem ewigen lebendigen Gott, dieses Opfer." Aber das erhob und tröstete Luther nicht, sondern erschreckte ihn so, dass er aus Bestürzung vom Altar weglaufen wollte, wenn ihn sein Zuchtmeister nicht zurückgehalten hätte; denn er fürchtete sich vor Gottes Majestät und hatte Angst, etwas zu versehen in der Messformel, wie ein Zauberer Angst haben muss bei seiner Beschwörung. Die Primiz oder Priesterweihe wurde mit großem Gepränge gefeiert, wie noch heutzutage in katholischen Gegenden Sitte ist. Es waren viele Doktoren, Magister und andere Herren da zum Fest und Mahle. Auch sein Vater und seine Verwandten waren zwanzig Mann hoch zu Ross gekommen, alles dem jungen Priester zu Ehre. Aber der hatte wenig Freude an diesem Feste. Denn über Tisch redete Martin Luther in kindlicher Weise seinen Vater an: „Lieber Vater, warum habt Ihr Euch so hart dawider gesetzt und waret also zornig, dass Ihr mich nicht gerne wolltet lassen ein Mönch werden und vielleicht noch jetzt nicht allzugerne sehet? Ist's doch ein fein, geruhsam, göttlich Wesen." Da sagte Hans Luther vor allen Gästen: „Ihr Gelehrten, habt Ihr nicht gelesen in der Schrift, dass man Vater und Mutter ehren soll? Diesem Gebote zuwider habt Ihr mich und Eure liebe Mutter im Alter verlassen, und da wir erst einen Trost und eine Hülfe von Euch hätten haben sollen, weil ich so viel Kosten auf Eure Studien verwendet habe, seid Ihr ins Kloster gelaufen!" Da redete Martin davon, wie er durch die erschreckliche Erscheinung vom Himmel gerufen worden sei. Aber sein Vater sagte: „Gott gebe, dass es nicht ein Betrug und teuflisch Gespenst sei!" Und wie ungern er sich in die Sache schicke, gab er damit kund: „Ich muss wohl hier sein, essen und trinken, wollte aber lieber davon sein." Dies Wort war Martin wie durch Gottes Mund geredet und senkte sich wie ein Stachel in den Grund seiner Seele und wenn er schon in seiner eigenen Frömmigkeit sein Herz verstockt habe, so sei er doch nicht darüber weggekommen. Also war für Luther seine Priesterweihe auch kein Trost und Heil. Wohl konnte er sich nicht zufrieden geben, wenn er nicht täglich eine Messe las und er meinte, wunder wie viel Gunst er sich im Himmel verschaffe, wenn er in jeder Messe drei Patrone anrief, jede Woche einundzwanzig; aber Frieden gab ihm das auch nicht.

Luther ward aber nicht nur eifriger Mönch und Priester, er fuhr auch angelegentlich fort zu studieren und zwar das, wonach ihn von Anfang verlangt hatte, Theologie, das ist Gottesgelehrsamkeit; und zwar mit solchem Eifer, dass er Speise und Trank und Schlaf, ja selbst die Horen und Klosterregel darüber vergaß und versäumte. Er forschte in den Schriften der berühmten Doktoren der Kirche, denn so gebot ihm sein Novizenmeister. Aber das waren mehr Übungen des Verstandes und Scharfsinns als Beruhigung des Gemütes und Gewissens. Er las im Augustinus, der am meisten die Lehre Pauli trieb, aber auch am meisten von der Kirche vergessen war; doch auch der tröstete ihn nicht, ängstigte ihn viel mehr mit seiner Lehre von der Vorherbestimmung oder „Gnadenwahl". Einmal kam Luther auch in der Klosterbibliothek über die Predigten von Hus und „wurde aus Fürwitz lüstern zu sehen, was doch der Erzketzer gelehrt hätte"; da er nun las, kam ihm in Sinn, warum doch dieser Mann verbrannt worden wäre, der so christlich und gewaltig die Schrift führen konnte. Aber er entsetzte sich vor diesem Gedanken, und eilte mit verwundetem Herzen hinaus, sich beschwichtigend damit, dass Hus dies gepredigt, ehe er ein Ketzer gewesen.

Auch in der hl. Schrift selber las Luther. Denn der Ordensvikar Staupitz hatte den Augustinern begieriges Lesen, andächtiges Hören und eifriges Lernen zur Pflicht gemacht. Im Erfurter Kloster aber las kein Mönch in der Bibel, ja der Präzeptor hielt die Leute davon ab, und auch Luther; „Ei", sagte er, „Bruder Martin, was ist die Bibel! Man soll die alten Lehrer lesen, die haben den Saft aus der Bibel gesogen: die Bibel richtet allen Aufruhr an." Als jedoch Luther eintrat, da forderte und erhielt er eine in rotem Leder gebundene Bibel und so ist ihm „sein einstiger Wunsch und Seufzer wahr geworden." Luther las auch mit höchstem Fleiß, „mit Ernst und Gebet" in der Schrift trotz der Warnung seines Lehrers. Freilich verstand er nicht, was er las, da ihn niemand angeleitet hatte, sondern auf seiner Seele die Mosesdecke der Kirchenlehre lag. Vielmehr schreckten ihn anfangs die Gebote der Gerechtigkeit und Pauli tröstliches Wort „Gottesgerechtigkeit" verstand er ganz falsch als unerfüllbares Gesetz des eifrigen Jehova. Wenn er aber in der Schrift etwas fand, was wider das Papsttum war, so wurde er bange und sagte: „Solltest du allein klug sein?" So vermehrte also auch sein Studieren Luthers Unruhe und Zweifelhaftigkeit.

Da er nun in den Klosterbüßungen und der Heiligenverehrung, in den Zeremonien und Büchern kein Licht und keinen Trost fand, so klagte er seine Not den Menschen, seinen Klosterbrüdern. Aber die konnten ihm „die rechten Knoten nicht lösen", „denn das waren gute sichere Leute, des sanften Pfaffen- und Klosterlebens wohl gewohnt, die niemals ihr Leben lang eine rechte geistliche Anfechtung geschmeckt." Sie konnten ihn nicht verstehen und noch weniger ihm helfen; weder seine Brüder noch seine Beichtiger. Auch der Ordensvikar Staupitz nicht. „Wie seid ihr so traurig, Bruder Martin?", fragte ihn der einmal. Luther sprach: „Ach, wo soll ich hin!", und klagte ihm seine Not. „Ich habe solche Anfechtungen niemals gefühlt noch erfahren", sprach Staupitz. Da ward Luther „als eine tote Leiche"; er gedachte: „Die Anfechtung hat niemand als du" und meinte, er sei von Gott verworfen nach seiner ewigen Vorherbestimmung. Und „in diesem Gedanken stand er die Qualen des Fegefeuers aus, lebendig und oftmals, kurz, aber so heftig und höllisch, dass keine Zunge es aussagen und keine Feder es beschreiben könne, und wenn diese Anfechtung nur eine halbe oder auch nur eine zehntel Stunde angehalten, so hätte er ganz zu Grunde gehen und seine Gebeine zu Asche werden müssen."

Das war das Fegefeuer und die Höllenfahrt Luthers, die er im Kloster erlebte statt der Erquickung des Paradieses und des himmlischen Friedens, der ihm darin versprochen war. Er musste seufzen lernen mit Paulus: Ich elender Mensch, wer wird mich erlösen von dem Leibe dieses Todes! Um auch mit ihm jubeln zu können: Ich danke Gott, durch Jesus Christus unsern Herrn! Durch das Fegefeuer der Anfechtung musste er hindurchgeläutert werden zum Trost der Vergebung. Mit Schmerzen musste er sich durchringen durch die Höllenangst der Buße, um wieder geboren zu werden zum Himmelreich durch den seligmachenden Glauben.

Solcher Durchbruch geschah freilich bei Martin Luther nicht auf einmal, an einem bestimmten Tage und zu einer genauen Stunde, wie manche von sich meinen und sagen, dass sie Tag und Stunde ihrer Wiedergeburt so genau bestimmen könnten wie von ihrer Geburt, und verlangen, dass es bei jedem Menschen so sein müsse, wenn er ein Christ heißen wolle – als ob nicht bei den Christen, wenn es recht zugehen soll, die Buße eine tägliche sein und die Wiedergeburt schon von der Taufe anfangen sollte. Nein, Luther kam erst allmählich zur wahren Erkenntnis und zum wahren Heil, diese Umwälzung in seinem Leben war nicht eine gewaltsame. Allerdings aber war sie eine gewaltige, wie sie nicht bei allen Menschen ist, sondern nur bei denjenigen, welche als Apostel und Reformatoren in ihrem Geiste gleichsam eine ganze Generation wiedergebären müssen.

Wenn Luther in der Möncherei und dem Kirchenwesen keinen Frieden fand, so kam er doch durch sie gerade zur Erkenntnis, dass sie den Menschen nicht selig machen könnten; in der harten „Gesetzesschule", die er durchmachte, hat er gelernt, „dass man an sich selbst und allen eigenen Ansprüchen verzagen müsse, dass alle eigene Gerechtigkeit und hoffärtige Heiligkeit der Möncherei ein Unrat und Schaden sei für das Seelenheil, wie Paulus gesagt hatte von seiner Pharisäerei; das kirchliche Gesetz ist Luther, wie dem Apostel Paulus das jüdische, zum Zuchtmeister geworden, auf dass sie und wir durch den Glauben gerecht und Erben würden des ewigen Lebens.

Solche einzelne Lichtblicke und Himmelströste kamen Luther doch zu in seinem Kloster; einzeln wie Sonnenstrahlen in ein Gefängnis fallen und Tautropfen auf eine verschmachtende Blume im dürren Lande, aber umso erfreulicher und erquicklicher. Wenn er auch die heilige Schrift und die anderen Bücher nicht überall verstand, da und dort gingen ihm doch tröstliche Sprüche auf, wie freundliche Sternlein am dunkeln Nachthimmel. Und manches Wort von seinen Seelenräten fiel wie ein feuriger Funke in sein Herz, glühte darin und wurde allmählich ein helles Feuer, das ihm leuchtete und wärmte, und das waren oft Worte, welche der Redende selbst nicht derart oder nicht so tief und hell meinte und verstand, wie Luther sie fasste. Sein Beichtiger hat einst zu ihm gesagt: „Du bist ein Tor; Gott zürnet nicht mit dir, sondern du mit ihm." Sein Zuchtmeister verwies ihm einmal seine Klagen und Anfechtungen: „Was machst du, Sohn? Weißt du nicht, dass der Herr selbst uns geboten hat zu hoffen; wie der Apostel Paulus sagt: der Mensch wird aus Gnade gerecht durch den Glauben." So wird auch erzählt, wie ein alter Mönch ihn auf den Artikel im „Kinderglauben" verwiesen habe: Ich glaube eine Vergebung der Sünden und ihm gezeigt, Gottes Gebot sei es, dass jeder einzelne Christ glaube, auch ihm werden seine Sünden vergeben. Das war Luther ein gar höchlicher Trost und er fasste das Wort umso ernstlicher, je ernster es ihm war mit seiner Sünde.

Am meisten Trost und Licht kam Luther von seinem ordensobersten Dr. Staupitz, der zu Luther eine besondere Zuneigung gefasst und zu dem dieser nun auch ein sonderliches Zutrauen hegte. Dr. Staupitz sagte einmal zu ihm: „Ach, Ihr wisset nicht, dass Euch solche Anfechtung gut und not ist, sonst würde nichts Gutes aus Euch"; er meinte, sie bewahre Luther vor Stolz und Hoffart, aber sie war ihm und der Christenheit auch gut und not in höherm Sinn, weil aus ihr der Glaube und die Reformation geboren ist. Da Luther in einem Briefe jämmerlich klagte: „O meine Sünde, Sünde, Sünde!" Da gab ihm Staupitz zur Antwort: „Du willst ohne Sünde sein, und hast doch keine rechte Sünde. Christus ist die Vergebung rechtschaffener Sünden. Soll er dir helfen, so musst nicht mit solchem Humpelwerk und Puppensünden umgehen und aus jeglichem Bombart eine Sünde machen. Gewöhnt Euch daran, dass Christus ein wahrhaftiger Heiland sei. Gott spielt kein Schattenspiel und scherzt nicht, da er seinen Sohn sendet und für uns dahingibt." Und da Luther klagt, wie ihn die Gnadenwahl Gottes plage und hart zusetze, schrieb ihm sein Oberster: „Gott hat zuvor versehen, dass sein Sohn leiden sollte nicht um der Gerechten, sondern um der Sünder willen. Deshalb soll man Gottes Sohn hören, der Mensch worden und darum erschienen ist, dass er die Werke des Teufels verstöre und Dich der Versöhnung gewiss mache." So kam Luther auf die Worte und das Wesen von Vergebung und Glauben. So erklärte ihm Staupitz auch das Wort Buße: es wäre nicht Pein und Büßung, sondern fließe aus der Liebe Gottes und seiner Gerechtigkeit, sodass dieses vorher bittere Wort ihm jetzt süßer und lieblicher klang als irgendeines in der Schrift. Für solche Seelsorge war Luther seinem lieben Doktor Staupitz dankbar bis in den Tod und bekannte: „Wo mir Doktor Staupitz oder vielmehr Gott durch Doktor Staupitz nicht aus den Anfechtungen herausgeholfen hätte, so wäre ich drinnen ersoffen und längst in der Hölle."

Solche und andere Trostworte hasteten in Luthers Seele „wie die Pfeile eines Starken" und er forschte in der Schrift nach, ob es sich also hielte. „Da ward ich froh, denn ich lernte und sah, dass Gottes Gerechtigkeit besteht in seiner Barmherzigkeit, durch welche er uns gerecht achtet und hält." Da fand er nun allmählich die Schätze der Weisheit und Erkenntnis, des Glaubens und der Rechtfertigung und der Gnade und Seligkeit, die in Christo verborgen liegen, ein Kleinod um das andere, wie im Evangelium der Tagelöhner den verborgenen Schatz im Acker. Und er ging hin wie dieser und verkaufte alles, was er hatte, den ganzen bettelhaften Plunder der „guten Werke" und der Kirchenlehren und kaufte den Acker des Evangeliums mit dem darin verborgenen Schatz Christi. Wie ein Tagelöhner im Schweiße seines Angesichts hatte Luther sich abgemüht im Kloster – aber die Qual war ihm und der Kirche zum Heil, er wurde reich, um viele reich zu machen, reich in der Erkenntnis der evangelischen Wahrheit, reich an Erfahrung in der Schrift und im geistlichen Leben. Und damit sollte Luther denn auch erlöst werden von seinem geistlichen Tagelöhnerleben im Kloster und hingestellt auf den Lehr- und Predigtstuhl als Leuchter und Leiter für viele hunderte und bald für viele Millionen und Geschlechter.

Also hat Gott gut gemacht, was Luther böse angefangen, wie es immer geht, wenn wir etwas Ungeschicktes tun aus Irrtum, Schwachheit oder Eigenwillen. Das erkannte auch Luther. „Mein Gelübde war nicht einer Schlehe wert; ja mehr, es war ungöttlich. Aber Gott, des Barmherzigkeit kein Zahl ist und des Weisheit kein Ende, hat aus allen solchen Irrtümern und Sünden Wunder viel größer Güter geschafft. Er hat gewollt, wie ich nun sehe, dass ich der hohen Schulen Weisheit und der Klöster Heiligkeit aus eigener und gewisser Erfahrung erfahre, dass der Widerpart sich nicht gegen mich aufs hohe Ross setze, als der anerkannte Dinge verdammt hätte. Darum bin ich ein Mönch gewest."

Fünftes Kapitel

Wie's Luther in Wittenberg und zu Rom ging

Wer soll dem armen Israel
Zu Zion Heil erlangen?
Gott wird zu seinem Volke sehn
Und lösen, die gefangen.
Er rüstet seinen rechten Mann
Davon wird Jakob Wonne han
Und Israel sich freuen.

n. L.

Nachdem Luther drei Jahre lang die Gesetzesschule im Kloster durchgemacht hatte, kam er wieder in die Welt, wenigstens mit dem einen Fuße. Das ging so zu.

Der Kurfürst von Sachsen hatte kürzlich (1502) in seiner Residenzstadt Wittenberg eine Universität gegründet, denn er hieß „der Weise" und wollte auch in seinem Lande eine Hochschule der Weisheit haben, wie es in den Nachbarländern war, wo es die berühmten Universitäten Erfurt und Leipzig gab. Dazu brauchte der Kurfürst tüchtige Lehrer, damit seine Hochschule es den andern gleichtun oder sie überbieten könnte, denn Wittenberg war eine kleine unansehnliche ärmliche Stadt, „einem alten Dorfe ähnlicher denn einer Stadt", „aus Lehmhütten" und die Leute galten für grob. Um dieser Stadt und Leute selbst willen wären also keine Studenten gekommen, zu prangen und zu genießen gab's da nichts; da mussten also tüchtige Professoren die Studenten anziehen, wie der alte Trutvetter einer war, der bis 1510 dort lehrte, und der weltberühmte Dr. Pollich, welcher „eine Leuchte der Welt" genannt wurde und bis zu seinem Tode (1513) in Wittenberg lebte. Ferner wollte der Kurfürst gerne solche Professoren haben, die nichts kosteten, denn der fromme Herr hatte zwar die Universität oder eigentlich die ihr als Stiftung zugewiesene Schlosskirche mit 5000 Reliquien ausgestattet, aber mit gar wenig Geld, dieweil er frömmer war als reich. Ein solcher tüchtiger und billiger Lehrer war nun der Mönch Martin in Erfurt. Darum ließ ihn sein Oberster Staupitz, der auch die Aufsicht über die Universität hatte, mit noch sechs andern Augustinern nach Wittenberg kommen, wo er im Kloster als Mönch leben konnte. Staupitz hatte an ihm „eine sonderliche Geschicklichkeit und ernstliche Frömmigkeit verspürt und wollte auch den Fähigkeiten des jungen Grüblers eine Arbeit zuweisen"; und der Vorsteher der Universität, Dr. Pollich, sah dem jungen Pater gleich am Gesicht ab, was hinter ihm steckte; er sagte: „Dieser Bruder hat so tiefe Augen, er wird wunderbare Gedanken haben." Und so wurde Luther ein Lehrer der jungen Leute Anno 1508, da er noch nicht 25 Jahre alt war.

Daran hatte er große Freude und Nutzen. Nur war es ihm zuwider Philosophie zu lehren, was er zuerst tun musste; gerne hätte er Theologie getrieben, „nämlich die Gottesgelehrsamkeit, welche", wie er sagte, „den Kern der Nuss, das Mark des Weizens und Knochens erforscht", das heißt, diejenige, welche nicht allerlei Lehren, sondern die Seligkeit selbst betrifft. Das hat er denn auch bald erreicht, und nun konnte Luther lehren, was er am besten verstand und am besten gelernt hatte in seinem eigenen Herzen und in der heiligen Schrift. Er trug nicht wie die altberühmten Scholasten Gottesgelehrsamkeit vor für den Verstand und die Schule, sondern Gottseligkeit für das Herz und das

Leben, und zeigte seinen Schülern nicht den altausgetretenen Heilsweg der guten Werke, d.h. Beten, Fasten, Almosen, Ablass, Möncherei und Glauben an den Papst und die Kirchenlehre, sondern den einen „kurzen" Weg, der zum Vater führt durch Christus, den Glauben an den Heiland und sein Evangelium. Das war ein neuer und doch uralter Heilsweg des Paulus und der Bibel. Das war etwas Unerhörtes und Dr. Pollich sagte oftmals: „Der Mönch wird alle Doktores irremachen und eine neue Lehrweise aufbringen; denn er legt sich auf der Propheten und Apostel Schrift und stehet auf Jesu Christi Wort, das kann keiner weder mit heidnischer Weltweisheit noch mit katholischer Gottesgelehrtheit umstoßen und widerfechten."

Aber nicht bloß den Studenten hatte Luther vorzutragen, sondern musste auch predigen, zuerst in einer baufälligen hölzernen Kapelle, die noch auf dem Platz, auf welchem schon die Grundmauern zu einer neuen Klosterkirche gelegt waren, stand, mit Stangen gestützt, elend, rußig und klein wie der Stall zu Bethlehem. Er sträubte sich zwar zuerst sehr gegen das Predigen, denn er meinte, das sei eine geringe Sache an Gottes statt mit den Leuten zu reden. Bald aber gewann er große Freude daran. Auch hatte er eine stattliche Gestalt, gute Stimme, Gewandtheit im Reden, Begeisterung im Herzen und Frömmigkeit in der Seele. Also kam's, dass er ein gewaltiger Prediger wurde und fleißig gehört. Auch nach Erfurt musste Luther eine Zeitlang dort an der Universität lehren, kehrte aber bald wieder nach Wittenberg zurück. So kam er unter die Leute und lernte die Welt kennen, nachdem er sich lange genug nur mit sich abgegeben und sein eigenes Herz kennen gelernt. Auch den Mittelpunkt und die Hauptstadt der Welt sollte er sehen: Rom.

Hunderttausende pilgern heute noch jährlich nach Rom und mehr noch sehnen sich darnach, teils wegen der schönen Gegend, und der prächtigen Ruinen und der herrlichen Bilder und Bildsäulen, teils um das römische Leben und den Papst zu sehen, um Rosenkränze von ihm weihen zu lassen und an den heiligen Örtern beten und Ablass zu bekommen. Auch zu Luthers Zeiten führten alle Wege nach Rom, und auf allen zogen Wallfahrer dahin, meistenteils aber wegen der Heiligkeit und Seligkeit. So hatte auch Luther seit seiner Jugend sich gesehnt „die heilige Stadt" zu sehen, und namentlich in seinen Anfechtungen hatte er gewünscht, einmal eine Generalbeichte dort abzulegen, denn er dachte, an diesem heiligen Ort müsste er gewisslich aller Sünden ledig werden. Und jetzt kam er unverhofft dazu. Staupitz hatte es nämlich durchsetzen wollen, dass seine neuen verbesserten Statuten in allen vierzig Augustinerklöstern Thüringens und Meißens angenommen würden. Der Papst und der Augustinergeneral in Rom waren damit einverstanden, nicht aber alle deutschen Klöster. Staupitz, der kein Freund von Streitigkeiten war, verzichtete darum auf seinen Plan, musste aber nun wieder eine Gesandtschaft nach Rom schicken, um die päpstlichen Bewilligungen rückgängig zu machen. Also schickte er den Prior Johann von Mecheln nach Rom und gab ihm nach der Ordensregel einen Reisebegleiter mit und wählte dazu Luther, damit sein junger Freund einmal aus Wittenberg komme und bei dieser Gelegenheit gleich seine gelobte Wallfahrt nach Rom machen könne. Zehrgeld brauchtsen sie nicht, denn als Mönche und Pilger konnten sie von der Milde der Leute und besonders der Klöster leben auf dem Wege und in Rom selbst. Also selbander wie die Apostel wanderte Luther mit dem Prior im Sommer 1511 nach Rom, nach Vorschrift nicht nebeneinander, sondern hintereinander, und dachte dort gar reichliche Gnaden und Heil zu finden und mitzunehmen; aber immer wieder fiel ihm der Spruch ein: „Der Gerechte wird seines Glaubens leben."

Unterwegs fand er in Welschland Klöster, welche die Fasten nicht hielten und entsetzte sich darüber; die Italiener fand er falsch und stolz, „Buben in der Haut", aber gar mäßig in Speis und Trank, was er an seinen lieben Deutschen gar wenig zu rühmen wusste. In Mailand wollte er eine Messe lesen, durfte aber nicht, weil der Mailänder Kirchensprengel eine andere Messliturgie hatte, als sonst; er merkte also mit Verwunderung, dass es mit der Gleichförmigkeit der Kirche, die sonst so gerühmt und für nötig erklärt war, nichts sei. In Florenz zeigte man ihm die guten Spitäler; er erfuhr aber nicht, dass sie dort vor zehn Jahren den evangelischen Prediger und Verbesserer der Sitten Savonarola verbrannt hatten. Die Schönheit der Bilder des herrlichen Malers Raffael, der mit ihm im gleichen Jahre geboren war, hatte er weder in Florenz noch in Rom bewundert; doch durchstöberte er hier die großartigen Ruinen der „ewigen Stadt".

Als er die Stadt Rom von ferne sah, fiel er auf die Erde, hob die Hände empor und rief: „Sei mir gegrüßt, du heiliges Rom!"

Während der Prior seine Sache verrichtete, was nicht lange dauerte, legte Luther eine Generalbeichte ab und lief nun im „heiligen Rom" umher, suchte die angeblichen Märtyrerstätten auf, „lief als ein toller Heiliger durch alle Kirchen und Kluften, glaubte alles, was daselbst erstunken und erlogen ist", und suchte so an den kirchlichen Schätzen Roms seine Taschen zu füllen mit Ablass. „Ich habe auch wohl eine Messe oder zehn in Rom gehalten und war mir dazumal sehr leid, dass mein Vater und Mutter noch lebten, denn ich hätte sie gern aus dem Fegfeuer erlöst mit meinen Messen und Gebeten." Denn des Ablasses war dort gar viel zu finden, und so gab es auch eine Kirche: welcher Priester in ihr Messe las, der konnte seine Mutter aus dem Fegfeuer erretten. Freilich waren zu manchen

Zeiten und Orten ein solch Gedränge, dass er nicht hinzukommen konnte. Doch gab es „Kaufmessen" ums Geld zu kaufen, wie in einem „Kaufhause" oder einem Trödelmarkt, und die römischen Priester machten da gute und schnelle Geschäfte; das ging „rips raps", wie Hexenwerk und „Gaukelspiel". „Da stehen zwei Pfaffen an einem Altar und halten zu gleicher Zeit Messe, sind mächtig fertig in ihrem Handwerk, haben eine Messe in einem Hui geschmiedet." Während Luther andächtig eine Messe las, waren an dem Rebenaltar schon sieben verrichtet und er war noch nicht fertig mit seiner einen, sodass die Priester ihm zuriefen: „Vorwärts, vorwärts! Schick Unserer Frauen ihren Sohn bald wieder heim!" Aber noch anderes sollte er erfahren. „Da hörte ich unter andern groben Grumpen über Tische des Papstes Schranzen lachen und rühmen, wie Etliche Messe hielten und über Brot und Wein sprachen: Du bist Brot und bleibst Brot; du bist Wein und bleibst Wein! Was sollte ich denken? Redet man hier zu Rom frei öffentlich über Tisch also, wie, wenn sie allzumal beide Papst und Kardinäle samt ihrem Gefolge also Messe hielten?"

Auch den damaligen Papst sah er, Julius II., der „ein trefflich hart Regiment" führte im Gegensatz zu seinem Vorgänger, unter dem Pilger in den Kirchen vor der Stadt ausgeplündert worden waren. Von diesem letzten Papste Alexander VI. und seinen Kindern erzählte man in Rom auch noch andere Geschichten, von Brudermord, Giftmischerei und Blutschande. Der jetzige Papst Julius II. wurde „Papst Goliath" genannt, von dem hörte er: er sammele Geld und führe Kriege, stifte Bündnisse und breche sie. Er kam eben von einem Feldzug zurück, bei welchem der „heilige Vater" selbst einen blutigen Sturm auf eine Stadt angeführt hatte. Mit Pracht und Herrlichkeit wie ein Triumphator zog er in der Prozession einher.

Was musste das alles auf Martin Luther für einen Eindruck machen, auf ihn, der Rom als heilige Stadt auf den Knien begrüßt hatte, der vorher „den Papst rechtes Anbetens und von herzlichem Ernste anbetete aus schlechtem einfältigem Herzen, rechtem gutem Eifer und in der Meinung, es müsste geschehen zu Gottes Ehre?" „Ich war ein junger und recht frommer Mönch", sagt er, „dem solche Worte wehe taten!" Aber solche „gute Christen" spotteten freilich die Welschen, namentlich über die „dummen Deutschen". Aber auch andere Leute, selbst päpstliche Höflinge hörte er sagen: „Es ist unmöglich, dass es so länger sollte stehen, es muss brechen"; und: „Ist eine Hölle, so ist Rom darauf gebaut!" Das wusste man in Italien freilich besser als in Deutschland und sagte es auch offener, wie denn zu jener Zeit ein frommer Mönch, Mantuanus, an den Papst schrieb: „Erlaubet mir zu schreiben, was Städte und Völker sagen: Petri Stuhl vergeht in Schwelgereien; Tempel, Altäre, Fürbitten, Himmel und Gott sind zu Rom feil." Aber auch das deutsche Sprichwort sagte: „Je näher Rom, je ärgre Christen."

Das war aber eine göttliche Führung, dass Luther so „nach Rom gereist ist und gesehen hat, wie es da zugeht", „und des Papstes Hinterseite ohne Majestät geschaut, nachdem er ihm zuerst ins Angesicht gesehen". „Denn niemand glaubt, was zu Rom für Büberei und gräuliche Sünde und Schande im Schwange gehe, man könne es keinen bereden, er sehe, höre und erfahre es denn selber." Und wenn er auch damals „alles glaubte", was er sah, und in seinem Glauben an Kirche und Papst nicht erschüttert, sondern eher befestigt wurde, so hat ihn doch später „dieser Glauben gerauen" und hat er es oftmals gesagt, er wollte nicht hunderttausend Gulden nehmen, dass er Rom nicht gesehen und selbst augenscheinlich erfahren hätte, wie die Päpste und Bischöfe die Welt zum Narren gehalten hätten. Er müsste sonst sagen, er täte dem Papste unrecht.

So hatte Luther in Rom das Gegenteil von allem erfahren, was er erhofft hatte. Ja, als er dort das Werk tat, das am meisten Verdienst und Ablass einbringen sollte, nämlich die Treppe hinaufrutschte, auf der einst in Jerusalem Jesus zu dem Richthaus des Pilatus hinaufgeschritten sein soll, da tönte ihm mahnend und verweisend sein alter Spruch ins Ohr und Herz: „Der Gerechte wird seines Glaubens leben!"

Dies Wort wurde nun auch nach Luthers Rückkehr in Wittenberg „die Saite, auf der er immer leierte gegen die Schüler des Gesetzes, welche es mit ihren Werken versuchen wollen in Arbeiten, härene Hemden tragen, sich kasteien, fasten, peitschen: alles, um endlich dem Gesetze zu genügen." Diesen Heilsweg des Glaubens und der seligen Gotteskindschaft lehrte er seine Studenten in seinen Vorträgen, die Mönche in den Klöstern, die Gemeinde in der Kirche. Und mit immer mehr Macht und Eindruck geschah das.

Eines Tages, Luther war noch nicht ganz 29 Jahre alt, stand er mit Dr. Staupitz unter einem Birnbaum im Klostergarten. Da sagte dieser, Luther müsse Doktor der Theologie werden. Da rief Luther: „Herr Staupitz, Ihr bringt mich um mein Leben!" Denn es war ein groß Ding um einen Doktor, und Luther dünkte sich noch viel zu jung und auch zu kränklich. Aber Staupitz sagte scherzend: „In Gottes Namen! Unser Herrgott hat große Geschäfte vor, bedarf droben auch kluger Leute. Doch ob Ihr nun lebet oder sterbet, er bedarf Euch in seinem Rat, darum folget, was Euch Euer Konvent aufleget, wie Ihr schuldig seid." Die Kosten wolle der Kurfürst tragen. Luther musste aus Gehorsam einwilligen; der Kurfürst schickte fünfzig Gulden und so wurde er (1512) zum Doktor der heiligen Schrift gemacht mit Glockenläuten und großem Gepränge, erhielt den Ring und hieß nun „Doktor Luther", wie er auch heute noch mit Ehren heißt. Auch Luther schätzte das Doktorat gar hoch, aber nicht als weltliche Ehre, sondern als heilige Würde; s er meinte, „dass Papst, Kaiser und Universitäten zwar Doktoren der Künste, der Arznei und der Rechte machen können, aber einen Doktor der hl. Schrift mache niemand, denn allein der heilige Geist vom Himmel."

So hatte Luther eine menschliche und göttliche Berufung zur Gottesgelehrsamkeit; namentlich war es ihm etwas Großes, dass er zu seiner „allerliebsten hl. Schrift hat schwören und geloben müssen, sie forthin treulich und lauter zu lehren und zu predigen." Das war ihm stets ein großer Trost in seinem Leben und seinen Kämpfen, dass er das Werk der Glaubenserneuerung und evangelischen Lehre nicht aus sich selbst angefangen, sondern aus lauter Gehorsam. Er hat aber auch seinen Doktoreid ernst genommen und sich an die Bibel gehalten, immer entschiedener und vortrefflicher und allen Glauben und alle Gottesgelehrsamkeit auf die Bibel gestellt als ein rechter Doktor der hl. Schrift; nicht dass er bloß einzelne Sprüche daraus anzog als Beweisstellen, wie andere es etwa auch taten, sondern im Zusammenhang hat er ganze Bücher und die gesamte Schrift gelesen und erklärt. „Was den Tieren die Weide, den Fischen der Strom, das ist den gläubigen Seelen die heilige Schrift", sagte er seinen Zuhörern. Er hat auch gleich angefangen und gelehrt über die Psalmen und die Briefe Pauli an die Römer und Galater, welche seine Lieblingsbücher immer geblieben sind, und darin hat er durch den griechischen Text auch verstehen gelernt, was das Wort „Gottesgerechtigkeit" bedeute, nämlich dass Gott uns gerecht mache aus Gnaden. „Nun sahe ich die heilige Schrift ganz anders an; da ward ich fröhlich, ich fühlte mich wie neu geboren, es deuchte mir, ich habe die offene Pforte des Paradieses gefunden; lief derhalben bald durch die ganze Bibel und sammelte auch in andern Worten nach dieser Regel alle ihre Auslegung zusammen."

So öffnete er die Schrift und sein Herz und das Paradies auch seinen Zuhörern, den jungen Studenten in seinen Vorträgen über die Psalmen und die Briefe Pauli. Davon sagt Melanchthon: „In Luthers Vorlesungen schien nach langer Nacht ein neues Licht der christlichen Lehre aufzugehen. Hier wies er den Unterschied des Gesetzes und des Evangeliums auf; hier widerlegte er den Irrtum, welcher damals auf Lehr- und Predigtstühlen herrschte, dass die Menschen mit ihren Werken Vergebung der Sünden verdienten und durch gesetzliche Zucht vor Gott recht würden, wie einst die Pharisäer lehrten. Luther rief also die Herzen der Menschen zum Sohne Gottes zurück; wie der Täufer wies er auf das Gotteslamm hin, welches unsre Sünden getragen hat, und zeigte, dass die Sünden ohne unser Verdienst um des Sohnes willen vergeben würden und dass man diese Wohltat im Glauben annehmen müsse." Dabei berief sich Luther auf die „selige und gewisse Schrift, auf die er als Doktor einen teuren und öffentlichen Eid geschworen, das ist auf der Propheten Worte, die getrieben vom hl. Geist geschrieben, und die Stimme Christi, die er aus seines Vaters Herzen als der ewige Dolmetsch und Redner hergebracht und seinen lieben Freunden den Aposteln geoffenbart und gegeben habe, was heute die heilige und göttliche Schrift heißt. Das sei etwas anderes und besseres als Seele und Gewissen wagen auf des finstern Skotus und des albernen Albertus und des zweifelhaften Thomas Aquinas und der gottlosen und zänkischen Sophisten ungewisse Träume und Meinungen."

Diese neue Lehrweise des jungen Doktors erregte zwar manches Kopfschütteln und Augenverdrehen bei den gelehrten Mönchen, namentlich auch seinen eigenen Brüdern, aber auch freudiges Aufsehen bei Lehrern und Studenten. Als Trutvetter weggezogen und Pollich tot war (1513), war Dr. Luther der bedeutendste Professor in Wittenberg. Dr. Karlstadt, der ihm früher entgegen war, und Amsdorf, die schon vor ihm Professoren an der Hochschule waren, wurden seine Freunde und Anhänger und lehrten in seiner Weise, sodass Luther berichten konnte: „Unsere Theologie und St. Augustinum treibt man unter Gottes Beistand mit gutem Fortgang auf unsrer Universität; Aristoteles kommt nach und nach ins Abnehmen und ist dem Fall gar nahe." Die geist- und begeisterungsvolle Art der Wittenberger musste aber tüchtige Menschen mehr anziehen als das trockne Verstandeswesen der Scholasten. Daher wurde Wittenberg durch Luther eine berühmte Universität und immer zahlreicher strömten jüngere und ältere Leute dahin, um Luther zu hören. Aber nicht bloß Studenten, auch die jungen Klosterbrüder waren in seiner Lehre. Ja, Luther wurde zum Inspektor über elf Klöster gewählt und hat sich der Brüder mit großer Weisheit und Milde angenommen: er meinte, zu fallen sei kein Wunder, aber wieder aufzustehen. Auch hat er den Mönchen eine fleißige und treue Unterweisung der Jugend eingeschärft. Es bat ihn auch die Gemeinde Wittenberg, da ihr Pfarrer kränklich geworden, ihr in der Stadtkirche zu predigen. Das tat er fleißig und vortrefflich und mit großem Eifer, manchmal predigte er täglich ein-, zwei-, dreimal mit heller Stimme, lebendig und begeistert, aus dem Herzen und Leben und der Schrift, nicht bloß aus den Büchern. Auch fing Dr. Luther schon damals an, seine kleinen deutschen Büchlein zu schreiben fürs deutsche Volk. Er selbst setzte eine Erklärung der sieben Bußpsalmen auf; gab auch 1516 ein vergessenes altes herrliches deutsches Büchlein neu heraus, an dem er selbst viel gelernt und seine große Freude hatte: „Deutsche Theologie, das ist ein edles Büchlein vom rechten Verstand, was Adam und Christus sei, und wie Adam in uns sterben und Christus erstehen soll."

Viele Freunde gewann Luther zu dieser Zeit in der Nähe und Ferne und führte mit ihnen einen großen Briefwechsel, so mit dem Nürnberger Rechtsgelehrten Scheurl, dem Hofkaplan, Geheimschreiber und Prinzenerzieher am sächsischen Hof Spalatin und dem Augustiner Spenlein in Memmingen. Da tröstete er, unterwies, mahnte mit Weisheit und Mut. So tadelte er in einem Brief an Spalatin den Kurfürsten Friedrich den Weisen, weil er Staupitz nach den Niederlanden geschickt hatte, um dort Reliquien zu holen, und meinte, wenn er Kurfürst auch noch so weise in weltlichen Dingen sei, in göttlichen wäre er siebenfach blind. Einem Freund, der über Anfechtungen klagte, schrieb er: „Das Kreuz Christi ist über die ganze Welt verteilt; jeder bekommt sein Stücklein davon. Wirf du deins nicht weg, sondern halte es wie eine Reliquie, tue es in einen Schrein, nicht von Gold und Silber, sondern in ein feines, gutes Herz!" Dann wäre es wundertätig, voll Heil und Segen.

So hatte der neue Doktor gar mächtig viel zu tun in der Welt mit andern Leuten, blieb auch damals schon auf seinem Posten, als die Pest nach Wittenberg (1516) kam; aber auch sich selbst und sein Inneres vergaß er nicht. Er studierte nicht nur fleißig: griechisch und hebräisch, die Bibel und den lateinischen Kirchenlehrer Augustin und den deutschen Prediger Tauler, der zur Gemeinschaft der „Gottesfreunde" gehört hatte und 1361 gestorben war, sondern er vertiefte sich mehr und mehr in die evangelischen Lehre vom Glauben und der wahren Gerechtigkeit. Wenn er in dieser Zeit aber auch noch hie und da einige Anfechtungen hatte, „Anklagen und Disputationen des Teufels" und viele Unruhe und Kränklichkeit, so hieß es doch bei ihm: „Nun wir denn sind gerecht geworden durch den Glauben, so haben wir Frieden mit Gott!"

Aber dachte Doktor Luther damals noch nicht daran, seine neue Entdeckung des alten Christenglaubens auch der gesamten Kirche zum Gesetz zu machen, den wahren Heilsweg, den er gefunden, der ganzen Christenheit als den alleinseligmachenden anzupreisen und somit die Menschensatzungen und Irrwege als solche mit lauter Stimme hinzustellen? Wohl hatte er ein klares und starkes Bewusstsein von dem, was der Christenheit not tat und was in der Kirche unchristlich war, und das sprach er auch aus, wenn er Gelegenheit hatte; freilich anders als andere. Es gab damals viele Gelehrte und aufgeklärte Männer, welche die Schäden der Kirche und die Unwissenheit der „Dunkelmänner" konnten. Die machten sich lustig und spotteten darüber in erdichteten Briefen; aber Luther meinte, eine so heilige Sache sei nicht zum Lachen, sondern eher zum Weinen. Wie ernst er's meinte, davon zeugt ein Schreiben aus jener Zeit. In Pisa nämlich sollte ein Konzil, d.i. eine Kirchenversammlung der Bischöfe und anderer hohen Geistlichen, gehalten werden; der Probst von Leitzkau sollte dahin und bat den Doktor Luther, der sein Freund war, er möchte ihm eine Rede aufsetzen, die er vorlesen wolle. Da schrieb Luther also: „Das, was vor allem Not tut, ist, dass zuerst die Priester das Wort der Wahrheit reichlich haben. Die ganze Welt ist heutiges Tages voll, ja übervoll vom Schutte vieler und mancherlei Lehren; das Volk wird von einer solchen Menge von Gesetzen, Menschenlehren und abergläubischen Satzungen mehr überschüttet als belehrt, dass das Wort der Wahrheit kaum noch spärlich durchscheint, ja an vielen Orten nicht einmal mehr glimmt. Die Priester, die darin fahrlässig sind, mögen sie sonst noch so heilig sein, werden vom Herrn nicht zu den Hirten, sondern zu den Wölfen gerechnet werden. Darum wenn die Synode auch alles noch so wohl ordnet, aber daran nicht Hand anlegt, dass man den Priestern aufgibt, das reine Evangelium zu studieren und dem Volke zu predigen, so wird man vergeblich zusammengekommen sein: das ist der Angelpunkt von allem, die Hauptsache der echten Reformation, das Wesen aller Frömmigkeit. Der Synode wäre es unwürdig, geringfügige Sachen kräftig zu ordnen, das Wichtigste aber gar nicht anzurühren."

So dachte und sagte Luther damals über die Reformation, er meinte noch immer und noch lange nicht anders, als dass eine geordnete Versammlung des Papstes und aller Bischöfe sie in die Hand nehmen müsste, wenn sie zustande kommen sollte. Dass er selbst sie jemals anfangen sollte, das kam ihm nicht in den Sinn, noch weniger, dass es so bald geschehen werde; Luther hat sich nicht damals und niemals vorgedrängt, sondern „getrieben vom Geist", gedrungen und gezwungen von Gott und der Welt ging er dran, er wurde hervorgeholt wie Saul unter den Fässern. „Ich habe immer den stillen Winkel geliebt", schrieb er an Staupitz, „und ich möchte viel lieber einem schönen Kampf der Geister zuschauen als selbst zu einem Schauspiel werden." Aber durch eine schnöde Beleidigung des christlichen Gewissens wurde bald der schüchterne, demütige Mönch vom Geist auf den Kampfplatz „gerissen", wie er sagt, wo er kämpfte als Gottesstreiter für Christi Ehre und der Christenheit heil mit dem Mute des Helden den guten Geisteskampf des Glaubens wie Paulus „ein Schauspiel der Welt, den Engeln und Menschen".

Sechstes Kapitel

Tezel und Luther, das ist vom Ablasskram und den 95 Thesen

Darum spricht Gott: Ich muss auf sein,
Die Armen sind verstöret;
Ihr Seufzen dringt zu mir herein,
Ich hab ihr Klag erhöret.
Mein heilsam Wort soll auf den Plan
Getrost und frisch sie greifen an
Und sein die Kraft der Schwachen.

L.

Im Jahre 1513 war Leo X. Papst geworden. Hatte der vorletzte Papst Geld für seine Lüste gebraucht, der letzte für seine Kriege, so brauchte dieser Geld für den Luxus und die Künste. Denn er gedachte „das Papsttum zu genießen", wie er zu seinem Bruder sagte, als er Papst wurde. Also suchte er nicht nur seine Schwester zur Hochzeit prächtig auszustatten, sondern auch Rom und den päpstlichen Hof zu verschönern und zu verherrlichen durch Bauten, Bildwerke und Gemälde. Dazu nahm er die größten Baumeister und Maler, Michelangelo und Raffael, in Sold, die mussten ihm die Peterskirche und seine Paläste ausbauen und ausschmücken. Das alles kostete Geld, viel Geld. Aber das konnte er wohl leichtlich und reichlich bekommen, sonderlich von den „dummen Deutschen", durch den Ablass.

Was ist das, Ablass? In der Kirche war allmählich die Lehre aufgekommen, es seien von der Reue und Buße über die Sünden auch äußere Zeichen erforderlich, nämlich Fasten, Beten, Wallfahren, Almosen und dergleichen. Für diese „guten Werke" konnte man bald aber auch Geld geben an die Kirche. So gab es also Bußen für die Buße. Daraus entstand dann die Meinung, für die Bußen bekäme man Nachlass oder Ablass von den Sündenstrafen auf Erden und im Fegfeuer, ja, Vergebung der Sünden selbst. Solchen Ablass behielt sich aber der Papst vor, wie sehr viele andere Dinge, welche Geld eintragen. Denn die Päpste waren meist sehr gute Finanzkünstler und ein Kämmerling von Innocenz VIII. hat als Finanz-Evangelium verkündet: „Gott will nicht den Tod des Sünders, sondern dass er zahle und lebe." Sogar die deutschen Geistlichen, welche Hus zu Konstanz verbrannten, klagten, es werden die Sünden „gleich einer Krämerware taxiert" und verkauft. Die Menge der italienischen Prälaten und Geistlichen aber, die vom Ablass und ähnlichen Geldern erhalten wurden, spotteten noch, lachten und sagten, sie lebten von „den Sünden der Deutschen". Der Papst verkaufte oder verlieh auch wohl an Reliquien, Kirchen und Klöster solchen Ablass. Am liebsten aber schrieb er selbst ein Ablassjahr aus, das war wie eine Steuer, die sicher einging und viel eintrug.

Seit dem Jahre 1500 war das schon viermal geschehen; jetzt im Jahre 1516 schrieb Leo X. schon wieder einen Ablass in Deutschland aus durch eine besondere Bulle. Den größten Teil von diesem Ablass hatte der Papst verpachtet an den jungen Erzbischof und Kurfürst von Mainz, der auch zugleich Erzbischof von Magdeburg war. Der wollte es dem römischen Papst an Aufklärung und Luxus gleichtun, hatte diesem auch 30.000 Gulden zahlen müssen für ein erzbischöfliches Pallium – das ist ein Bischofskragen, an dem jeder Faden sechs Pfennig wert war, aber hundert

Dukaten kostete, ein so teurer Krämer war der Papst in Rom. Dies Geld hatte der Erzbischof beim Fugger in Augsburg geliehen, das war der Rothschild zu jener Zeit, und damit er's abtragen konnte, hatte er vom Papst den Ablass gepachtet gegen die Hälfte des Erlöses; denn das Einkommen aus seinen zwei Erzbistümern reichte ihm nicht aus. Da dingte der Erzbischof nun Ablasskrämer, die ein gutes Mundwerk hatten, schickte sie umher in den deutschen Landen, um die Ablasszettel zu verkaufen; hinter ihnen her aber schickte der Fugger seine Handelsreisenden, die mussten gleich das fällige Geld für ihn einkassieren, damit er nicht darum käme.

Diese Ablasskrämer zogen nun durchs Land mit großem Gepränge, mit Kerzen, Fahnen, Kreuzen und Herolden, wurden empfangen mit Glockenklang und Orgelschall und eingeholt von der Geistlichkeit und den Schulen vom Rat und der Bürgerschaft, als kämen Boten des Himmels, ja Gott selber eingezogen. Sie schlugen ihre Buden auf in Städten und Flecken; ließen ausschreien und machten Anschläge an die Mauern und Straßenecken, welche bei Strafe Banns nicht abgerissen werden durften. Wohin sie kamen, da war Markt und Messe und großer Zulauf. Alle Welt kam zu diesem Ablassmarkt, wie die Juden an den Jordan, als die Stimme eines Predigers in der Wüste erscholl: das Himmelreich ist nahe herbeigekommen! Freilich kamen sie nicht, dass sie Buße täten, sondern dass sie sie kauften. Das taten sie mit großem Eifer, denn die Leute hatten damals gar große Angst vor Hölle und Fegefeuer und große Begier nach dem Himmel und Paradies, und für beides sollte der Papst die Vollmacht und Schlüssel haben. So versicherten sie sich mit Ablassscheinen gegen das Höllenfeuer und für das ewige Leben; wie die Leute heutzutage sich in Feuer- und Lebensversicherung einkaufen. Die Ablasskrämer predigten freilich auch keine Buße wie Johannes der Täufer, sondern riefen wie die Marktschreier: „Leget ein, leget ein!", lebten auch nicht wie Johannes von Heuschrecken und wildem Honig, obwohl sie sein härenes Kleid und seinen Ledergürtel nachgemacht hatten; vielmehr das Gegenteil. Sie hielten Ablasspredigten, lasen die Ablassbulle des Papstes vor und die Instruktion des Erzbischofs: die versprach zum ersten vollkommene Gnade bei Gott und Erlösung vom Fegefeuer, wenn einer zerknirscht beichte, kommuniziere und siebenmal fünf Vaterunser und Avemaria bete; zum andern versprochen sie ohne Reue und Beichte Anteil an allen Gebeten und Verdiensten der Heiligen und aller Christen; zum dritten ohne weiteres Erlösung der armen Seelen aus dem Fegefeuer – und das alles um nichts und wieder nichts als Geld und Geld. Da war eine Taxe aufgestellt von einem halben bis zu 25 Goldgulden je nach Schuld und Stand und Vermögen, alle möglichen Sünden konnten da abgelöst werden, und wie billig! Meineid für neun, Mord für acht, Zauberei für zwei Dukaten! Wer freilich gar kein Geld hatte, konnte auch keinen Ablass bekommen, trotzdem solcher in einem Anschlag den Armen auch unentgeltlich verheißen war. So ist es einem armen Schüler in Annaberg gegangen, Mykonius, der nachher der erste Geschichtsschreiber der Reformation geworden ist; der hätte gar gerne auch etwas Ablass gehabt, konnte aber keinen bekommen, weil er nichts hatte, um zu bezahlen.

Der geschickteste Geselle unter den Ablasskrämern war der Dominikanermönch Tezel, der selber für sich viel Ablass nötig gehabt hätte. Der kam nach Thüringen und Sachsen und schlug seinen Kram auf, das rote Ablasskreuz mit dem päpstlichen Wappen, den Tisch mit Zetteln, und die Truhe für das Geld; predigte vom Ablass und pries die „Gnadenzettel" an, wie ein Quacksalber seine Elixiere: er mache mehr Menschen selig als Petrus; das Ablasskreuz vermöge so viel wie das Kreuz Christi; sobald der Groschen im Kasten klingt, die Seele aus dem Fegfeuer springt. „Eure Eltern und Gefreunde im Fegfeuer schreien zu euch: wir sind in den härtesten Qualen, ihr könnt uns mit einem Viertelgulden erlösen und ins paradiesische Vaterland bringen, und ihr wollt nicht; wir haben euch aufgezogen und Erbe gelassen und ihr seid so grausam, dass ihr uns in den Flammen liegen lasst!"

Da liefen denn die guten Leute, arme Weiblein und hungrige Bäuerlein herzu, gaben ihren Notpfennig dahin für sich und ihre Angehörigen und der feiste Mönch steckte das Sündengeld ein und füllte seinen Kasten; auch freche Sünder und verstockte Höllenbraten kauften sich los mit Blutgeld, das sie selbst gestohlen oder erwuchert hatten, und pochten auf ihren Schein, der ihnen „Engelreinheit" und die Seligkeit garantierte, und hielten dem Prediger und Beichtvater den Zettel höhnisch ins Gesicht, wenn der sie zur Buße und Belehrung mahnte.

Aber es gab auch Leute, die an diesem ärgerlichen Unwesen Anstoß nahmen. Sie fragten, ob denn unser Herrgott so geldgierig sei, dass er die armen Seelen so quäle, die er doch um weniges entlassen könne; und ob denn der Papst so grausam sei, dass er das Fegfeuer nicht auf einmal und umsonst leeren wolle? So klagten manche, andere hatten's ihren Spott. Sogar die deutschen Bischöfe sahen's nicht gerne, dass die „Zentner Geldes so federleicht über die Alpen flogen", sintemal sie hätten sie selber gern in ihrem Sprengel behalten. Noch ärgerlicher waren die weltlichen Fürsten, denn die konnten vor lauter Ablass und Peterspfennigen gar keine Steuern ausschreiben; manche verboten darum den Ablasskram in ihrem Land. Auch der Kurfürst von Sachsen ließ den Tezel nicht in sein Gebiet kommen. Aber der Tezel legte sich an die Grenze und die Sachsen liefen doch zu ihm und trugen ihr Geld aus dem Land, ihre Ablasszettel heim, und wollten nicht mehr auf Predigt und Beichte hören, und lebten sicher in ihren Sünden.

So waren viele Leute unzufrieden mit dem Ablasskram; und hinterher, als Luther auf seinen Hals hin die Rüge laut ausgesprochen hatte, haben's sogar manche Päpstliche öffentlich eingestanden, dass „geizige Kommissäre, Mönche und Pfaffen unverschämt vom Ablass gepredigt und mehr aufs Geld, als auf Beichte, Reue und Leid gesehen haben." Aber damals wagte keiner öffentlich etwas dagegen zu sagen, denn sie fürchteten den Papst und seinen Bann, auch den Tezel und sein Geschrei; denn der gehörte zu dem Orden der Ketzermeister und predigte, „er wolle denen, die wider den Ablass murmelten oder redeten, die Köpfe abreißen und sie blutig in die Hölle stoßen."

Aber einer schwieg nicht, murmelte auch nicht bloß, sondern redete laut und frei öffentlich, ja, schrieb dagegen mit so großer Feder, dass sie bis gen Rom reichte und dem Löwen dort ins Ohr stach, dass er laut aufbrüllte und seine dreifache Krone wankte, und mit so großer Schrift, dass sie in ganz Deutschland, ja, in der ganzen Christenwelt gesehen und gelesen wurde. Der Mann war Doktor Martin Luther. Er hätte wohl Ursache gehabt, nicht über den Ablass zu reden: denn vom Ablass, den die Schloss- oder Stiftskirche zu Wittenberg für ihre 5000 Reliquien hatte, ward teilweise die Universität erhalten, und den Professoren wie Bürgern von Wittenberg, auch dem frommen Kurfürsten, der den Heiligenschatz mit teuerem Geld und vieler Mühe gesammelt hatte, war das nicht nach den Ohren geredet. Dennoch dachte Luther: „Ob ich wohl weiß, dass es klüger wäre zu schweigen, so will ich doch lieber reden." Und das tat Luther. Er murmelte im Beichtstuhl, predigte aber auch laut und öffentlich gegen den Missbrauch des Ablasses und die „Galgenreue", zu der er verführe; und zwar wiederholt, trotzdem Tezel mit Ketzergericht und

Feuer drohte. Ja, Luther predigte dies sogar in der Schlosskirche, womit er bei seinem Fürsten „schlechte Gnade verdiente". Warum tat es Luther aber doch? Weil sein Gewissen ihn trieb, ein heiliger Zorn, der Eifer um Gottes Haus und der göttliche Geist selbst. Luther hatte um der Sünde und der Gerechtigkeit und Seligkeit willen Fegefeuerqualen und Höllenpein ausgestanden in Kasteiungen, Gewissensnöten und Anfechtungen: und nun sollte die Sünde so schnell getilgt, Gerechtigkeit und Seligkeit so leicht erworben werden können, wie man ein schmutziges Kleid für ein neues tauscht und eine Lustbarkeit erwirbt durch Geld, ohne dass das Herz und Gewissen dabei bewegt ward! Er hatte gelernt aus der Schrift, was Buße sei und Glaube und dass dies die zwei Angeln seien an der Türe des Himmelreichs: und jetzt sollte jedem leichtfertigen Sünder diese Türe geöffnet werden um Geld! Da wurde er mit heiligem Zorneseifer erfüllt gegen die geldgierigen Pfaffen und mit heiligem Erbarmen zu dem blinden elenden Christenvolk. Er musste und musste auftreten gegen die Mönche und für die Christen, er konnte und durfte nicht anders.

Luther war damals, wie er später selbst sagt, „ein junger Doktor, frisch aus der Esse gekommen und hitzig und lustig in der hl. Schrift" und brannte danach, den Tempel Gottes zu reinigen von dem Unfug. Aber er war auch bescheiden und gehorsam gegen die Kirche und meinte, es sollten's die tun, die dazu bestellt seien, deren Pflicht und deren Ehre dabei im Spiel sei, wenn Schaden und Schande daraus für die Kirche erwachse: die Bischöfe; schrieb deswegen an mehrere. Die einen hörten ihn gnädig an, rieten ihm aber ab: er mache sich nur Mühe und Unruhe; andere lachten, keiner aber wollte „der Katze die Schellen anbinden". Da nahm Doktor Luther selber die Geißel zur Hand, das war seine gute Feder, und schwang sie gegen die Käufer und Verkäufer im Heiligtum.

Es war Allerheiligen da, das große Fest der katholischen Christenheit, das war zugleich das Kirchweihfest der Schlosskirche mit ihren vielen Gebeinen aller Heiligen, wo große Prozession und Wallfahrt war in Wittenberg. Da schrieb der Doktor Luther fünfundneunzig Sätze, und schlug sie am Tag vor Allerheiligen an die Türe der Schlosskirche in Wittenberg an, sagte aber zuvor niemand nichts davon, damit keiner ihn hindere und aufhalte. „Aber", erzählt er, „als ich zu schreiben begann, sagte ich Gott mit großem Ernste: wollte Er sich ein Spiel anfangen mit mir, so möge Er's für sich allein tun und mich davor behüten, dass er mich, das heißt meine eigene Weisheit, nicht drein menge."

Von den Sätzen aber lauteten die wichtigsten: 1. Da unser Herr und Meister sprach: Tut Buße!, wollte er, dass das ganze Leben des Christen eine Buße sei. 2. Solch Wort müsse nicht von der Ohrenbeichte verstanden werden. 5. Der Papst will noch kann keine andre Strafe erlassen, als die er gesetzmäßig auferlegt hat. 6. Der Papst kann keine Schuld vergeben, sondern nur erklären und bestätigen, was von Gott vergeben sei. 25. Gleiche Gewalt darin wie der Papst hat jeder Seelsorger in seiner Gemeinde. 26. Der Papst tut sehr wohl daran, dass er nicht aus Gewalt der Schlüssel, die er gar nicht hat, sondern fürbittweise den armen Seelen (im Fegfeuer) Vergebung schenkt. 27. Die predigen Menschentand, welche vorgeben, dass sobald der Groschen im Kasten liegt, die Seele aus dem Fegfeuer fliegt. 81. Solche unverschämte Predigt vom Ablass macht, dass es selbst den Gelehrten schwer wird, des Papstes Würde und Ehre gegen die Verleumdung oder vor den scharfen Fragen des gemeinen Mannes zu verteidigen. 66. Die Schätze des Ablasses sind Netze, womit man jetzt den Mammon der Leute fischet. 32. Die werden samt ihren Meistern zum Teufel fahren, die da vermeinen durch Ablassbriefe ihrer Seligkeit gewiss zu sein. 33. Vor denen muss man sich hüten, welche sagen, der Ablass sei die hohe Gottesgnade, durch die der Mensch versöhnt werde. 41. Vorsichtig soll man vom päpstlichen Ablass lehren, damit der gemeine Mann nicht fälschlich dafür halte, derselbe solle andern guten Werken der Liebe vorgezogen, 42. oder auch nur mit ihnen verglichen werden; 43. vielmehr soll man die Christen lehren, wer den Armen gibt oder leihet den Dürftigen, tut besser, als wenn er Ablass löset. 50. Man soll die Christen lehren, wenn der Papst der Ablassprediger Schinderei kennte, so wünschte er lieber, dass die Peterskirche zu Asche verbrenne, als dass sie mit seiner Schafe Haut und Bein erbaut werde. 60. Der Schatz, aus dem der Papst Ablass geben kann, ist der Schlüssel, welcher der Kirche durch Christi Verdienst verliehen ist. 62. Der wahre Schatz der Kirche ist das hochheilige Evangelium von Gottes Herrlichkeit und Gnade. 92. Wehe allen Propheten, die da sagen zu der Gemeinde Christi: ‚Friede! Friede!' und ist doch kein Friede. 93. Heil aber denen, die da sagen: ‚Kreuz! Kreuz!' und ist doch kein Kreuz. 94. Man soll die Christen ermahnen: Christo ihrem Herzog nachzufolgen durch Kreuz, Hölle und Tod; 95. und also mehr durch viel Trübsale als durch falschen Frieden ins Gottesreich einzugehen.

Diese Sätze hatten zur Überschrift:

DISPUTATION ZUR ERKLÄRUNG DER KRAFT DER ABLÄSSE.

Aus Liebe und Streben, die Wahrheit ans Licht zu stellen, soll darüber disputiert werden zu Wittenberg unter dem Vorsitz des ehrwürdigen Vaters Martin Luther. Diejenigen, welche nicht gegenwärtig darüber mit uns handeln können, mögen solches schriftlich tun. Im Namen unsers Herrn Jesu Christi. Amen!

Damit hatte Luther angekündigt, wozu er die 95 Thesen geschrieben und öffentlich angeschlagen habe. Es war Sitte, dass die Gelehrten wie zu einem geistlichen Turnier sich herausforderten und miteinander disputierten über bestimmte Sätze. Solche Disputation wollte auch Luther über die Thesen und den Ablass veranstalten, nicht aus Streitsucht, sondern damit durch öffentliche Besprechung die Wahrheit über den Ablass an Tag käme. „Ich war begierig mich belehren zu lassen; und weil mich die. toten Meister mit ihren Büchern nicht berichtigen konnten, begehrte ich bei den lebendigen Rat zu suchen und die Kirche Gottes selbst zu hören." Nicht an den großen Haufen wollte er schreiben und schreien, dass diese ihm Beifall jauchzten oder ihn zu Tode steinigten, sondern an die Gelehrtesten und Frömmsten, die berufenen Lehrer der Kirche.

Luther wusste aber damals noch nicht, oder wollte es nicht glauben, „dass der Erzbischof selber dies Fündlein erfand und diesen großen Beuteldrescher in die Länder geschickt hatte, um sein Pallium aus des gemeinen Mannes Beutel zu bezahlen und dass auch der Papst seine Hand mit im Sode hatte." Darum schickte Luther eine Abschrift der 95 Thesen samt einem Brief an den Erzbischof, „vermahnte und bat den, er wolle dem Tezel Einhalt tun und solch ungeschickt Ding zu predigen wehren, es möchte eine Unlust daraus entstehen. Solches gebühre ihm als Erzbischof." Ja, Luther bat Staupitz, seine Thesen „dem frommen Papst Leo X. zu schicken und bei Seiner Heiligkeit ihm ein Fürsprecher und Anwalt zu werden wider die bösen Praktiken der giftigen Ohrenbläser." Luther wusste und glaubte aber auch nicht, in was für ein arges Wespennest er gestochen hatte und noch weniger dachte er, dass er mit den 95 Sätzen die längst von der Christenheit ersehnte und von hellsehenden Männern geprophezeite, von vielen Vorläufern versuchte und von manchem Konzil vergeblich angeordnete Verbesserung der Kirche angefangen hatte und dass der 31. Oktober 1517 der Geburtstag der Reformation sei.

Die 95 Sätze waren lateinisch abgefasst, denn Luther wollte sich belehren lassen durch die Meister und Doktoren. Aber die Thesen wurden abgeschrieben, übersetzt, gedruckt und „in vierzehn Tagen liefen sie durch ganz Deutschland und in vier Wochen hatten sie schier die ganze Christenheit durchlaufen, als wären die Engel selbst Botenläufer und trügen's vor der Menschen Augen. Es glaubt kein Mensch, was für ein Gerede davon wurde." Denn der Ablass war etwas, was alle und sonderlich das gemeine Volk sehr drückte; auch fühlten die Menschen und ahnten es, dass in diesen Thesen noch mehr liege, als bloß eine Rüge des Ablasses. Die Geister waren erregt und in Erwartung von neuen Ereignissen und weltbewegenden Taten, wie Luther selbst merkte und sagte: „an allen Orten brennt, glüht, wankt, fällt, stürzt, schäumt alles." Viele rühmten den Doktor Luther, dass er es einmal gewagt, den faulsten Fleck der Kirche anzurühren. Der berühmte Erasmus merkte und sagte: Luther habe eine gute Sache unternommen, da er wider die unerträglichen Missbräuche der Hochschulen und Kirche schrieb. „Der Handel gefiel also jedermann sehr wohl, ausgenommen den Dominikanern und dem Bischof zu Mainz, auch solchen, die um Bauchs, guter Tage und Ehren und Ansehens willen ins Kloster gelaufen waren. Andere fromme Mönche aber, die sich wie Luther in Klöstern mit Beten und Fasten schier zu Tode gemartert hatten, nahmen die Thesen mit Freuden an und dankten dem lieben Gott, dass sie den Schwan, davon Hus geweissagt, singen hörten." Dr. Fleck rief, als er sie zu Gesicht bekam: „Ho, ho! Der wird's tun! Er kommt, auf den wir lange gewartet haben!", und schrieb auch einen tröstlichen Brief an Luther, er solle getrost fortfahren, er sei auf dem rechten Wege. Ein anderer berühmter Gelehrter sprach, als er die Thesen las: „Jetzt kommt die Zeit, da die Finsternis aus den Kirchen und Schulen ausgerottet und die reine Lehre und Sprache einkehren wird." Der alte Reuchlin, Melanchthons Oheim, den die „Dunkelmänner" übel verketzert hatten, sprach: „Gott Lob, nun haben sie einen gefunden, der ihnen so blutsaure Arbeit machen wird, dass sie mich alten Mann im Frieden hinfahren lassen!" Auch die Studenten in Wittenberg waren natürlich für ihres lieben Doktors Sache begeistert und haben aus Überdruss an dem alten sophistischen Kram und Lust an der heiligen Schrift, auch aus Gunst gegen Luther, die Gegenthesen, die Tezel hatte aufsetzen und überall hinschicken lassen, dem Boten weggenommen, jedermann „zur Leiche" auf den Markt geladen und sie dort verbrannt; und Tezels Ablasspredigt sowie sein Ketzern „wollte nicht mehr so klingen und gelten in der Deutschen Ohren wie früher."

Luther schrieb noch einen „Sermon von Ablass und Gnade" für das deutsche Volk; darin erläutert er die Thesen und setzt auseinander, dass der Sünder nicht genug tun könne für seine Sünden, sondern Gott aus Gnaden vergebe und nur herzliche Reue und Belehrung begehre, dazu dass man Christi Kreuz trage und wohl lebe; der Ablass bessere nicht, sondern erlasse dem Menschen die Besserung. „Wer anders sagt, der verführt Dich und sucht Deine Seele in Deinem Beutel, und fänd er einen Pfennig darin, das wäre ihm lieber als Deine Seele." „Und ob etliche mich einen Ketzer schelten, weil ihnen solche Wahrheit am Geldkasten schadet, so achte ich ihr Geschrei nicht groß." Auch das wurde gedruckt und viel und eifrig gelesen.

Auch kam Luther um diese Zeit nach Heidelberg zu einer Versammlung aller deutschen Augustiner, wurde vom Bischof in Würzburg und von Wolfgang, des Kurfürsten von der Pfalz Bruder sehr freundlich und ehrenvoll aufgenommen. Der Pfalzgraf ließ ihn umherführen und ihm das Schloss und alle Herrlichkeiten zeigen, lud ihn auch zur Tafel. Der sächsische Kurfürst hatte aber auch Luther so gelobt in einem „Kredenz"- oder Empfehlungsbrief, dass der pfälzische Kanzler auf gut pfälzisch sagte: „Ihr habt bi Gott en kystlichen Kredenz!" In Heidelberg hielt Luther auch vor den Ordensbrüdern, Professoren, Studenten, Hofleuten und Bürgern eine Disputation über die Lehrweise in Wittenberg; denn er hatte es dahin gebracht, dass zu Wittenberg all der Quark der alten Schulbücher verlassen und Augustinus und Paulus ordentlich gelesen wurde. Alle bewunderten Luthers Weisheit und Schriftgelehrsamkeit und der Pfalzgraf schrieb dem Sachsenfürsten: „Dr. Martinus hat sich also geschickt gehalten, dass er nit ein klein Lob Ew. Liebden Universität gemacht; es wurden ihm auch großer Preis von vielen gelehrten Leuten nachgesagt." Besonders die Studenten hörten Luther begeistert; darunter waren solche, die nachher das Evangelium gepredigt haben und Reformatoren geworden sind in Württemberg nämlich: Brenz und Schnepf, ferner Billikan in Nördlingen und Butzer in Straßburg.

Der Ruhm aber, den Luther erhielt wegen seines kühnen Dreingreifens, war ihm zuvörderst nicht lieb; denn er war selber noch nicht recht sicher und klar über den Ablass und „das Lied wollte seiner Stimme zu hoch werden." „Über die Größe und den glücklichen Fortgang dieser Sache durfte ich mich auch nicht erheben und stolz machen." Mit Zittern und Zagen hat er die Sache angefangen, wenn auch mit Gebet und rechtem Ernst. Und demütig und beklommen fuhr er fort, wenn er auch niemals zurückweichen wollte. Denn es war ihm alles Gewissens- und Gottessache; er sagte: „Nicht mein, nicht ihr, nicht unser, sondern Dein Wille geschehe, Vater im Himmel! Christus mein Herr mag zusehen, ob dieser Handel, den ich führe, mein oder Gottes Sache belange." Anfangs hat er gehofft, er wolle die Sache vom Ablass „nur anstechen", und gehofft, andre würden kommen, die es besser hinausführten, namentlich da er sich damals gar kränklich und leidend fühlte. Aber jetzt war er allein, „sein armer blöder Geist musste dastehen wie eine Feldblume, allen Wettern ausgesetzt". Denn offen stand keiner zu ihm, namentlich die großen Doktoren und Bischöfe schwiegen oder waren ängstlich. „Denn so geht es, wenn man in verkehrten Meinungen alt geworden" ist. Die Aufgeklärten aber, wie der berühmte Erasmus, sagten nur versteckt und lateinisch, was Luther deutlich und deutsch verkündete; ja manche, namentlich die Welschen spöttelten über die „deutschen Theologen", weil nämlich Luther „grob" deutsch schrieb und nicht fein gelehrt lateinisch; diese Schreibart und auch den Inhalt von Luthers Schriften wollten sie als Neuerung verächtlich machen. Luther aber gab aufs Neue „die Deutsche Theologie" heraus und schrieb dazu stolz und freudig: „Es möge sich ärgern, wer da wolle an diesem schlichten Deutsch und ungekränzten Worten, dies edel Büchlein ist doch umso reicher und köstlicher in Kunst und göttlicher Weisheit. Daran möge man auch sehen, ob es wahr sei, was etliche Hochgelehrte von uns Wittenbergischen Theologen reden, als wollten wir neue Ding fürnehmen, gleich als wären wir nicht vorhin und anderswo auch Leute gewesen. Ich danke Gott, dass ich in Deutsch gefunden habe, was ich und sie weder lateinisch noch griechisch gekannt. Und wenn solcher Büchlein mehr an Tag kommen, so wird man ja sehen, dass die deutschen Theologen die besten Theologen sind." Und auf die Frage: „Denkst du allein richtig und stellst deine Meinung dem Urteil so vieler großer Männer keck entgegen?", antwortete Luther: „Nicht ich, sondern die Wahrheit, die mit mir ist, und noch viele, die an der Kraft des Ablasses zweifeln, denken richtig."

So war Luther mutig; aber seine eigenen Freunde zagten und „waren in der erste gar schwächlich". Der Rechtsfreund und Amtsgenosse Luthers Dr. Schurf sprach: „Was wollt ihr machen? Man wird's nicht leiden!" Doch Luther sagte: „Wenn sie's aber müssen?" Und ein anderer berühmter Doktor klagte: „Du sagst die Wahrheit, guter Bruder, aber du wirst nichts ausrichten. Gehe nur in deine Zelle und bete: Herr erbarme dich meiner!" Seine eigenen Ordensbrüder samt Prior fürchteten sich sehr und baten ihn, er solle „den Orden nicht in Schanden führen, worüber die anderen Orden schon vor Freude hüpften." Da antwortete er aber: „Lieben Väter: Ist's nicht in Gottes Namen angefangen, so ist's bald gefallen; ist's aber in seinem Namen angefangen, so lasset denselben machen!" Auch Luthers Bischof schickte ihm einen Abt und bat ihn, einzuhalten. Und endlich kam es Luther noch hart an, dass auch sein Landesherr seinetwegen in Verdruss und Geschrei kam, als ob er die Ketzerei beschütze.

Aber nicht nur die Freunde machten Luther bange, sondern noch andere Leute traten jetzt als Feinde gegen ihn auf, auch solche, von denen er's nicht erwartet hatte. Zuerst natürlich Tezel, dessen „heiliges Geschäft" durch Luther sehr in Abgang geriet, wie der Handel des Goldschmieds Demetrius in Ephesus durch Pauli Predigt. Er und sein Anhang und Orden, die Dominikaner und Ketzermeister samt allen Dunkelmännern und den Doktoren, welche auf Luther und Wittenberg neidisch und hässig waren, erhoben ein Ketzergeschrei, schrien und tobten, Luther hätte die päpstliche Unfehlbarkeit verletzt, und Jakob Hochstraten, der grausame Ketzermeister in Köln, ermahnte den Papst, mit Feuer und Schwert wider Luther zu verfahren. Der Mainzer Erzbischof stellte gegen den „vermessenen Mönch in Wittenberg" einen Prozess an. Dazu kam noch ein Kämmerling des Papstes, Prierias, der den „elenden deutschen Doktor" und seine „hündisch bissigen Sätze" vom hohen Ross herunterstechen wollte, freilich mit sehr stumpfem, plumpem Spieß.

Luther erschrak zuerst, „dass alle Welt die Augen aufsperrete" über ihn und die Gelehrtesten ein Zetergeschrei wider ihn machten, auch am Hofe des Papstes Lärmen sei seinetwegen. Als er aber die Schriften der Gegner las und ihre seichten Gründe, da wurde ihm leichter. Aber er war auch verwundert, dass des Papstes Kämmerling, der Großketzermeister und oberste Wächter des Glaubens, so grob und tölpisch heraussagte, der Papst sei so gut wie die Kirche und unfehlbar in dem, was er sage und tue, und wer nicht auf ihn sich stütze, von dem auch die heilige Schrift ihr Ansehen habe, sei ein Ketzer. Ja, es sei nicht erlaubt, den Papst, auch wenn er offenbar sündigt, zu tadeln; der Papst habe Gewalt im Weltlichen wie im Geistlichen und könne als der größte König der Welt Abgaben anordnen, wie es ihm beliebe. Das waren die Behauptungen, mit denen des Papstes Knappen um sich warfen, ungegründete, hochtrabende Sprüche, mit denen sie aber einem gründlichen deutschen Gelehrten wenig Eindruck machen konnten. Manche Widerschriften waren so schlecht, dass Luther sie verachtete und gar nicht beantworte. Aber gegen andere schrieb er trotz all seiner sonstigen Arbeiten gewaltige Streitschriften, schwang gegen den papiernen Schild der Römlinge das scharfe zweischneidige Schwert, das er im Kloster gefunden und auf der Hochschule geschliffen hatte, das Gotteswort, das durchdringt durch Papier und Wahn, ja, durch Mark und Bein, durch Seele und Geist und ist ein Richter der Gedanken und Sinne des Herzens.

Siebentes Kapitel

Von mancherlei Disputationen: Streit-, Friedens- und
Siegesgesprächen; ingleichen was Luther und der Papst
voneinander hielten

Das Wort sie sollen lassen stahn
Und kein' Dank dazu haben.
Gott ist mit uns wohl auf dem Plan
Mit seinem Geist und Gaben.

L.

Bisher hatte es Luther nur mit Tezel und seinem Anhang zu tun gehabt. Die machten ihm mit ihrem Schelten und Drohen wenig zu schaffen, denn zum ersten dachte er, sie wollten nur dem Papst schmeicheln und heucheln und der wollte nichts von ihnen wissen, wenn er sie kennte; da sie durch ihre Lügen nur seine Majestät schändeten. „Der Papst ist ein Mensch", sagte er, „er kann sich täuschen lassen von so verschlagenen und heuchlerischen Leuten; aber Gott ist die Wahrheit und lässt sich nicht irren." Zum andern hatte er keine Angst vor Verfolgung und Märtyrertum, sondern eher eine rechte Lust dazu: „Wer arm ist, fürchtet nichts, denn er kann nichts verlieren. Güter hab ich nicht, Ruhm und Ehre, wenn ich sie je gehabt, die verliert der ohne Unterlass, der sie einmal zu verlieren angefangen. Bleibt mir nichts als mein schwacher, vom steten Ungemach ermatteter Leib. Wenn sie mir den mit List oder Gewalt nehmen, so machen sie mich nur um ein paar

Lebensstunden ärmer. Ich hab an meinem süßen Erlöser und Mittler genug, ihm will ich singen, so lang ich lebe. Will aber jemand nicht mit mir singen, was geht's mich an? Geliebt es ihm, so mag er für sich allein heulen."

Vor dem Papst aber hatte Luther einen heiligen Respekt gehabt von jeher und hatte ihn jetzt noch. Der Papst dünkte ihn das wahre Haupt der Kirche und der Christenheit, von der wollte Luther sich nicht trennen oder gar dawider streiten, er wollte durchaus kein Ketzer sein. „Den Papst betete ich aufrichtig an, nicht um Pfründen oder Würden, sondern was ich tat, tat ich aus einfältigem Herzen, aus redlichem Eifer und zur Ehre Gottes. So groß war des Papstes Ansehen bei mir, dass ich meinte, nur im allergeringsten von ihm abweichen wäre Sünde und ewiger Verdammnis würdig." So war Luther gesinnt, da er im Kloster war; ja, damals, sagte er, habe er's für schwere Sünde gehalten nur an Hus zu denken, und hätte um des Papstes Ansehen zu verteidigen selbst Feuer angezündet, den Ketzer zu verbrennen, in der Meinung, Gott den höchsten Gehorsam zu erweisen. Aber auch damals, als er den Ablasshandel anfing, hielt er noch hoch vom Papst und betete ihn noch immer mit rechtem Ernst an; räumte ihm darum auch noch zu viel ein in vielen und hohen Artikeln. Er dachte nicht daran, dass er mit den 95 Thesen eigentlich doch „den Mönchen an den Bauch und dem Papst nach der Krone gegriffen hatte", wie Erasmus sagte. Das spürten aber die Ketzerrichter und Ketzerriecher gar wohl heraus, die sich *Domini canes*, d.h. des Herrn Hunde, nannten; und darum hatten sie gegen Luther ihr Gebell erhoben.

Der damalige Papst hatte auch nichts Böses oder Schlechtes getan, vielmehr die Aufgeklärten, z.B. Reuchlin, geschützt gegen die Dunkelmänner, d.h., soweit es nicht seiner Päpstlichkeit schadete. Darum hatte auch Luther von ihm eine gute Meinung, glaubte nur, er wäre zu gut für diese

Zeit und für Rom, „welches das wahre Babylon ist"; sagte auch, Leo sitze dort unter den Kardinälen wie Daniel in der Löwengrube oder das Schaf unter den Wölfen; oder er sei wie der Fuhrmann, dem Wagen und Pferde nicht gehorchen wollten: er regiere nicht, sondern werde regiert. Darum hatte Luther auch gutes Zutrauen zu ihm; und als er eine neue Schrift zur „Erläuterung" der 95 Thesen geschrieben hatte, ließ er sie unter des Papstes Namen und Widmung ausgehen, und sandte sie ihm samt einem ehrerbietigen Brief. In dieser Schrift verteidigt er sich und seine Sätze gegen die Verleumdungen, berief sich auf sein Gewissen und die hl. Schrift und seine Liebe zu Christo und zur Kirche, wie seine Seele Betrübnis und Kummer habe, dass solche Dinge in der Kirche Christi gepredigt würden. Er schrieb darin aber auch das Wort von Rom-Babylon, sagt auch ausdrücklich, dass der Papst für sich irren könne, er sei ein Mensch wie ein andrer Mensch, und viel Päpste hätten schon lasterhafte und ungeheuerliche Reden und Taten getan. Er sagt, Christus hat nicht gewollt, dass der Menschen Seligkeit in der Hand oder Willkür eines Menschen liege. Der Papst könne die Sünden nicht vergeben – das könne nur Gott – sondern die göttliche Sündenvergebung erklären. Das könne aber auch jeder Geistliche, ja, jeder Christ. Und es sei ein Unterschied zwischen innerer und äußerer Buße; jene sei die wahre, und dazu gehöre Reue und Glaube. Zuletzt sagt Luther „kurz und getrost" seine Meinung: „Die Kirche bedarf einer Reformation, aber diese ist nicht das Werk eines einzigen Menschen, wie der Papst, noch auch vieler Kardinäle, sondern der ganzen Christenwelt oder vielmehr Gottes allein. Die Zeit aber dieser Reformation kennt allein der, welcher die Zeiten geschaffen hat." Über die Art derselben sprach er sich in einem andern „Sermon" so aus: „Was der hl. Vater mit der Schrift oder Vernunft bewährt, nehme ich an; das andre lass ich seinen guten Wahn gewesen sein."

Das war dem Papste doch zu arg. Denn gegen eine Reformation und namentlich gegen jede Schmälerung der päpstlichen Allmacht hatten sich alle Päpste gesträubt, wieviel mehr Leo X., der sich wenig um die Christenheit, um Glauben und Seligkeit kümmerte, sondern nur um des Papsttums Majestät und Pracht und wie er von der Christenheit Geld dazu erhalte. Dazu lagen ihm die Feinde Luthers in den Ohren, namentlich sein Kämmerling Prierias, der gegen Luther eine Schrift geschrieben und von ihm scharf abgefertigt worden war. Dem hatte Luther gesagt, er mache auch einen offenbar gottlosen Papst zu einem Gott; wenn der Papst und die Kardinäle auch solcher Meinung wären, wie sein Widerpart, dann müsse zu Rom der Sitz des Widerchrists sein. Kurz, die Gegner trieben die Sache gegen Luther so, dass jetzt nicht mehr um den Ablass gestritten wurde, sondern um die Gewalt des Papstes. Während Luther nur eine Disputation gewollt und Belehrung verlangt hatte, warfen sie ihm das Entsetzlichste vor, was es für einen gut katholischen Christen geben konnte: Ketzerei, d.h. Sünde wider den heiligen Geist, und drohten mit der ärgsten Strafe, die es in der Kirche gab, mit dem Bannfluch. Über diesen Kirchenbann schrieb nun Luther eine Schrift. Und wie er gegen den Unfug des Ablasses geredet, so trat er darin gegen dieses ärgste Strafmittel der kirchlichen Tyrannei auf, durch welches die Seele der Hölle, der Leib dem Feuer übergeben wurde. Diesen Bann, der einst Kaiser vom Thron gestürzt und Reformatoren auf die Scheiterhaufen gebracht hatte, wagte Luther anzugreifen und damit das eiserne Zepter der geistlichen Schreckensherrschaft dem Papst und den Bischöfen zu entreißen. Mit dieser Schrift über den Bann und der Forderung einer Reformation hatte Luther des Papstes Krone angetastet und dieser selbst rüstete sich nun zum Kampf.

Während der Papst vorher den Ablassstreit als Zank trunkener Deutschen und neidischer Mönche verspottet hatte, wollte er jetzt Luther als Ketzer verdammen und setzte ein Ketzergericht ein, und als den obersten Richter Luthers Gegner Prierias. Darauf verlangte er vom Kurfürsten Friedrich, der solle Luther nach Rom abführen lassen, dass er dort gerichtet würde. Der Kurfürst aber wehrte sich und sagte, das Gericht müsse in Deutschland geschehen. Also musste Luther nach Augsburg, wo eben ein Reichstag war. Daselbst sollte er vor dem Gesandten des Papstes, dem Kardinal Cajetan erscheinen, der mit Prierias eines Sinnes war und auf einem Konzil gesagt hatte, „die Kirche wäre die Magd des Papstes."

Dieser Gang war wohl noch schwerer als drei Jahre später der nach Worms. Alle und Luther selbst glaubten, es gehe ihm in Augsburg wie dem Paulus in Jerusalem und Hus in Konstanz, wenn er nicht schon unterwegs durch welsches Gift oder Dolch aus dem Weg geräumt werde; und Luther tat es wegen seiner „lieben Eltern" gar leid, dass er ihnen die Schande des Scheiterhaufens antue. Aber er tröstete sich und seine Freunde mit den Worten: „Auch in Augsburg, auch inmitten seiner Feinde herrscht Christus! Christus lebe, Martinus sterbe!" So zog er bang und getrost nach Augsburg. In Nürnberg kehrte er bei seinem Freund und Ordensbruder Link ein, der ihn nach Augsburg begleiten und ihm eine Kutte leihen musste, denn seine war gar zu schlecht. Der Kardinal aber und seine welschen Höflinge traten in großer Pracht und Herrlichkeit auf. Ein Welscher kam zu Luther und wollte ihn bereden, „er solle kein Ringelrennen oder Turnier machen", sondern sich kurz erklären. Luther aber sagte, er wolle belehrt sein, ehe er etwas zugestehe. Da meinte jener: Was er doch auch für Aufhebens mache? Was sei es denn Großes, wenn auch das Volk ein bisschen betrogen werde; es bringe doch der

Kirche Geld ein; er solle nur sechs Buchstaben schreiben: *revoco*, d.i. „ich widerrufe", so sei er frei. Luther sagte aber, das wären teure Buchstaben, teurer wie *occide*, d.i. „töte".

Also musste Cajetan doch ein „Rennen" mit dem „Brüderlein", wie er Dr. Luther nannte, anfangen. Als Luther vor ihn kam in seiner geborgten Kutte und vor dem großmächtigen Kirchenfürst gebührlich zur Erde fiel, winkte der ihm aufzustehen, begehrte aber sogleich den Widerruf, denn er sei da zum Richten und nicht zum Disputieren. Luther aber fing doch an zu disputieren und Cajetan musste sich wohl oder übel drauf einlassen; donnerte aber, als er von Luther in die Enge getrieben wurde, diesen mit hochmütigen und zornigen Worten an, ließ ihn nicht einreden und sagte, wenn Luther nicht widerrufe, oder sich in Rom stelle, so tue er ihn und seine Anhänger sogleich in den Bann: „Geh, widerrufe, oder komm mir nicht wieder vor die Augen!" Also ging Luther, denn er sagte: „Ich will nicht durch Widerruf ein Ketzer werden, lieber verbrannt, verjagt und verflucht sein." Cajetan hatte eine schriftliche Antwort Luthers weggeworfen und wollte nichts mehr von Verhandlung wissen, sondern sagte zu Staupitz: „Ich will nicht weiter mit dieser Bestie reden, er hat so tiefe Augen und wunderliche Gedanken im Kopf!" Da nun der Kardinal ihn nicht weiter hören wollte, auch auf mehrere Briefe Luthers keine Antwort gab, so appellierte dieser durch Notar und Zeugen „vom übel unterrichteten Papst an den besser zu unterrichtenden."

Luther hatte sich vom Kaiser Max einen Geleitsbrief geben lassen, ehe er die Wohnung des Kardinals betrat. Aber das konnte ihn auf die Länge wenig schützen, denn seine Feinde lauerten ihm überall auf. Es hieß, der Papst habe schon dem Augustiner-General Befehl gegeben, den rebellischen, trotzigen Bruder Martin einkerkern zu lassen und an Händen und Füßen gebunden für den Papst im Verwahrsam zu halten; und Cajetan hätte gleichfalls vom Papste Befehl, durch den weltlichen Arm Martinus festzunehmen. Und solche Schreiben gingen auch um und kamen Luther zu Gesicht. Also war Luther, der immer noch auf eine letzte Antwort des Kardinals wartete, seines Lebens nicht sicher in Augsburg. Aber ein Domherr namens Langemantel öffnete ihm bei Nacht ein Pförtlein in der Stadtmauer, verschaffte ihm ein Pferd und einen alten Ausreiter, welcher des Weges kundig war, und „ohne Hosen, Stiefel, Sporn ritt er stracks gen Wittenberg", wo er am 31. Oktober 1518, also gerade ein Jahr nach Beginn des Ablassstreites, eintraf.

Cajetan schrieb an den Kurfürsten einen Brief und verklagte Luther vor ihm wie die Hohenpriester vor Pilatus: „Wäre dieser nicht ein Übeltäter, so hätten wir dir ihn nicht überantwortet", behauptete nur, aber bewies nichts; er schrieb nur: „Ew. Durchlaucht wollen sich nicht von denen betrügen lassen, die da sagen, Bruder Martins Sätze enthielten nichts Böses, und wollen um eines armseligen Mönches willen doch ja keinen Schandstecken auf Ihren und Ihrer Vorfahren rühmlichen Namen bringen!" Luther aber antwortete wie Jesus: habe ich übel geredet, so sollen sie es beweisen! – und Kurfürst Friedrich gab dem Cajetan nicht nach und wurde kein Pilatus an seinem Doktor, sondern erklärte, man solle Luthers Sache friedlich und rechtlich untersuchen lassen; es dächten noch andere fromme und gelehrte Leute wie er.

Der Papst hatte also umsonst gedroht, Luther und sein Kurfürst hatten sich nicht einschüchtern lassen, sondern standhaft beharrt. Auch konnte der Papst seine Drohung nicht ausführen. Denn sonst hätte er alle, die es mit Luther hielten, seine Anhänger und Beschützer, in Bann tun müssen. Der Papst wollte aber den Kurfürsten von Sachsen nicht vor den Kopf stoßen: denn er brauchte ihn gerade.

Es starb nämlich der alte Kaiser Max im Januar 1519 und es sollte ein neuer gekürt werden. Der Papst wollte nun einen Kaiser haben, der ihm passte, nämlich den König von Frankreich. Kurfürst Friedrich aber hatte unter den deutschen Fürsten bei der Kaiserwahl das höchste Ansehen, war auch einstweilen Reichsverweser. Darum schickte ihm nun der Papst einen Kämmerling Miltiz, ein Sachse von Geburt und ein feiner Hofmann, der sollte dem Kurfürsten die größte Auszeichnung, die es gab, überbringen, eine vom Papst geweihte goldene Rose, natürlich gegen ein gutes Trinkgeld für den heiligen Vater. Dabei sollte Miltiz auch den Kurfürsten bewegen, Luther nach Rom, das wäre aber in den Tod, zu überantworten, aus dem Lande zu jagen oder sonst unschädlich zu machen.

Als aber der Kämmerling nach Deutschland reiste, merkte er, wie die Leute über Luther gesinnt waren, und dass unter fünf Menschen keine drei mehr seien, die es mit dem Papst hielten, sodass er, wie er sagte, Luther nicht mit 25.000 Bewaffneten nach Rom zu führen sich getraut hätte; auch konnte er spüren, „dass die römischen Rosen bei den Deutschen ihren Geruch verloren hätten und die römischen Schlüssel ihre Reputation." So kam er nach Nürnberg, wo die angesehensten Bürger der Stadt sich nach Luther „Martinianer" nannten und zur Predigt, zum Gespräch und Mahle sich bei Luthers Freund, dem Augustinerprior Link einfanden, darunter Scheurl, ein Jakob Welser, der Bürgermeister, Albrecht Dürer, der berühmte Maler, Lazarus Spengler, der Ratsschreiber, und andere. Zu denen kam auch Miltiz und hörte sie fast nur von Luther reden. Als Miltiz daher nach Sachsen kam, zog er gar gelinde Saiten auf, lud Luther, den der Papst vorher in einem Brief „Teufelskind und Sündensohn" genannt hatte, zu sich zu Tische nach Altenburg und redete freundlich mit ihm und bittweise, flehte unter Tränen, Luther möchte doch nicht die heilige Mutter Kirche verstören, und den heiligen Vater Papst betrüben, küsste auch das „Teufelskind" zum Abschied. Luther freilich meinte, das wären Krokodilstränen und ein Judaskuss gewesen. Doch versprach er zu schweigen, wenn auch sein Widerpart schwiege. Denn „er wollte lieber stille sein, als Wunder tun, wenn er's könnte", sagte er einmal. Und ihm war's nicht darum zu tun, die Kirche zu zerstören, sondern zu erbauen, nicht den Papst wollte er stürzen, sondern an seine Pflicht mahnen. Er versprach auch in diesem Sinne an das Volk zu schreiben. Er wollte Hadersachen nicht vor die Menge bringen, sondern den dazu berufenen Lehrern und Bischöfen zur Entscheidung vorlegen – allerdings nach Vernunft, Gewissen und Gotteswort. Freilich war er jetzt schon so weit gekommen, dass er auch in dieser Friedensschrift sagte: dass man zwar um christlicher Einigkeit willen sich nicht sondern solle von der römischen Kirche, auch wenn's da schlimm zugehe; nicht aber als wäre die Gewalt des römischen Stuhls zur Seligkeit notwendig. Ja, so sehr verleugnete sich Luther selbst, aus Liebe zum Frieden, dass er sogar an den Papst einen Brief schrieb. Aber auch darin widerrief er nicht, meinte auch, das würde dem Papst nichts helfen, im Gegenteil, die römische Kirche nur in noch ärgeres Geschrei bringen.

Den Tezel, den man vorher so gut hatte brauchen können, der aber jetzt unwert geworden war, weil er den Papst in einen ärgerlichen und schädlichen Handel verwickelt hatte, und der sich nicht getraute nach Altenburg zu reisen, fuhr Miltiz in Leipzig gar hart an und drohte ihm mit des Papstes Ungnade und einem Prozess, weil er zu viel Gebühren bezogen habe. Darüber erschrak Tezel so, dass er krank wurde und starb; Luther aber mit seinem guten Herzen hat ihm noch einen Trostbrief aufs Totenbett geschrieben: er sei an dem Handel nicht schuld; das

Kind habe einen andern Vater. Tezel war also verstummt. Umso lauter aber redete Dr. Eck, Professor aus Ingolstadt, der sich zum Wortführer der Finsterlinge und Römlinge aufwarf, um sich wichtig zu machen und in Rom ein rotes Röcklein zu verdienen oder einen Fetzen davon; denn sie sind dort karg mit ihren Hulden. Dr. Eck, der ein gewaltiger Disputator war, griff in einem „Zettel" oder Flugblatt die Wittenberger Lehre und Lehrer an, und „ließ seine Fliegen und Frösche" nicht nur auf Luthers Amtsgenossen, Karlstadt, sondern auch gegen Luther selbst los, weil dieser der Urheber solcher Ketzerei wäre, und forderte sie zu einer Disputation heraus. Eck meinte aber, Luther würde nicht kommen oder von ihm besiegt werden und so könne er sich zu seinen alten Siegen einen neuen Triumph holen über den berühmten großen Wittenberger.

Luthers Herz und Sinn war voll von neuen Gedanken, dass er schon früher sagte: „Noch viel Größeres will meine Feder gebären. Ich weiß nicht, woher mir diese Gedanken kommen." Doch hatte er an sich gehalten. Da ihn Eck aber so hinterlistig angriff, da fuhr er auf aus der Ruhe, in der er am liebsten seinem Berufe gelebt hätte: „Gott reißt und treibt mich; ich habe mich nicht mehr in der Gewalt." Jetzt müsste er einmal ernstlich gegen die römische Otternbrut losziehen; bisher sei's nur spiel- und scherzweise geschehen; auch wollte er ja trotz seiner Sehnsucht nach Ruhe immer die Wahrheit frei öffentlich besprechen und verfechten, wie er schon in Augsburg sich erboten hatte. Er sah aber und sagte gleich voraus, dass jetzt der Kampf beginne um Recht und Macht des Papsttums. Aber obgleich er wusste, dass dies ein gar unerhörtes Unternehmen sei, so wollte er's doch nicht unterlassen; ja, er konnte nicht anders, er musste gegen die päpstliche Trügerei und Tyrannei losgehen. Als er ein päpstliches Dekretale las, worin gesagt wird, dem Stuhl Petri sei alle Gewalt im Himmel und auf Erden gegeben, da rief er aus: „Ist's nicht beweinenswert, dass wir gezwungen sein sollen, nicht nur das zu lesen, sondern wie ein Orakel zu glauben und zwar bei Feuerstrafe? Und da träumt man noch von einem guten Zustand der Kirche und erkennt nicht den Antichrist mitten im Tempel?"

Da nun sein Kurfürst die Disputation erlaubte, so kam sie zustande. Mit großem Gepränge zogen beide Parteien nach Leipzig, Luther mit Karlstadt und Philipp Melanchthon, dem jungen Magister aus Bretten, der erst kürzlich nach Wittenberg gekommen war, und mit vielen andern Lehrern; 200 Studenten liefen mit Spießen und Hellebarden neben dem Wagen ihrer Doktoren her. Auf der Pleißenburg in Leipzig wurde mit großem Prunk die gewaltige Redeschlacht gehalten, und dauerte vierzehn Tage. Der Herzog Georg von Sachsen, der stets von den Leipziger Gelehrten gegen Luther aufgehetzt wurde, und andere Herren, auch viele Geistliche und Doktoren hörten zu; auch Notare waren da, die Disputation nachzuschreiben.

Zuerst stritten Eck und Karlstadt vier Tage. Dann trat Luther auf. Einer, der dabei war, schildert ihn so: „Martinus ist von mittlerer Statur, sein Leib ist schmächtig, abgemagert durch Sorgen und Studieren, sodass man fast alle Knochen an ihm zählen kann. Seine Stimme tönt scharf und hell. Im Streit ist er hitzig; in Gesellschaft aber fröhlich. Überhaupt zeigt er sich allezeit heitern Angesichts, sodass man glauben muss, er unternehme so wichtige Dinge nicht ohne Gottes Beistand. Seine Gelehrsamkeit und Schriftkenntnis ist bewundrungswürdig." Dr. Eck dagegen sei groß und vierschrötig, sein Aussehen mehr das eines Metzgers oder Landsknechts als eines Gottesgelehrten. Seine Stimme voll und stark, aber rau, wie die eines Ausrufers. Er habe ein starkes Gedächtnis und große Redegewandtheit. Dreist und schlau wisse er die Sache so zu wenden, dass er als Sieger erscheine.

Luther disputierte über Fegefeuer und Ablass, besonders aber über das Papsttum fünf Tage lang. Da wurde denn Luther weiter getrieben, als er dachte und wollte. Er behauptete: er erkenne keinen Menschen, sondern Christum selbst für das Haupt der Kirche an, und zwar auf Grund der Schrift, welcher die päpstlichen Rechtsbücher zuwider wären. Der Papst und die Bischöfe seien nicht die Kirche und römisch sei nicht katholisch, d.h. allgemein christlich. An uralten Zeiten und heute noch in der Morgenländischen Kirche wisse die Christenheit noch von keinem Papst und sei doch christlich. Auch sei dem Papst oder den Bischöfen auf den Konzilien nicht mehr zu glauben als Christus und den Aposteln in der heiligen Schrift; der Papst und die Bischöfe seien nicht unfehlbar und könnten irren, und es frage sich überhaupt, ob nicht das Papsttum gerade so wie das Kaisertum eine menschliche Einrichtung sei. Dagegen verteidigte Eck die Burg der römischen Kirche, wusste aber nur Zeugnisse aus den päpstlichen Gesetzbüchern vorzubringen; vor der Schrift aber scheute er sich „wie der Teufel vorm Kreuz". Daher wusste er nichts Besseres zu sagen, als die Lehre Luthers sei hussitisch. Da sagte Luther: „Er billige zwar die Trennung der Böhmen nicht, viele ihrer Lehren seien aber christlich und evangelisch!" Das machte großes Aufsehen in der Versammlung. Der Herzog setzte die Hände in die Seiten und rief kopfschüttelnd: „Das walt die Sucht!" Denn die Hussitenwaren in Deutschland, zumal in Sachsen, übel berüchtigt wegen der schrecklichen Kriegszüge, die sie vor hundert Jahren gemacht; Luther aber nahm sich von jetzt der böhmischen Brüder an, so sehr er auch dadurch Anstoß erregte. Eck jedoch schloss die Disputation mit dem Worte: „Wenn Ihr glaubt, dass ein Konzil irre oder geirrt habe, dann, Ehrwürdiger Vater, seid ihr mir wie ein Heide und Zöllner!" Damit wollte er sagen: ein Ketzer;

wir aber sagen: damit zeigte sich Luther als ein Protestant und evangelischer Christ!

Das war die große Leipziger Schlacht vom Jahre 1519, die zwar nicht so berühmt ist wie die von 1631, wo der evangelische Held Gustav Adolf die Heere der Glaubenstyrannen aufs Haupt schlug, oder gar wie die von 1813, in welcher das Joch des französischen Zwingherrn über Deutschland mit eisernem Stabe zerschlagen wurde. Aber gar wichtig war diese Redeschlacht doch und ein Freiheitskampf gegen die Geistes- und Gewissenstyrannei des Papsttums und der Welschen, die wahrlich nicht weniger schlimm und schimpflich war als die des Bonapart, und die nicht ein Jahrzehnt, wie diese, sondern Jahrhunderte auf Deutschland gelastet hatte. Freilich scheinbar war Luther in Leipzig unterlegen, denn er ward öffentlich der Ketzerei überführt. Aber diese Ketzerei, die bis zu jener Zeit so schrecklich und schändlich war, sie ist im Laufe der Zeit eine Ehre geworden, ein Zeichen der Freiheit und zwar der höchsten und heiligsten, die es gibt: der Freiheit des Glaubens, des Gewissens, des Geistes. Jauchzten auch die Römlinge ihrem Vorkämpfer Eck Beifall zu, den dieser selbstgefällig einstrich, im Grunde war doch der Sieg auf Luthers Seite, wenn er auch keineswegs wie ein Triumphator nach Wittenberg zurückkehrte, sondern darüber verstimmt war, dass in Leipzig von den Gegnern „nicht die Wahrheit, sondern Ruhm gesucht war."

Luther hatte gesiegt, gesiegt über Irrtum, über Vorurteil, über Befangenheit, über den alten römischen Wahn. Zunächst gesiegt über das alles in sich, über den alten römischen Adam in Luther, über sich selbst: das aber war der größte Sieg und der Grund für alle andern. In den Anfechtungen des Klosters hatte er das eine Schlagwort des Protestantismus gefunden: Glauben; in den Kämpfen mit dem Papst und den Römlingen das andere: die Bibel; dort hatte er das Werkheiligtum, hier das Papsttum als unchristlich, ja, widerchristlich erkannt.

Überhaupt waren die drei Gespräche in Augsburg, Altenburg und Leipzig drei Stufen und Fortschritte in der Wahrheit und Freiheit. Und zugleich waren es Vorübungen und Proben für Luthers Mut und Kraft im Glaubenskampf und für seine Kunst und Tüchtigkeit in der Kirchenverbesserung. Mit allerlei und großen Vertretern des Papsttums und der Kirche war er zusammengetroffen: mit der römischen Kirchengewalt bei dem Kardinal Cajetan, mit der päpstlichen Diplomatie bei dem Kämmerling Miltiz, mit der katholischen Gelehrsamkeit bei dem Doktor Eck. Keinem hatte er weichen müssen, jedem gegenüber mannhaft sich erhalten und seinen Platz verteidigt. Das Papsttum war gegen ihn aufgetreten und hatte mit ihm verhandeln müssen wie mit einem Ebenbürtigen. Luther hatte seine Macht kennengelernt und ihre Ohnmacht, seine christlichen und göttlichen und ewigen Kräfte, und ihre unchristlichen, menschlichen und zeitlichen Waffen. Hier die heilige Schrift und Worte Christi und der Apostel, dort willkürliche Satzungen und herrische Ansprüche, hier das sanfte Joch Christi, Buße, Glaube und Gnade, dort die tyrannische Gewalt über Leib und Seele, über Gut und Seligkeit. Vorher hatte er gezweifelt an seinem Glauben, ob er auch der wahre und christliche sei, jetzt merkte er immer mehr, dass der Wahn, der Unglauben, der Zweifel drüben auf der andern Seite sei. Sonst hatte er sich, wie jeder katholische Christ, vorm Bann gefürchtet wie vorm Höllenfeuer, weil ja der Gebannte dem Teufel übergeben wurde, jetzt aber erklärte er in seinem „Sermon vom Bann": der Teufel könne nur holen, was ihm gehöre und was sich ihm übergebe. Der Bann könne nur aus der äußeren Kirchengemeinschaft ausschließen, nimmer aber von der Gemeinschaft der Christen oder der Gnade und Gnadengüter. Dem ungerecht

Gebannten schade der Bann nichts, vielmehr könne er ihm zum Heile dienen, wenn er ihn demütig erdulde. Luther hatte sich vorher entsetzt vor dem Namen Ketzer, jetzt fing er an zu denken, dass Ketzerei gegenüber dem römischen Wesen das wahre Christentum sei; vorher hatte er den Papst angebetet als den eingefleischten Christus, jetzt stieg in ihm die Ahnung auf, ob der römische Papst nicht der Antichrist sei.

Freilich schwer wurde ihm diese Erkenntnis, hart kam ihn der Durchbruch der Wahrheit an und der Bruch mit Rom und der Kirche, denn es war bei ihm nicht bloß Verstandessache und Aufklärung, sondern Herzens- und Lebenssache: „Mein Herz hat sich müssen mit großem Wehe brechen", sagte er. In schwerem Todeskampfe starb in ihm der römische Katholik und Mönch, unter Ängsten und Wehen wurde der Protestant und Reformator in ihm geboren. „In Schwachheit und Unwissenheit" und darum „mit Furcht und Zittern" hatte er diese „große Sache angefangen". „Denn wer war ich elender, verachteter Bruder, dazumal mehr einer Leiche denn einem Menschen ähnlich, der sich sollte wider des Papstes Majestät setzen, vor welchem nicht allein die Könige auf Erden und der ganze Erdboden, sondern auch Himmel und Hölle sich entsetzten und allein nach seinem Willen richten mussten? Was und wie mein Herz dies erste und andere Jahr erlitten und ausgestanden, in waserlei Demut, wollte schier sagen Verzweiflung ich da schwebete, ach! Davon wissen die sichern Geister wenig, die hernach des Papstes Majestät mit großem Stolz und Vermessenheit angriffen. Ich aber, der ich allein in der Fahr steckte, war nicht so fröhlich, getrost und der Sache so gewiss, denn ich wusste viel nicht, was ich gottlob! nun weiß."

Dies Wissen ist Luther freilich auch nicht von selbst und im Schlafe gekommen, sondern er musste sich's hart erwerben. So hat er sich gerüstet auf die Disputationen mit Studieren und Forschen nicht allein in der Schrift und den Büchern, auf die er sich stützte, sondern auch in den Schriften, die wider ihn waren, den Büchlein der Feinde, den Dekreten des Papstes, den Beschlüssen der Konzilien und in der Kirchengeschichte. Da graute ihm, immer tiefer hineinzublicken in das Treiben der Päpste und ihr Schmieden menschlicher Gesetze und Misshandlung des Christenvolks; fand aber auch mit Freude, dass diese Gewalt des Papstes und der Bischöfe, auch alle Satzungen über Fegefeuer, Ablass, „gute Werke", Messe, Ohrenbeichte, Bann und dergl. alles erst neu aufgekommen und in alten Zeiten nicht dagewesen sei; dass nicht nur der Papst, sondern auch die Konzilien geirrt hätten, und zwar auch in Glaubenssachen und den wichtigsten und größten; dass die sogenannte „Schenkung Konstantins" an den Papst, nämlich die Schenkung des Kirchenstaats, Lug und Trug sei. Auch bei den Gesprächen selbst ging ihm manche Wahrheit auf, unerwartet wie ein Licht, oder auch erschreckend wie ein Blitz. Und wenn er dann heimkam, so sann er, forschte, betete, rang und kam so von einer Klarheit zur andern.

Was er aber so mit schweren Kämpfen errungen hatte, das machte er zum Schatz und zur Errungenschaft des ganzen deutschen Volks: er teilte es mit, nicht nur in Predigten und Vorträgen, die er fortwährend hielt vor der Gemeinde und den vielhundert Studenten, die immer zahlreicher und zahlreicher nach Wittenberg strömten wie Bäche und Flüsse in einen Strom, sodass viele keine Herberge mehr dort fanden und abziehen mussten, sondern auch in seinen herrlichen Schriften, die er hinausgab ins Deutsche Reich und die ganze Christenwelt.

Achtes Kapitel

Von allerlei Schriften Luthers und des Papstes

Das ewig Licht geht da herein,
Gibt der Welt einen neuen Schein;
Es leucht' wohl mitten in der Nacht
Und uns des Lichtes Kinder macht.

L.

Luther hatte sich bisher eigentlich nur an die Männer der Kirche gewendet, an Papst und Bischöfe und Gottesgelehrte; denn sein Werk und Streit handelte sich um Glaubenssachen und diese sollten die Geistlichen entscheiden. So meinte Luther. Aber die Kirchenmänner wollten nichts von einer Reformation wissen, wenigstens sie nicht selber vornehmen, und wollten so auch nicht die großen Zeit- und Streitfragen, die Luther ihnen vorgelegt hatte, untersuchen und entscheiden im Geiste der Wahrheit und des Glaubens. Die einen schwiegen, die andern machten Lärm, und die Römlinge wollten einfach des kühnen Propheten Stimme im Rauch des Scheiterhaufens ersticken. Da wandte sich nun Luther an die Weltlichen und begehrte von ihnen, dass sie dächten und Hand anlegten an des christlichen Zustandes Besserung; denn er meinte, wie bei einem Brande in einer Gemeinde, so müssten auch beim ausgebrochenen „Feuer des Ärgernisses in der geistlichen Stadt Christi" alle Gemeindemitglieder mithelfen, den Brand zu dämpfen, nicht bloß diejenigen, bei denen er ausgebrochen ist oder die zu befehlen haben.

Es waren aber zweierlei Leute, welche unter den Weltlichen an der Spitze des Volkes standen, Leute, die gebildet waren und Luthers Schriften lesen und seine Forderungen beurteilen und wahr machen konnten. Das waren die Humanisten und der Adel. Die Humanisten, das waren die aufgeklärten Gelehrten, welche gegen die Verteidiger des finstern mönchischen Mittelalters, die „Finsterlinge", stritten und sie lächerlich machten; darunter waren Poeten und Schöngeister, welche von Glauben und Christentum nichts wissen wollten, die sich kalt fernhielten oder gar über den Streit Luthers und der Dominikaner sich unbändig freuten und meinten, es wäre lustig anzusehen, wie die hitzigen Mönche gegeneinander schreien und hoffentlich sich einander auffressen würden. Andere Humanisten waren auch fromm und redlich und hielten's mit Luther offen und ehrlich: so Melanchthon, der ja Luthers Gehilfe wurde, und die Lehrer in Wittenberg, auch viele an der Erfurter Universität. Manche aber belehrten sich auch von ihrer Verachtung der Theologen und fingen an, Luthers Person zu verehren und seine Sache zu betreiben gegen die Römlinge. Ein solcher war Ulrich von Hutten, der gekrönte Poet. Der war gegen das Mönchtum aufgebracht, denn als Knabe wurde er gegen seinen Willen ins Kloster gesteckt; noch mehr aber gegen die Tyrannei, welche der Papst und die Welschen über Deutschland übten, und die er in Italien selbst mit Zorn erfahren hatte; denn er war ein stolzer, feuriger Freund des Vaterlands und der Freiheit. Der stritt mit scharfer Feder wider die römischen Anmaßungen und Erpressungen, Lügen und Kniffe, Sünden und Ärgernisse. „Was haben wir zu schaffen mit den Römern und ihrem Bischof? Haben wir nicht auch in Deutschland Bischöfe? Deutschland, kehre um zu deinen eigenen Hirten und Bischöfen!" So sagte und schrieb Hutten. Ermunterte auch Luther und redete mit Bewunderung von ihm, dem großen Gebannten. Aber Hutten war nicht nur ein Held der Feder, sondern gedachte auch das Schwert zu schwingen, wenn es Not täte. Denn er war ein Ritter. Sein Freund war der berühmte kaiserliche Feldhauptmann Franz von Sickingen, der in der oberrheinischen Pfalz die Feste Landstuhl besaß und Ebernburg, „die Herberge der Gerechtigkeit", die er allen Verfolgten öffnete; auf diese lud er auch Luther, wenn er gebannt und geächtet werde. Auch andere Adelige ermunterten und halfen Luther. Und auf den Reichstagen fingen die weltlichen Stände, zumal der Adel an, den Ruf zu erheben um Abstellung der kirchlichen Verderbnisse.

Darum wandte sich Luther an diese Männer, aber nicht um ihren Schutz und ihr Schwert, was sie ihm angeboten hatten. Er sagte: „Ich möchte nicht, dass man mit Gewalt fürs Evangelium stritte. Durchs Wort ist die Welt überwunden und die Kirche errettet; durchs Wort wird sie wieder hergestellt werden." Er schrieb eine Schrift „an den christlichen Adel deutscher Nation von des christlichen Standes Besserung." Er will sehen, „ob Gott durch den Laienstand seiner Kirche helfen wolle, sintemal der geistliche, dem es billiger gebühre, ganz unachtsam geworden sei." „Die Not und Beschwerung der Christenheit, sonderlich seiner lieben Deutschen, die vor allen Christen auf Erden des römischen Stuhls Gaukelnarren sein müssen", habe ihn gezwungen, zu Gott „zu schreien, ob derselbe jemand den Geist geben wollte, dass er die Hand reiche der elenden Nation." Die Römlinge haben, um nichts reformieren zu müssen, drei Mauern um sich gezogen als geistliche Zwingburg. Die erste: die weltliche Macht habe nichts über die geistliche zu sagen, sondern diese stehe über dem Staat; die zweite, nur der Papst kann die Bibel auslegen;

die dritte: nur der Papst kann ein Konzil berufen. Gäbe doch Gott eine Posaune Jerichos, um diese papiernen Mauern umzublasen! Der erste Posaunenstoß aber laute: alle Christen seien gleich und eines Standes, die sogenannten „Geistlichen" seien nur Beamte der Gemeinde um der Ordnung willen; dagegen die weltliche Obrigkeit sei auch von Gott geordnet und jedermann soll ihr Untertan sein, also auch Papst und Bischöfe und Pfarrer. Der zweite Posaunenstoß: jeder Christ solle vom Geist und Gott gelehrt sein und Gottes Wort auslegen nach Christi Weissagung. Der dritte: jeder Christ habe mitzureden zu des christlichen Standes Besserung, wie jeder mithelfen müsse bei einem Brand. Worin aber ist der Christenstand zu bessern? In vielem. Da ist vor allem das Ärgernis des Papsttums: die Abgötterei, die der Papst begehre, indem er in seinem „Brustschrein" oder „Herzkästlein" alle Rechte und Gesetze haben wolle über Kirche und Staat und die Schrift; die weltliche Hoffart und Herrlichkeit, die er treibe mit dreifacher Krone und kostbarem Hofstaat; das überhochmütige und überfreventliche Vornehmen, dass der Papst sich Gewalt über den Kaiser anmaße, ihm Krone und Kaisertum schenken zu können behaupte und sich von ihm den Fuß küssen und den Steigbügel halten lasse, während der Papst doch Statthalter Christi zu sein vorgebe, des demütigen armen Menschensohnes; die Tyrannei über die Geistlichen und Laien mit Gesetzen und Rechten, die Aussaugung mit hunderterlei Abgaben. Das alles sollten die Fürsten kurzweg nicht leiden und verbieten in ihrem Lande, und jedes Volk und Land sollte auch seine eigene kirchliche Obrigkeit haben und nicht einer welschen in Rom gehorchen. Die Zahl der kostspieligen Kardinäle und der unzähligen Beamten am Papsthofe, die auf deutsche Stifter warten wie der Wolf auf Schafe, solle beschränkt werden und die Bischöfe nicht mehr mit so greulichen Eiden an den Papst gebunden sein. Ferner sei es sündlicher Zwang, dass der Papst wider Gottes Wort und Befehl dem Pfarrerstand die Ehelosigkeit auferlege, auch den Mönchsstand und die Bettelklöster begünstige und mehre, statt zu mindern und abzutun. Die Klöster sollten vielmehr Schulen werden. Ablass und Dispense sind abzutun, und die Botschafter des Papstes mit ihren Vollmachten, wonach sie alles um Geld erlauben und verkaufen, sind aus deutschem Land zu jagen. Abzutun seien die vielen Feiertage, weil sie Müßiggang, Spielen und Sausen mit sich bringen, „davon wir Deutschen als einem sondern Laster nicht ein gut Geschrei haben in fremden Landen"; desgleichen die Bruderschaften und die Wallfahrten, die ein unordentliches Wesen fördern. So sollte auch alle Bettelei, welche zumal von Klöstern und von der Kirche überhaupt geheiligt war, unter Christen abgestellt werden: jede Stadt sollte ihre Armen versorgen und fremde Bettler, auch Mönche und Waldbrüder fernhalten. Die Universitäten sollten reformiert werden, namentlich die Theologie und Rechtsgelehrsamkeit. Das geistliche oder „kanonische Recht", welches stets dem weltlichen widerstrebe, sei abzuschaffen. Jedes Land sollte „mit eigenen kurzen Rechten regiert werden." In jeder Stadt sollten Knaben- und Mädchenschulen sein; es sei jämmerlich, wie man jetzt das junge Volk verschmachten und verderben lasse am Brot des Evangeliums. Auch allerlei sonstige Schäden sollten in der Christenheit abgestellt werden: Luxus, Unmäßigkeit, Wucher und Fuggerei. Diese letzten Dinge will er den „Weltverständigen befehlen": denn „ich als Theologus hab nicht mehr daran zu strafen denn das böse ärgerliche Ansehen." Zu allem aber sagt er: „Ich weiß wohl, dass ich hoch gesungen habe, viel Dings fürgeben, das unmöglich werd angesehen, viel Stück zu scharf angegriffen; aber es ist mir lieber, die Welt zürne mit mir, denn Gott. Ich habe bisher vielmal Friede angeboten meinen Widersachern, aber wie ich sehe, hat Gott mich durch sie gezwungen das Maul immer weiter aufzutun und ihnen zum Reden, Schreien, Bellen genug zu geben. Wohlan, ich weiß noch ein Liedlein von Rom; jucket sie das Ohr, ich will's ihnen auch singen und die Noten aufs höchste stimmen!"

Und es juckte sie und Luther stimmte das versprochene „Liedlein" an. Es lautete „Von der babylonischen Gefangenschaft der Kirche." Er sagt zum Anfang, seine Feinde machten ihn täglich gelehrter; vor zwei Jahren habe er zweifelhaft über den Ablass geschrieben, jetzt wisse er, dass derselbe eitel Betrug sei; früher habe er nur die göttliche Vollmacht des Papsttums geleugnet, eine menschliche aber zugelassen, jetzt sei er gewiss, das Papsttum sei das Reich Babels und Tyrannei Nimrods, das ist: der höllischen Seelenjägerei. So sei er jetzt auch durch seine Gegner dahin gebracht, zu verneinen, dass es sieben Sakramente seien; es wären nur höchstens drei: Taufe, Beichte und Abendmahl; und diese wären von Rom zu einem elenden Gefängnis gemacht und die Kirche der Freiheit beraubt. Tyrannei sei die Kelchentziehung, ein Zwang sei der Glaubenssatz von der Wandlung, und gottloser Missbrauch, dass die Messe ein gut Werk und Opfer sein solle; am christlichsten sei die Messe, welche dein Abendmahl am ähnlichsten sei, das Christus selbst gefeiert und eingesetzt habe. Das eine christliche Hauptgelöbnis der Taufe sei aufgelöst durch die andern Gelübde, die Gott nicht geboten. Und die Beichte hätten die Römlinge missbraucht zur Gewissens- und Geldschinderei. Aus großem Aberglauben gegen die römische Tyrannei habe er vor zwei Jahren noch vermeint, dass der Ablass nicht ganz zu verwerfen sei; das bereue er jetzt und sage, das sei römische Schalkheit. Die andern vier Sakramente sind erdichtet zu gleichem Zweck. – Dies alles, schrieb Luther, sei nur ein „Vorspiel" zum Liedlein, das er anstimmen wolle, und „der erste Artikel seines Widerrufes."

Das sind die gewaltigsten Streitschriften Luthers, die zu dieser Zeit erschienen und von hunderttausenden gekauft und von Millionen gelesen wurden. Aber es sind nicht alle, noch mancherlei kleinere hat er geschrieben, davon nicht Raum ist zu reden, denn es sind deren viele; und was er damals alles trieb und schrieb, kann man sehen aus einem Brief nach Basel: „Ich halte täglich zwei Predigten, ich mühe mich mit dem Psalter, ich arbeite an Postillen (Predigtbüchern), ich antworte den Widersachern, ich bekämpfe die Bulle, in Deutsch und Latein mich verteidigend, nicht gerechnet die Briefe, die ich an meine Freunde schreiben muss und die Unterredungen, welche daheim oder sonst vorkommen." Überall waren Freunde, die ihn angingen um Rat oder auch ihm freundliche Briefe schrieben zur Ermunterung. In Deutschland namentlich waren viele „Geistliche, die mit Händen und Füßen für seine Lehre arbeiteten", wie ein Zeitgenosse sich ausdrückt. In Speyer lasen sie Luthers Schriften am Tisch und schrieben sie ab in der Nacht. Und überall gab es große Haufen von „Martinianern". Ja, nach Frankreich, Spanien, Italien, Brabant und England wurden seine Schriften verschickt und günstig aufgenommen. Luther ist in seinen Schriften scharf, oft heftig und fährt daher wie Elias im Wetter, ein gewaltiger Streiter Gottes. Aber so sehr er den Kampf und Krieg verstand, lieber war ihm doch das Bauen im Frieden. Er war immer unwillig, wenn er auf den Kampfplatz musste, kannte auch seinen hitzigen Eifer für die Sache Gottes selbst wohl, meinte aber, man könne aus dem Schwert des Gottesworts keine Flaumfeder machen. Er schrieb aber auch mitten im Kampf mancherlei schöne Lehr- und Trostschriften übers Vaterunser, die Zehngebote, von Beichte und guten Werken, vom Abendmahl und der Messe, wie darin alles auf den Glauben ankomme; besonders aber das lieblich fromme Büchlein „von der Freiheit eines Christenmenschen", darin er den Christen sagt, sie seien im Glauben Gotteskinder, gesalbte Priester und Könige, frei von der Welt und aller Kreatur und aller Satzung nach dem inwendigen Menschen; aber auch Knechte Christi des Herrn und um deswillen in Liebe allen Menschen und Dingen und Gesetzen untertänig und dienstbar. Diese Schrift, samt einem Brief voll deutscher, ehrlicher Mahnung schickte Luther auf Zureden seines Fürsten und anderer Freunde aus Liebe zum Frieden noch einmal an den Papst, bekam aber keine Antwort darauf.

Denn während Luther also geschäftig war, blieben seine Feinde auch nicht müßig. Prierias und andere Romanisten, wie die Kölner und Löwener Professoren, schrieben gegen ihn, später sogar der König Heinrich VIII. von England, der sich damit in Rom den Titel „Glaubensverteidiger" erwarb. Dr. Eck aber war nach Rom gereist, hatte dort Luthers Ketzereien aufs Neue angezeigt und betrieb den Bann gegen ihn. Am 15. Juni 1520 unterzeichnete Papst Leo die Bannbulle. Sie ist in dem heiligen Bombast des Kurialstils geschrieben, beginnt mit Bibelsprüchen und rühmt sonderlich „die väterliche Liebe des Papstes" gegen Luther! Dann stellt sie 41 Ketzereien Luthers auf, namentlich Aussprüche über das Papsttum und das Verbrennen der Ketzer, und verdammt und verbietet sie als ketzerisch, falsch und anstößig, bei Strafe von Fluch und Bann. Und Doktor Martinus selbst, falls er in 60 Tagen nicht widerrufe, samt seinen Gönnern und Anhängern sollten verdammt als dürre Reben und Ketzer abgeschnitten sein und natürlich verbrannt. Seine Bücher dürfe niemand lesen, sein Name solle ausgerottet sein. Die Gemeinschaft mit ihm ist untersagt, und wo er sich aufhält, ist der Ort, solange er da ist und noch drei Tage dazu, gebannt. Jedem ist befohlen bei allen Strafen und als gutes Werk, den Martin und seine Anhänger zu fangen und dem Papst zu übersenden.

Diese Bulle brachte Eck triumphierend nach Deutschland, ließ sie überall vorlesen und anschlagen. Vom Herzog Georg in Sachsen bekam Eck einen vergoldeten Becher voll Guldenstücke für seine Mühe und Eifer. In Wittenberg litt man's nicht, dass die Bulle angeschlagen werde, und nur wenige Studenten zogen fort von der gebannten Universität, aber zehnmal mehr kamen an ihrer statt dahin, und in Erfurt warfen die Studenten die Bulle ins Wasser. Sogar in Leipzig wurde sie verachtet. Von den Fürsten aber bedauerten manche diese Bulle, aber keiner wagte sich für Luther zu erklären, die Bischöfe vollends nicht; zu Löwen und Köln aber wurden Luthers Schriften als ketzerisch verbrannt. In Mainz wehrte sich der Henker es zu tun, da erzwang's der Legat, wurde aber vom Volk mit Steinen geworfen. Überall aber entstand ein Rumor und Aufruhr im Reich, dass kein Land, keine Stadt, kein Haus war, darin nicht Parteien und eins wider das andere war, wie Christus geweissagt hatte von der Wirkung des Evangeliums. Luthers Freund und Gönner Staupitz zog sich vor den Stürmen, welche Luther heraufbeschworen hatte, zurück und ging nach Salzburg ins Kloster, denn er war alt und schwach geworden; Luther aber schrieb ihm: „Jetzt gilt das Evangelium: wer mich bekennet vor den Menschen, den will ich auch bekennen vor meinem himmlischen Vater. Ich habe mit Freudigkeit meine Hörner erhoben wider den römischen Götzen. Willst du mir nicht folgen, so lass wenigstens mich gehen und fortgerissen werden."

Auf des Papstes angedrohten Bannfluch erklärte Luther Schweigen für gottlos und schrieb zwei Schriften; in der einen verteidigte er den „Grund aller Artikel, so durch die römische Bulle unrechtlich verbrannt sind", in der andern spricht Luther von den kräftigen Irrtümern der päpstlichen Dekretalien und „wider die Bullen des Antichrists", ermahnt kraft seiner Vollmacht als getauftes Kind Gottes den Papst und die Seinen als Feinde Gottes und der Christenheit Verstörer, schleunig in sich zu gehen: „wo ihr aber in eurem Wüten beharret, verdammen wir euch durch diese Schrift und übergeben euch dem Verderben samt Bulle und Dekretalien", d.i. päpstliche Rechtsbücher, diese vielköpfige Schlange der Ketzereien, in der u.a. der Satz vorkommt, dass ein Papst, auch wenn er unzählige Menschen in die Hölle verführt, von keinem Menschen gerügt werden darf. Das drohte Luther „nicht aus persönlicher Leidenschaft, sondern aus gerechtem Eifer und Gewissensdrang, um Gottes Ehre zu retten und zu schützen."

Was das für einen Eindruck machen werde, dessen war sich Luther gar wohl bewusst. „Wenn den römischen Stuhl", sagte er, „das Dahinsterben der Ablässe schon so geschmerzt hat, was wird er erst tun, wenn seine Dekrete nach Gottes Willen ihr Leben aushauchen!"

Was er aber gedroht, führte Luther auch aus, da seine Feinde bei ihrem Tun beharrten. Am 10. Dezember 1520, morgens 9 Uhr, zog er mit Lehrern, Studenten und Bürgern vor das Elstertor in Wittenberg. Dort errichtete ein Magister einen Scheiterhaufen und Luther warf zuerst die Dekretalien und sodann die Bulle ins Feuer mit den Worten, mit welchen der Kirchenräuber Achan verbrannt wurde: „Weil du den Heiligen des Herrn (d.i. Christus) betrübet hast, so betrübe und verzehre dich das ewige Feuer." Dann zog er heim, während die Studenten noch allerlei Mutwillen trieben mit den Schriften der Päpstlinge. Andern Tags erklärte ihnen aber Luther mit ernsten Worten, was das Verbrennen der Bulle und Dekretalien zu bedeuten habe, und schrieb zur Rechtfertigung und Beruhigung auch eine Schrift ans Volk: „Warum des Papstes und seiner Jünger Bücher von Dr. Martin Luther verbrannt seien." Vorher schon hatte er eine Appellation an ein allgemeines Konzil herausgegeben, und Kaiser und Reich, alle Fürsten und Stände aufgefordert, sich zu ihm zu stellen, um solches freie Konzil zu veranstalten und die Kirche zu bessern.

Das Verbrennen der Bulle und Dekretalien war freilich, wie Luther sagte, äußerlich angesehen nur ein „Kinderspiel", aber in der Wahrheit war es eine unerhörte, eine ungeheure Tat; ein Sturm der Geister war erregt, von dem Luther sah, dass er bis zum jüngsten Tage währen würde. Von sich selbst sagt er: er habe, als er die Bulle verbrannt, zuerst gebebt und gebetet; nun aber sei er froh, wie über keine andere Tat seines Lebens. Es war eine Tat der Freiheit und Befreiung. Luther hat die Dekretalien verbrannt, damit hat er sich feierlich und endgültig losgesagt vom Papst, unter den sich seit einem Jahrtausend die ganze abendländische Christenheit gebeugt hatte ohne Widerspruch, ohne zu wissen und zu denken, dass es anders sein könne, sein dürfte. Dem Papst hat er offen getrotzt, der selbst in den Dekretalien das Gesetz gemacht, dass er nicht schuldig sei, Gottes Gebot zu gehorchen, dass ihn niemand richten könne, er aber alle Welt richte; dem Papst, der sich die Sonne der Welt genannt, der ein Gott auf Erden war, ja ein Herr über Himmel und Erde, geistlich und weltlich, dem niemand sagen durfte: was machst du? Er hatte die Bulle verbrannt: er hatte öffentlich und frei gezeigt, dass des Papstes Bann, der so manchen kühnen Ketzer, d.h. Reformator, zu Asche versengt hatte, dass er den nicht fürchte, dass ihm der nicht schaden könne. Er hat sich auf ein allgemeines Konzil berufen, das heißt, er hat die gesamte Christenheit, geistliche und weltliche aufgerufen, zu bestimmen, wie es im christlichen Glauben und Leben gehalten werden sollte. Mit dieser Heldentat hat Luther des Papstes Allmacht zerstört, hat seine dreifache Krone zerbrochen und seinen Bannstrahl unschädlich gemacht.

Von dem Tag an war der Papst nicht mehr Herr und Haupt der Christenheit und sein Bann hat keinem Ketzer und Kaiser mehr geschadet; nur noch in ohnmächtiger Wut konnte er an den Gründonnerstagen in Rom den Luther und die Lutheraner samt allen Ketzern mit doppeltem Fluch verfluchen lassen. Und seitdem sind Gemeinden und Kirchen entstanden, die frei von welschen Satzungen ihres Glaubens leben und ihre kirchlichen Einrichtungen ordnen nach dem Geist Christi und seines Evangeliums, dem hl. Geist der Wahrheit und Freiheit. Das bedeutet der Brand der päpstlichen Bulle und Dekretalien und Luthers Appellation „an ein gemeines freies christliches Konzil."

Neuntes Kapitel

Wie Luther vor Kaiser und Reich in Worms stand

Und wenn die Welt voll Teufel wär
Und wollt uns gar verschlingen,
So fürchten wir uns nicht so sehr,
Es soll uns doch gelingen.
Der Fürst dieser Welt,
Wie saur er sich stellt,
Tut er uns doch nicht.
Das macht, er ist gericht',
Ein Wörtlein kann ihn fällen.

L.

Papst Leo und Dr. Luther hatten ihre letzten und höchsten Trümpfe ausgespielt: Bann und Bullenbrand. Keiner hatte dem andern nachgegeben. Jetzt musste der Kampf anders entschieden werden. Luther hatte an das Reich und Volk appelliert, der Papst tat desgleichen: er rief den Kaiser an und die Fürsten; Luther verlangte vom Reich Reformation der Kirche; der Papst vom Kaiser als dem Schirmvogt der römischen Kirche die Acht und das Todesurteil über den Ketzer.

Der alte Kaiser Max war im Januar 1519 gestorben. Er hatte einmal gesagt: man solle den Mönch in Wittenberg bewahren, man könne ihn vielleicht noch brauchen und ausspielen als Trumpf gegen den Papst. Jetzt war sein Enkel Kaiser geworden, der junge Karl V., König von Spanien und Amerika, von Neapel und Sizilien, Erzherzog von Österreich und den Niederlanden, ein Herr, in dessen Reich die Sonne nicht unterging. Der Papst hatte ihn nicht zum Kaiser haben wollen, weil er so mächtig war; aber die deutschen Kurfürsten haben ihn gewählt, weil er von Kaiser Max abstammte. Doch Karl war kein Deutscher, er verstand die deutsche Sprache nicht und die deutschen Gemüter, und so auch nicht das deutscheste Herz, Luther. Er war spanisch gesinnt und erzogen, die Politik ging ihm über alles, die Religion war ihm auch eine Art Politik mit dem lieben Gott und der Kirche, nicht eine Herzenssache, und darum war er streng katholisch, er hing an den Rechten und Gesetzen der Kirche, wie sie herkömmlich waren. Er wollte alle Länder unter eine Hand bringen: die seine, alle Köpfe unter einen Hut: den kaiserlichen, alle Gewissen unter ein Gesetz: das katholische; wie er alle Uhren nach einer richten wollte, was ihm aber auch nicht gelang. Er war kalt, verständig berechnend schon in der Jugend, hatte zuerst nach außen gelebt und zuletzt erst nach innen; er kam von der Welt ins Kloster, wurde vom mächtigen Kaiser zum vergessenen Mönch: er war das gerade Gegenteil von Luther, der war feurig, begeistert, gemütvoll, hatte von innen nach außen sich entwickelt, war aus dem Kloster in die Welt gekommen, vom Mönch zum Führer und geistigen Fürsten vieler Völker und Generationen geworden. Der Kaiser war kein Deutscher, und seine Politik keine deutsche, namentlich keine ehrliche und darum eine unheilvolle für ihn selbst und für unser Vaterland. Ohne des Kaisers falsche Politik hätte es in Deutschland keine Spaltung in der Nation und Religion, keinen dreißigjährigen Krieg und keine Franzosenherrschaft, keine Ausländerei und keinen „Kulturkampf" gegeben; wäre Karl ein Deutscher gewesen, unser Volk wäre ein einiges und deutsches geblieben und ein evangelisches geworden.

Das alles wusste damals freilich niemand, und Luther am wenigsten. Anfangs hat er nach gehofft, „das edle junge Blut" werde sich seiner Sache annehmen und hatte darum seine Schrift von des christlichen Standes Besserung außer dem Adel auch noch an die „Großmächtigste Kaiserliche Majestät" gerichtet. Luther verstand aber nichts von der Politik, welche Menschen wie Karten ausspielt und nur mit Macht und Geld rechnet, nicht aber mit Geist und Gedanken. Und der junge Karl wollte Luther nicht einmal als Trumpf gegen den Papst brauchen, sondern als Spielgeld auszahlen, dass der Papst es mit ihm halte gegen Frankreich und ihm helfe, Oberitalien zu gewinnen im Schachspiel des Krieges.

In diesem Sinne und Gedanken rief der Kaiser Luther nach Worms. Denn dorthin war er von den Niederlanden gekommen, um seinen ersten Reichstag zu halten. Dort waren die deutschen Fürsten und Stände beisammen, aber auch „die mit den roten Hütlein", die Römlinge, die steckten die Köpfe zusammen wider Luther; besonders aber lag der römische Legat Aleander dem Kaiser in den Ohren, Luther zu verbrennen, wie Kaiser Sigismund dem Hus getan. Denn „der große Erzketzer habe den Hus wieder aus der Hölle ins Leben gerufen und das Kostnizer Konzil gelästert; Luther streite gegen Himmel und Hölle, verfehle sich wider die Klerisei, verwerfe die Klosterorden, versündige sich an den Heiligen, der Welt und den Konzilien. Man sage zwar, er sei ein frommer Mensch, aber unter dem Scheine des Guten würden die Leute betrogen; und wenn er fromm wäre, so würde er nicht klüger sein wollen als die Väter und die Kirche." Aleander brachte auch ein Breve des Papstes vor und die Bulle, in der Luther, weil er nicht widerrufen habe, endgültig gebannt war. Er drohte den Fürsten: „Wenn ihr Deutsche das römische Joch abwerft, so werden wir dafür sorgen, dass ihr euch untereinander mordet, bis ihr in euerm eigenen Blute untergeht"; was auch reichlich und schrecklich wahr geworden ist im dreißigjährigen Kriege. Aber dennoch wollten die deutschen Fürsten, namentlich der sächsische Kurfürst, Luther nicht ungehört verdammen, sagten auch, sie könnten es nicht aus Furcht vor Unruhen im Volke, wenn man so scharf wider Luther vorginge. Der Gesandte von Frankfurt meinte: wenn man den Mönch, wie ein Teil gern täte, ans Kreuz schlage, so möchte er am dritten Tage wieder auferstehen. Ja, die Fürsten zusammen stellten eine Menge Beschwerden auf gegen die Missbräuche in der Kirche, von denen viele mit Luthers Schriften übereinstimmten; freilich in der Glaubenslehre, was Luther die Hauptsache war, wollten sie nichts geändert wissen. Also musste der Kaiser ihnen gewähren, dass der Doktor mit freiem Geleite nach Worms geladen und dort vernommen werde.

Ehe Luther das erfuhr, schrieb er an Spalatin: „Wenn ich gerufen werde, so will ich, so viel auf mich ankommt, krank hinfahren, wenn ich gesund nicht kommen kann, denn ich darf nicht zweifeln, dass mich der Herr ruft, wenn der Kaiser es tut. Und dann, wenn sie Gewalt brauchen, wie es wahrscheinlich ist (denn um mich eines Bessern zu belehren, lassen sie mich nicht rufen), so müssen wir die Sache dem Herrn befehlen. Er lebet und herrschet noch, der die drei Männer im Feuerofen des Königs von Babylon erhalten hat. Will er mein Haupt nicht erhalten, so ist wenig daran gelegen, wenn man es mit Christo vergleicht, der mit so großer Schmach zu aller Ärgernis und vieler Verderben getötet wurde. Denn hier hat man auf niemandes Gefahr, auf niemandes Wohlfahrt zu sehen, sondern vielmehr dafür zu sorgen, dass wir nicht das Evangelium, mit dem wir es einmal angefangen haben, dem Gespött der Gottlosen preisgeben und den Widersachern Ursache geben uns zu verlästern, als ob wir nicht wagten, das zu bekennen, was wir gelehrt haben, und uns fürchteten, unser Blut dafür zu vergießen. Solche Schmach wolle Christus von uns und solchen Ruhm von ihnen aus Erbarmen abwenden! Amen." Und weiter: „Die eine Pflicht ist uns verblieben und befohlen, nämlich den Herrn zu bitten, dass nicht Kaiser Karls Reich gleich im ersten Anfang zu Gunsten der Gottlosigkeit durch mein oder eines andern Blut befleckt werde; und ich möchte lieber, wie ich auch öfter gesagt habe, bloß unter den Händen der Romanisten umkommen, dass nur jener nicht mit den Seinigen in diesen Handel verflochten werde. Du weißt, was für Unglück den Kaiser Sigismund seit der Ermordung des Hus verfolgt hat, und wie ihm nichts mehr glücklich ausgegangen ist. Doch wenn es also geschehen soll, dass ich nicht nur den Priestern, sondern auch den Heiden überantwortet werden soll, so geschehe des Herrn Wille. Amen. Siehe, da hast du meinen Entschluss und meine Gesinnung. Erwarte alles von mir, nur nicht die Flucht oder den Widerruf: selbst fliehen will ich nicht, widerrufen viel weniger. Das helfe mir der Herr Jesus! Denn keines von beiden könnte ich ohne Schaden der Gottseligkeit und des Seelenheils vieler tun."

Am Kardienstag ritt der kaiserliche Reichsherold, Bürger Caspar Sturm von Oppenheim zu Wittenberg ein und brachte Luther die Ladung nach Worms. Die lautete: „Karl von Gottes Gnaden, erwählter Römischer Kaiser usw. Ehrsamer, Lieber, Andächtiger! Nachdem Wir und des hl. Römischen Reiches Stände, jetzt hier versammelt, vorgenommen und entschlossen, der Lehre und Bücher halben, so eine Zeit her von Dir ausgegangen, Erkundigung zu empfahen, haben Wir Dir, herzukommen und von dannen wiederum an Dein sicher Gewahrsam, Unser und des Reiches frei gestrakt Sicherheit und Geleit gegeben, das Wir Dir hieneben zusenden. Und ist Unser ernstlich Begehr,

Du wollest Dich förderlich erheben, also dass Du inwendig 21 Tagen in solchem Unserm Geleit bestimmt gewisslich hier bei Uns seiest und ja nicht außen bleiben wollest, Dich auch keines Gewalts oder Unrechts besorgen. Denn Wir Dich bei dem gemeldetem Unserm Geleit festiglich standhalten wollen, Uns auch auf solche Deine Zukunft endlich verlassen. Und tust Du daran Unsere ernstliche Meinung."

Am Osterdienstag machte sich Luther auf den Weg mit seinem Amtsgenossen Amsdorf, einem jungen pommerschen Edelmann Swaven, der in Wittenberg studierte, und einem Augustiner als „Reisegefährten" in einem Wagen mit einer Blahe, den der Rat von Wittenberg gestellt hatte, und der Herold ritt voran.

Unterwegs merkte Luther, wie ihm das Volk zugetan war, namentlich seine Thüringer Landsleute. Das Volk strömte zusammen, um ihn zu sehen, wo er durchkam; oder sie holten ihn feierlich ein und gaben ihm das Geleit. Bürgermeister und Fürsten luden ihn zu Gaste, eine adelige hochbetagte Frau in Frankfurt küsste ihm die Hand zum Gruße und schickte ihm Malvasierwein; sogar ein Priester sandte ihm das Bildnis des italienischen Reformators Savonarola, „des seligen Märtyrers", den die Päpstlichen zwanzig Jahre vorher in Florenz um seines christlichen Bekenntnisses willen verbrannt hatten.

Luthers Freunde waren besorgt, seine Feinde suchten ihn zu schrecken, damit er nicht nach Worms käme. Und sogar der Teufel, wie Luther sagte, wollte ihn daran verhindern; denn in „seiner lieben Stadt" Eisenach wurde er gefährlich krank, erholte sich aber bald auf ein edel Wässerlein, das ihm der Bürgermeister gab. Auch erfuhr er unterwegs, dass der Kaiser befohlen hatte, seine Bücher zu verbrennen und in Meißen und Merseburg ganze Wagen voll angezündet worden seien. Luther aber war fröhlich und getrost, spielte sogar in den Herbergen unterwegs die

Laute und sagte: „Und wenn sie gleich zwischen Wittenberg und Worms ein Feuer machten bis zum Himmel reichend, so wollte ich doch im Namen des Herrn erscheinen und den Behemoth in sein Maul zwischen seine großen Zähne treten und Christum bekennen und den selbigen walten lassen."

In Oppenheim bei Mainz erschien ein Bote von des Kaisers Beichtvater, der Theologe Butzer, der sollte ihn zu Sickingen auf die Ebernburg einladen, damit man dort im Stillen den Streit beilege. Luther aber sprach „Nach Worms bin ich geladen. Hat des Kaisers Beichtvater etwas mit mir zu reden, so kann er das auch in Worms." Und als ihn Spalatin in einem Brief warnte, entbot er ihm: „Wenn so viel Teufel zu Worms wären als Ziegel auf den Dächern, so wollt ich doch hinein." „Denn ich war unerschrocken", erzählte Luther im Alter, „furchte mich nichts. Gott kann einen wohl so toll machen. Ich weiß nicht, ob ich jetzt auch so freudig wäre."

Am 16. April, einem Dienstag, morgens 10 Uhr, als die Bürger gerade beim Frühmahl waren, blies der Türmer und alles eilte auf die Straße und zum Tor, als es hieß, der Dr. Luther komme. Eine stattliche Schar von Rittern, die ihm entgegengezogen oder ihn geleitet hatten, ritt voran, darauf der Ehrenherold, dann kam der Wagen, auf dem Luther, noch bleich von seiner Krankheit, mit seinen Gefährten saß. Alles drängte sich ihn zu sehen, aus Fenstern, auf Dächern schauten sie herab und Mütter zeigten ihren Kindern den berühmten Mann, der es gewagt, dem Papste zu trotzen. So strömte ihm die Menge noch bis zu seiner Herberge bei den Johannitern, wo er abstieg mit dem Wort: „Gott wird mit mir sein!"

Am andern Tag, abends vier Uhr, wurde Luther vom Ehrenherold und vom Reichserbmarschall Ulrich von Pappenheim in den Bischofssitz geführt, wo der Kaiser wohnte und der Reichstag versammelt war, und zwar auf Seitenwegen, vor der Menge des Volks. Er musste einige Stunden warten. Da trat der kaiserliche Feldhauptmann, der berühmte Georg Frundsberg zu ihm, klopfte ihm auf die Schulter und sagte: „Mönchlein, Mönchlein! Du gehst jetzt einen schweren Gang, einen solchen Stand zu tun, dergleichen ich und mancher Oberste auch in unsrer allerernstesten Schlachtordnung nicht getan haben. Bist du auf rechter Meinung und deiner Sache gewiss, so fahre in Gottes Namen fort und sei nur getrost, Gott wird dich nicht verlassen."

Dann wurde Luther hineingeführt in den Saal. Da war eine glänzende Versammlung. In der Mitte unter einem Traghimmel von Purpur saß der Kaiser, neben ihm sein Bruder Ferdinand, der Reichsverweser, und hinter ihm ein herrlicher Hofstaat, auch der päpstliche Legat; rechts und links an den Wänden hin saßen die sieben Kurfürsten, dann die Fürsten, Herzöge, Markgrafen, Grafen, Bürgermeister, Erzbischöfe, Bischöfe, Äbte und Rechtsgelehrte, gegen 200 Personen. Als Luther eintrat, erhob sich ein allgemeines Wundern der Versammlung. Darnach stellte der Kanzler im Namen „der heiligen und unüberwindlichen Majestät" zwei Fragen an Luther, zum ersten: „Ob Du bekennest, dass diese Bücher Dein seien oder nicht?", zum andern: „Ob Du sie und was darinnen ist, widerrufen oder darauf verharren und bestehen wollest!" Darauf und nichts anders solle Luther antworten. Da sagte Luther auf die erste Antwort: „Ja!" Ob er aber alles gleichmäßig verteidige oder widerrufe, das sei eine Frage vom Glauben und von der Seligkeit und Gottes Wort, da müsse er sich hüten unbedächtig zu reden, bitte sich daher Bedenkzeit aus. Die hätte er freilich für sich nicht gebraucht, denn er wusste, worum es sich handle und was er zu antworten habe. Allein seine Freunde hatten ihm so geraten, damit er Gelegenheit bekomme sich auch zu verteidigen. Die Bedenkzeit wurde ihm gewährt bis zum nächsten Tag, Donnerstag den 18. April, zum Ärger seiner Gegner, die ihm einfach den Mund hatten verstopfen wollen.

Da stellte er sich abermals zur selben Zeit und ward jetzt gefragt: ob er alle Bücher verteidigen wolle oder etwas zurücknehmen? Jetzt konnte Luther eine längere wohlbedachte Rede halten und seine Bedenken mitteilen. „Man bedenke wohl", sagte er, „dass meine Bücher nicht alle einerlei Art sind. In etlichen habe ich vom christlichen Glauben und guten Werken so schlicht, einfältig und christlich gehandelt, dass auch meine Widersacher und selbst zum Teil der Papst in seiner grimmigen Bulle bekennen mussten, sie seien unschädlich, nützlich und würdig, dass sie von christlichen Herzen gelesen würden; trotzdem sind auch sie durch ein widernatürlich Urteil verdammt worden. Wenn ich jetzt diese widerriefe, so würde ich nur die Wahrheit verdammen. Die andere Art meiner Bücher geht wider das Papsttum und die Papisten los, als welche mit ihren Büchern, Lehren und Exempeln die Christenheit an Leib und Seele verwüsten. Niemand kann leugnen, noch verhehlen, dass durch des Papstes Gesetze und Menschenlehre die Gewissen der Christgläubigen aufs jämmerlichste gefangen, beschwert und gemartert und dass die Güter und Habe sonderlich in der deutschen Nation durch unglaubliche Tyrannei verschlungen werden. Wenn ich nun diese Bücher widerriefe, so würde ich nichts anderes tun, als die päpstliche Tyrannei stärken und würde solchem unchristlichen Wesen nur noch mehr Tür und Tor aufgetan, zumal wenn man sagen dürfte, das sei auf Befehl Kaiserlicher Majestät und des Reiches geschehen. Guter Gott, was wäre ich da für ein Schanddeckel der Bosheit und Tyrannei! Die dritte Art Bücher sind wider einzelne Personen, welche sich unterstanden haben, die päpstliche

Tyrannei zu beschützen und die gottselige Lehre, so ich lehre, zu vertilgen. Wider dieselben bekenne ich heftiger gewesen zu sein, denn sich ziemte; ich mache mich nicht zum Heiligen, disputiere auch nicht von meinem Leben, sondern von Christi Lehre. Aber auch diese Bücher kann ich nicht widerrufen, weil ich sonst dem tyrannischen Regiment meinen Beifall gäbe und man gegen das Volk noch unbarmherziger handeln würde. Doch weil ich irren kann, so sage ich mit Christus: „Habe ich übel geredet, so beweise es mir, dass es böse sei." Tut man's, so will ich allen Irrtum widerrufen und der erste sein, der die Bücher ins Feuer wirft. So erscheint klärlich, dass ich genugsam bedacht und erwogen habe die Gefahr von Zwietracht, Aufruhr und Empörung, so durch meine Lehre – wie ich gestern hart erinnert worden – in der Welt erwachsen soll. Doch möge man Gottes Gerichte bedenken, wenn man damit anfängt die Zwietracht durch Verdammung des Gottesworts beizulegen und so die Regierung des jungen edlen Kaisers, auf den nächst Gott so große Hoffnung ist, einen unseligen Eingang hat. Solches sage ich nicht, als ob ich meine, solche hohen Häupter zu unterrichten oder zu mahnen, sondern weil ich der deutschen Nation, meinem lieben Vaterlande, meinen schuldigen Dienst nicht habe entziehen wollen. – Ich habe geredet."

Das sagte Luther lateinisch. Dann ward er gefragt, ob er's noch einmal deutsch sagen könne, und er sagte alles noch einmal deutsch. Darauf berieten sich die Festen und der Kanzler sagte zu Luther, er habe keine bequeme Antwort gegeben. Es solle jetzt nicht disputiert werden, seine Meinungen seien längst auf dem Konzile zu Konstanz als ketzerisch verdammt; Gott könne die Kirche nicht bisher dem Irrtume hingegeben haben und man könne nicht jedem, der die Aussprüche der Konzilien und Kirche befreite, Widerlegung aus der hl. Schrift erstatten, er solle nur eine schlechte runde Antwort geben, ob er Widerruf tun wolle oder nicht. Da antwortete Luther: „Weil denn E. K. M. und Gnaden eine schlechte Antwort begehren, so will ich eine solche geben, die weder Hörner noch Zähne haben soll, dermaßen: Es sei denn, dass ich durch Zeugnis der heiligen Schrift oder mit klaren und hellen Gründen überwunden werde (denn ich glaube weder dem Papst noch den Konzilien alleine nicht, weil es am Tag und offenbar ist, dass sie oft geirrt und sich selbst widersprochen haben): so bin ich überwunden durch die Sprüche, die ich angezogen habe, und gefangen in meinem Gewissen in Gottes Wort, und kann und mag darum nicht widerrufen, weil weder sicher noch geraten ist, etwas wider das Gewissen zu tun. Hier gehe ich, ich kann nicht anders, Gott helfe mir! Amen."

Der Kaiser ließ nochmals durch den Kanzler fragen, ob er wirklich behaupte, dass auch die Konzilien irren können? Hätte Luther das nicht behauptet, so wären ihm viele beigefallen, denn über die päpstliche Tyrannei waren fast alle Fürsten einig, und auch die Bischöfe konnten es nicht widerstreiten, die weltlichen und geistlichen Stände hatten ja schon auf dem Reichstag mehrmals sich beklagt über die römischen Erpressungen in Deutschland. Aber dass Luther auch die Unfehlbarkeit der Konzilien leugnete, das verdross und bestürzte viele, vor allem die Bischöfe, denn die hatten auf diesen Kirchentagen zu bestimmen. Aber Luther wollte nicht, dass die Geistlichen allein als wahre Christen dastünden und die Kirche vorstellten und reformierten, was doch nur einseitig und falsch hätte geschehen können; und wollte keinen andern Grund der Wahrheit anerkennen als die hl. Schrift. So hat er nicht auf die Klugheit gehört, sondern auf sein Gewissen und beharrte „als ein harter Fels" bei seiner Überzeugung, dass Konzilien irren könnten und geirrt hätten.

Schon war es Nacht geworden und Fackeln hereingebracht. Da wurde Luther hinausgeführt. Die Deutschen waren stolz auf Luther, die Welschen voll Hass, die Spanier zischten. Der Kaiser sagte zuerst: Der werde ihn nicht zum Ketzer machen, und meinte, Luther könne diese Bücher gar nicht geschrieben haben; zuletzt aber wurde er ganz bestürzt über die unerhörte Keckheit dieses Mönchs und stand auf. Luther aber rief, als er hinaus war und in den Kreis seiner Freunde trat, die auf ihn warteten, indem er die Hände emporreckte, fröhlich: „Ich bin hindurch, ich bin hindurch!" Der Kurfürst Friedrich sagte mit Verwunderung: „Der Pater Doktor Martinus hat wohl geredet vor dem Herrn Kaiser und allen Fürsten und Ständen des Reichs in Latein und Deutsch; er ist mir nur viel zu kühne." Sogar der Herzog Erich von Braunschweig, der gut katholisch war, schickte Luther eine silberne Kanne mit Eimbecker Bier. Viele Herren, Geistliche und Weltliche, besuchten ihn in seinem Quartier. Auch der Landgraf Philipp von Hessen; der reichte ihm zum Abschied die Hand und sagte: „Habt Ihr recht, Herr Doktor, so helf Euch Gott!"

Noch meinten die Fürsten, sie könnten vermitteln und Luther etwas zum Nachgeben zwingen und den Kaiser auch. Aber alles verhandeln war umsonst, denn Luther bestand auf seiner Rede, dass nur der hl. Schrift unfehlbar zu glauben sei und nicht den Konzilien: „Ich kann nicht weichen", sagte er, „es gehe mir, wie Gott will!", und begehrte seinen Abschied und Geleit zur Heimfahrt. Das ward ihm auch am 25. April gewährt unter Androhung, dass jetzt der Kaiser als Schützer des katholischen Glaubens und römischen Stuhls gegen ihn einschreite, weil er nicht einmal eines Fingers breit von seinen Irrtümern weichen wolle. Der Reichsherold geleitete tags darauf ihn wieder aus Worms. Aber der Kaiser konnte auch „nicht weichen" und tat, wie der Papst wollte und sein Legat, mit dem er am 8. Mai einen Bund schloss. Dann ließ er ein von Aleander verfasstes Edikt ergehen am 26. Mai, als die Fürsten, welche Luther wohlwollten, schon abgereist waren, ließ aber das Datum auf den 8. Mai fälschen, als ob es mit „einhelligem Rat der Kurfürsten und Stände" ergangen sei. Darin ward Martin Luther als „verstockter Zertrenner und offenbarer Ketzer und Erzketzer, ja, der böse Feind in Menschengestalt" in die Acht und Aberacht des Reiches getan und für vogelfrei erklärt, dass ihn bei gleicher Strafe niemand hausen, höfen, ätzen, tränken, noch enthalten solle, auch ihm nicht irgendwie Beistand und Vorschub tue, sondern dass er gefangen genommen werde. Ingleichen seine Anhänger und Günstiger solle jedermann niederwerfen und fahen, und ihre Güter zu Hand nehmen und behalten. Seine Bücher seien nicht zu dulden, ob auch etwas Gutes darin sei; ja, es sollten im deutschen Reich gar keine Bücher mehr gedruckt und verkauft werden ohne Wissen und Willen der geistlichen Obrigkeit. Aber trotzdem nahm sich Luthers Fürst seiner an, nicht öffentlich und wissentlich, damit er nicht dem Kaiser widerstrebe und durch die heftigen Feinde und die allzu eifrigen Freunde Luthers ein Brand und Aufruhr im deutschen Volke entstehe, sondern heimlich. Er gedachte Luther „eine Weile beiseit zu bringen, ob vielleicht mit der Zeit die Sachen möchten friedlich und schiedlich beigelegt werden." Und Luther folgte dem weisen Rate seines Kurfürsten, begab sich nicht in den Schutz des aufgeregten Adels, aber auch nicht in den Schoß der hussischen Böhmen, denn damit wäre seine Wirksamkeit für sein liebes deutsches Vaterland so gut wie verloren gewesen.

Luther war indes heimwärts gefahren mit denselben Gefährten, wie bei der Herreise, nebst Dr. Schurf und Jonas. Von Frankfurt a. M. schrieb er seinem Freund und spätern Gevatter, dem Maler Lukas Kranach in Wittenberg einen Abschiedsbrief, weil er sich müsse lassen eintun und verbergen, er wisse selbst nicht wo, wiewohl er lieber den Tod leiden und kämpfen wolle. „Es muss eine Zeitlang geschwiegen und geduldet sein: eine kleine Weile sehet ihr mich nicht, und aber ein wenig sehet ihr mich, wie Christus spricht." Auch auf dem Heimweg wurde er mit großer Verehrung empfangen von Städten und Klöstern. In Friedberg einließ er den Reichsherold mit einem schönen Brief an den Kaiser, worin er ihm für das Geleit dankt, und noch einmal sagt, um was es sich bei seiner Sache handelt: nämlich um Konzil oder Bibel; in allem wolle er sich fügen, nur nicht in dem, was wider Gottes Wort sei, das sei seine Christen- und Gewissenspflicht. In Eisenach schickte er Schurf, Jonas und Swaven heim; er selbst machte mit Amsdorf und dem Augustiner noch einen kleinen Abstecher nach Möhra zu seinen Verwandten. Als er dann gegen Waltershaufen zu fuhr bei einer verfallenen Kapelle unter einer Buche in einem Hohlwege, da sprengten plötzlich Reisige aus dem Wald, bedrohten den Fuhrmann mit der Armbrust, dass der Ordensbruder davonlief, während Amsdorf, der in die Sache eingeweiht war, zum Scheine schalt; die Bewaffneten rissen Luther aus dem Wagen, warfen ihm einen Reitermantel um, setzten ihn auf ein Ross und schleppten ihn fort. Sie führten ihn auf vielen Umwegen nachts auf eine Burg; die sollte ihn schützen, wie Luther wusste. Aber die Welt meinte, er wäre gefangen oder tot. Das Volk ward unruhig und bestürzt, die Feinde frohlockten, die Freunde trauerten. „Lebt er noch oder haben sie ihn gemordet?", schrieb der berühmte Maler Albrecht Dürer von Nürnberg in sein Tagebuch. „Ist's, so hat er gelitten um der christlichen Wahrheit willen, weil er gestraft das unchristliche Papsttum, das da strebt wider Christi Freilassung mit seiner großen Beschwerung durch Menschengesetze. O Gott, ist der Luther tot, wer wird uns hinfort das Evangelium so klar vortragen! Ach, was hätt er noch in zehn oder zwanzig Jahren mögen schreiben. O ihr alle frommen Christenmenschen, helft mir fleißig beweinen diesen gottgeistigen Menschen und Gott bitten, dass er uns einen andern erleuchteten Mann sende!"

Aber Luther war nicht tot und zeigte bald der Welt, dass er noch lebe, so da seine Feinde erschraken und die Freunde wieder aufatmeten.

Zehntes Kapitel

Luther auf der Wartburg

Gott Lob und Dank, der nicht zugab,
Dass ihr Schlund uns möcht fangen.
Wie ein Vogel des Stricks kommt ab,
Ist unser Seel entgangen:
Strick ist entzwei und wir sind frei;
Des Herren Name steht uns bei
Des Gottes Himmels und Erden.

L.

Die Burg, wohin Luther geführt ward, war das Landgrafenschloss Wartburg nahe bei Eisenach, Luthers „lieber Stadt", da er als Schüler war; Schlosshauptmann war Hans von Berlepsch, der ihn entführt hatte und ihn wohl hielt in seinem Asyl. Da wurde Luther zuerst in eine Kammer getan, dass ihm Haar und Bart wüchsen und er so verändert ward, bis er sich selbst nicht mehr kannte, geschweige seine Feinde oder Freunde. Auch wussten diese nicht, wo er war, obgleich er viel an sie schrieb, denn er nannte die Burg sein „Patmos", wo er verbannt war vor dem Zorn des Kaisers, wie einst St. Johannes. Er wurde von einem Edelknaben bedient und hieß jetzt „Junker Jörg" nach dem Ritter, der den Lindwurm schlug; mit Recht, weil auch er den römischen Drachen auf Schweif und Haupt geschlagen hatte. Er trug ritterliche Kleidung, Wams und Waffenrock, Hut und Stiefel und ein großes Schwert zur Seite. Ritt auch manchmal aus mit einem verschwiegenen alten Reiterknecht, der den Junker Jörg davon abhalten musste, sein Schwert abzulegen und gleich zu den Büchern zu laufen, wenn er in einer Stadt oder einem Kloster einkehrte, weil „Reiterei und Schreiberei sich übel reime". Einige Male war er auch mit auf der Jagd. Darüber schrieb er an Spalatin: „Ich bin zwei Tage auf der Jagd gewesen, um diese bittersüße Lust der großen Herren auch einmal zu kosten. Wir haben zwei Hasen und ein paar arme Rebhühner gefangen: wahrhaftig eine würdige Beschäftigung für müßige Leute! Ich habe auch hier unter Netzen und Hunden meine geistlichen Gedanken gehabt, und so viel Lust mir auch das Ansehen solcher Dinge gemacht hat, so sehr hat mich auch das darunter versteckte Geheimnis und Bild mit Mitleiden und Schmerzen erfüllt. Denn was bedeutet das Bild der Jagd anders, als dass der Teufel durch seine gottlosen Meister und Hunde, nämlich Bischöfe und Theologen, die unschuldigen Tierlein heimlich jage und fange? Das Bild der einfältigen und gläubigen Seelen stellte sich allzu lebhaft meiner trauernden Seele dar. Dazu kam noch, dass ich ein armes Häslein am Leben erhalten, dasselbe in den Ärmel meines Rockes gehüllt und mich entfernt hatte; inzwischen hatten es die Hunde doch aufgespürt und ihm durch den Rock hindurch den rechten Lauf zerbissen und es endlich gar erwürgt. So wütet der Papst und der Satan, dass er trotz meiner Mühe die geretteten Seelen auch verderbe."

Lieber ging der geistliche Junker Jörg in den schönen Wäldern um die Wartburg spazieren, hörte den Vöglein zu und pflückte Erdbeeren. Das Gehen war ihm sehr nötig, denn der Mönch, der an Fasten und Klosteressen gewöhnt war, konnte die nahrhafte Ritterkost nicht vertragen; war auch darüber gar verdrießlich, dass er hier, wie er meinte, „im Müßiggang lebendig verfaulen müsste", während er doch gerne gestritten oder gelitten hätte für die gute Sache;

auch schmerzte es ihn, dass er des Lehrens und Verkehrs mit den Leuten in seiner Einöde entbehren musste. Da wurde er krank und fast schwermütig und musste, wie er meinte, allerlei Teufelsspuk ausstehen. Da soll er dem Teufel das Tintenfass an den Kopf geworfen haben. Das ist aber ein Märlein; und doch ist's Wahrheit gewesen, denn Luther traf allerdings den bösen Geist und alle finstern Geister mit seinem Tintenfass an den Kopf: das tat er aber mit den geistlichen Waffen, seinen Schriften, die er auf der Wartburg schmiedete als in seiner verborgenen Werkstatt, wo er „schrieb ohne Unterlass".

Da war eine Schrift: „Wider den Abgott zu Halle", die traf den Götzen, dass er umfiel und der Meister, der ihn aufgestellt hatte, Luther um Gnade bat. Der Abgott war nämlich der Ablasskram, den der Erzbischof Albrecht wieder aufgerichtet hatte, als er Geld brauchte und meinte, Luther wäre aus der Welt. Er stellte zu einer Wallfahrt und Almosen mit Verheißung von überschwänglichem Ablass allerlei Reliquien in einem Heiligtum in Halle auf: ein Stück vom Leib des Erzvaters Isaak, Mannakörnlein von Moses, Stücklein vom brennenden Dornbusch, Krüge von der Hochzeit zu Kana mit übergebliebenem Wein, Dornen von Jesu Krone, einen von den 30 Silberlingen des Judas, einen Stein von der Steinigung Stephani und noch andere Raritäten, zusammen 9000 Stück. Der Kurfürst bat Luther, die Schrift nicht drucken zu lassen; Luther folgte, drohte aber dem Erzbischof, es doch zu tun, wenn er nicht sofort den „Abgott" abtue. Der Erzbischof gab klein bei, schrieb an Luther einen demütigen Brief, er sei „ein armer sündiger Mensch", und schaffte den Unfug ab. Dann schrieb Luther ein Büchlein „von der Ohrenbeichte ans Volk, wie er schon zu Ostern eins an die Geistlichen geschrieben, weil diese in der Beichte die Leute gefragt, ob sie Luthers Büchlein gelesen, und sie ermahnt hatten, sie auszuliefern;

das sei über ihre Befugnis; die Beichtkinder sollten lieber auf die Absolution verzichten, als sich diesem Gebot fügen. In dem neuen Büchlein sagt Luther, dass die Beichte eine freie Sache zu Trost und Rat der betrübten Seelen sein solle und kein verdrießlicher Notfall, den der Papst für die Christen daraus mache und die Priester um ihrer Gewalt willen. Diese Schrift widmete er „dem gestrengen und festen Franzisko von Sickingen, meinem besondern Herrn und Patron." Auch „vom Missbrauch der Messe" schrieb er ein Büchlein seinen lieben Augustinern gewidmet; darin setzt er auseinander, dass das römische Priestertum ohne und wider Christi Befehl sei, die Messe, d.h. das Abendmahl, sei fälschlich als ein Opfer und gutes Werk angesehen, sollte auch nicht täglich, sondern nur an Sonntagen gefeiert werden für alle, welche hungert und dürstet nach dem wahren Lebensbrot. Und als ein Probst es wagte zu heiraten, schrieb er ein anderes Büchlein, „von den geistlichen und Klostergelübden Martini Luthers Urteil": Die Mönchsgelübde seien zu verwerfen, weil sie auf pharisäischer Werkheiligkeit und Selbstgerechtigkeit beruhten und also gegen das Evangelium seien; die Priesterehe hielt er für rechtmäßig und christlich; aber falsch sei, sie zu gebieten, was Dr. Karlstadt in Wittenberg tat, und falsch, sie zu verbieten, wie der Papst in Rom tue. Diese Schrift eignete er seinem Vater zu, weil er gegen dessen Willen einst ein Mönch geworden, sagte ihm, er sei innerlich kein Mönch mehr, wenn er auch Platte und Kutte tragen würde; und tröstete ihn damit: „Ich hoffe, Christus hat Euch Euern Sohn genommen, damit er vielen andern seinen Söhnen durch mich jetzt helfe."

Auch eine Auslegung des 37. Psalms sandte er „als Trostbriefle dem armen Häuflein zu Wittenberg." Dass die Universität wuchs und gedieh, freute ihn sonderlich. Ein großes Anliegen war ihm, dass das päpstliche Recht im

Lande abgeschafft würde; wenn die Fürsten nicht im eignen Namen dazu das Herz hätten, schrieb er, so sollten's die Rechtsgelehrten tun, „damit niemand mehr nach des Papstes Recht geplagt werde, sondern alles nach Landes Brauch und Sitten ginge." Freilich „wenn man etwas Großes und Heilsames tun will, so muss man sich einen Mut fassen." Neben all dem schrieb Luther seine „Postille", d.i. ein Predigtbuch, „weil im Papsttum die Sonntagsevangelien der Legenden halber oft ganz ausgelassen und wenig Postillen vorhanden waren, daraus man Kinder und Laien einfältig berichten könnte, wie man christlich leben und selig sterben sollte." Diese Postille nannte Luther sein allerbestes Buch, das er je gemacht, und das auch die Papisten gerne hätten; darin habe er seinen „lieben Deutschen einmal aus dem vollen Fass des Evangeliums kredenzt."

Das allerbeste Werk aber war die Bibelübersetzung, die Luther auf der Wartburg anfing und zwar so, dass er das Neue Testament fertig brachte. Luther meinte: „Wollte Gott, es wäre nur dies Buch allein in aller Zungen, Händen, Augen, Ohren und Herzen"; hoffte auch, „es solle des Schreibens weniger und des Studierens und Lesens in der hl. Schrift mehr werden, denn auch alles andre Schreiben in und zu der Schrift weisen soll." Er hatte immer auf die Bibel gewiesen als die Richtschnur des christlichen Glaubens und Lebens, jetzt musste er diese Bibel auch dem Volk in die Hand geben. Vorher musste das Volk glauben, „was die Kirche glaubte", d.h., was ihnen der Papst und die Geistlichen vorsagten; jetzt sollte es selber forschen können in Gottes Wort, ob es sich also verhielte, wie ihnen von den neuen Predigern gesagt war.

Also musste und wollte Luther die Bibel verdeutschen. Das war freilich eine gewaltige und schwere Arbeit. „Ich erfahre jetzt, was übersetzen heißt und warum sich solches bisher niemand unterstanden hat." Er meint auch, alle seine Freunde sollten helfen, namentlich am Alten Testament, „dass es eine Übersetzung würde, die es verdiente von Christen gelesen zu werden. Denn ich hoffe, wir wollten unsern Deutschen eine bessere Übersetzung geben, als die Lateiner haben. Es ist ein großes Werk und verdient's, dass wir alle daran arbeiten, denn es ist ein gemeines Werk und dienet zum gemeinen Besten." Zwar halfen später die Freunde feilen, namentlich der sprachkundige Melanchthon, und ließen sich's viel Zeit und Mühe kosten, sie haben mit Luther alle Treue und Fleiß angewendet, um richtig und gut zu übersetzen, strichen oft ein Wort fünfzehnmal durch und setzten ein anderes. Aber die Hauptsache hat doch Luther getan und allein tun können, wie er sagt: „Für meine Deutschen bin ich geboren, ihnen will ich dienen." Denn keiner zu seiner Zeit – vor ihm und nach ihm – kannte so den Geist der Schrift, wie Martin Luther, keiner hat so darin gelebt und gewebt mit seinem Sinnen und Denken viele Jahre hindurch wie er, der Geist der Schrift war ihm in Fleisch und Blut übergegangen, ja, war Geist von seinem Geiste; und es ist ja mit dem Dolmetschen, wie Luther sagt: „Es ist nicht eines jeglichen Kunst; es gehört dazu ein recht fromm, treu, fleißig, furchtsam, christlich, gelehrt, erfahren, geübt Herz", wie das von Luther eben war. Keiner kannte aber auch so das deutsche Volk, den deutschen Geist und die deutsche Sprache wie er. Das deutsche Wesen war in ihm am besten und gedrängtesten zur Erscheinung gekommen, die deutsche Volksseele war in ihm gleichsam zusammengefasst. Dazu war er ein Sohn des Volks, hatte deutsch gedacht und gefühlt, deutsch gesprochen und geschrieben, da noch alle Gelehrten alles lateinisch trieben und man „bisher kein Buch noch Brief gelesen, darinnen rechte Art deutscher Sprache wäre." Auch war der Sohn Thüringens gerade geeignet, das rechte Deutsch zu schreiben, das sie in Ober- und in Niederdeutschland verstehen, sodass das

Lutherdeutsch allgemeines Schriftdeutsch geworden ist, das am deutschen Meer und in den Alpen, am Rhein und an der Oder verstanden und geschrieben wird. Und zum Volk, den einfältigen Laien hat er reden gelernt in seinen Predigten und Büchlein und seiner Bibel. Nicht „Schloss- und Hofwörter" hat er gebraucht und den vornehmen und gelehrten Leuten nach dem Munde geguckt, sondern der „Mutter im Hause, den Kindern auf der Gasse, dem gemeinen Mann auf dem Markte" hat er abgelernt, kräftig, schlicht, treuherzig und deutlich, das ist: echt deutsch zu reden. „So verstanden sie es denn auch und merkten, dass man deutsch mit ihnen redete."

Darum ist auch die deutsche Bibel ein Volksbuch geworden wie Luther von Anfang gehofft und gewünscht hatte, dass kein Haus so arm, keine Hütte so klein ist, keine Schule so elend, dahin nicht Luthers Bibel gekommen wäre als Lehr-, Lern- und Lebensbuch. Seine Weisheit, seinen Glauben, sein Sprechen und Dichten hat das deutsche Volk aus ihr entnommen. Und nicht nur die Schüler und Kinder des Volkes lernten an der Bibel lesen, auch die Dichter und Meister der Sprache mussten an ihr lernen deutsch reden und schreiben. Das Bibeldeutsch ist die Kirchensprache geworden, das müssen alle verstehen, die predigen und hören in der Kirche; aber auch die Sprache der Schulen, der vornehmen Hochschulen und einfachen Volksschulen; die Sprache des Gerichts und Heeres, die Sprache der Fürsten und Gelehrten, die Sprache, in der Vornehme und Geringe sich miteinander verständigten, das Gemeingut von Hoch und Nieder. Das Bibeldeutsch, wer versteht es aber auch nicht, soweit die deutsche Zunge klingt? Wie verschieden die Mundarten der deutschen Stämme lauten, und wie zerrissen Deutschland war Jahrhunderte lang, die Lutherbibel war und ist ein Band der Einheit für Nord und Süd, für Ost und West. Es ist ein uraltes Buch, aus dem

Propheten und Apostel zu uns reden, und Luthers Stimme vernehmen wir durch sie aus vier Jahrhunderten herüber; aber es bleibt ewig jung, wie Gottes Wort und deutsche Rede, und wenn es auch in einzelnen Dingen gebessert werden mag, wer will, wer kann's völlig ändern? Und welche andere Nation hat ein Buch aufzuweisen wie Dr. Martin Luthers Bibelübersetzung?

Elftes Kapitel

Wie es derweilen in Wittenberg zuging, und wie Luther die Schwärmer dämpfte

> *Sie lehren eitel falsche List,*
> *Was eigen Witz erfindet,*
> *Ihr Herz nicht eines Sinnes ist*
> *In Gottes Wort gegründet.*
> *Das will durch Kreuz bewähret sein,*
> *Da wird sein Kraft erkannt und Schein*
> *Und leucht't stark in die Lande.*
> *L.*

Während Luther auf seinem Patmos saß, hörte er von Wittenberg manches, was ihm nicht gefiel. Denn er schaute in seiner Einsamkeit nicht bloß in die Bücher, sondern von seiner Burg als einer Warte auch in die Welt, insonderheit nach Wittenberg, wie St. Johannes von seiner Einöde ins hl. Land und die hl. Stadt geschaut. Und was dort vorging, das war ihm nicht gleichgültig, denn er wusste, dass er verantwortlich dafür sei, weil er das Feuer angezündet, das jetzt in der Welt zu brennen anfing, das Schlechte: Holz, Stroh, Stoppel verzehren und das Gediegene: Gold und Silber läutern, verklären und erneuern sollte. Sonderlich aber lag ihm Wittenberg am Herzen, denn dort war seine Gemeinde, der er als Seelsorger gedient hatte und dort auch die Hochschule, die seinen Geist eingesogen und pflegen sollte. Dorthin schauten mit andächtigem Ernst die

Freunde in der Christenheit, aber auch mit andauerndem Hass die Feinde der guten Sache, um etwas zu erspähen, worüber sie lästern und wodurch sie Luthers Werk anklagen könnten. Und wie sah es dort aus?

Nach Luthers Weggang war Dr. Karlstadt in Wittenberg als Führer aufgetreten und ein Prediger Zwilling. Karlstadt meinte sich etwas und wollte auch Luther spielen; aber wie Luther das Wort und den Geist gehandhabt hatte, wollte er mit Hand und Werk schalten. Er wollte aufräumen mit dem alten katholischen Wesen und zwar unbesehen, sofort und gewalttätig, und wollte das Neue einführen auf dieselbe gesetzlose Weise. Darin half ihm Zwilling mit seinen Schwärmerischen, aufregenden Predigten, und die Studenten und viele Bürger legten Hand an das, was jene zwei Volksführer forderten. Denn die ungestüme Jugend und große Masse ist immer gern dabei, wenn es leidenschaftlich und radikal zugeht, und namentlich wenn es zu krakeelen und ruinieren gibt, und überhaupt mögen die meisten lieber äußerlich veraltetes Wesen abschaffen und ändern, als den inneren Menschen ändern und das Herz umgestalten. Rumoren ist ja leichter und bequemer, als ein stilles, christliches Leben führen in aller Gottseligkeit und Ehrbarkeit. Diese Leute wollten die Mönche aus den Klöstern jagen, die Beichte als eine Sünde ganz abschaffen, die Messe nur noch unter beiderlei Gestalt erlauben, die Geistlichen zum Ehestand zwingen, an den Fasttagen Fleischspeisen gebieten, alle Feiertage außer Sonntag abschaffen; die Kirchengewänder wurden als „Gepränge des alten Götzendienstes" weggetan, die Bilder als „Ölgötzen" verbrannt. Ja, Karlstadt wollte die geistlichen Ämter abschaffen und die Gelehrsamkeit auch, weil Christus gesagt habe, es sei den Unmündigen geoffenbart; so ging er in die Häuser und ließ sich von gemeinen Leuten die Bibel auslegen und bewog den Schulmeister die Schule aufzugeben; dafür wollte er eine Gemeindekasse machen, daraus man den Bedürftigen Geld ohne Zins leihe. Auch die Universität kam in Verfall, die Studenten zogen weg oder lernten ein Handwerk.

Aber es kam noch anders. In Zwickau war ein Schwärmer, Thomas Münzer, der predigte, es solle weder geistliche noch weltliche Obrigkeit gelten wie jetzt, man sollte alle Pfaffen und Gottlosen vertilgen und „ein Reich der Heiligen" aufrichten, alle Menschen sollten gleich, alle Güter gemein sein. Auch traten Leute auf als „Propheten" und rühmten sich himmlischer Gesichte und Offenbarungen, Gespräche mit Gott und dem Erzengel Gabriel, verachteten die Bibel und verwarfen auch die Kindertaufe. Diese Schwärmer wurden vom Zwickauer Stadtrat vertrieben, drei davon, zwei Weber und ein Student, kamen aber nach Wittenberg und trieben dort und in der Umgegend ihr Unwesen, noch ärger als Karlstadt und Zwilling.

Da zeigte sich nun, was man an Luther entbehrte und gehabt hatte. Melanchthon und die andern Lehrer waren unsicher und ohne Kraft und sagten, sie könnten das Wasser nicht mehr aufhalten, und auch die Regierung in Stadt und Land wusste nicht zu raten und zu helfen; alles rief nach Luther, der könne die Geister unterscheiden und dämpfen, der wisse allein Rat und Hilfe und solle einschreiten.

Luther schrieb zuerst von der Wartburg aus in dieser Sache mehrmals an die Wittenberger, ja, kam selbst einmal heimlich auf drei Tage dahin. Er tadelte die Gewalt und den Zwang, mahnte zur Liebe, Geduld und Schonung gegen die schwachen Gemüter, die sollte man nicht überrumpeln und überpoltern; man solle den Leuten Zeit lassen, sich in die neuen oder vielmehr altevangelischen Sachen zu finden und zu gewöhnen, dann werde das Herkommen von selbst fallen und kein Gewissen beschwert. Überhaupt seien aber jene äußern Dinge, wie Fasten, eigenhändiges Nehmen der Hostie, kleine Dinge. „Du willst

Gott damit dienen und weißt nicht, dass du des Teufels Vorläufer bist, der das angefangene gute Werk schänden will; er hat dich auf das kleine Narrenwerk geführt, dass du dieweil des Glaubens und der Liebe vergessest." Luther wollte eben nicht bloß ein „kleines Häuflein" Anhänger haben, sondern möglichst die ganze Kirche, „die gemeine Christenheit" reformieren; das konnte aber nicht so Hals über Kopf gehen und ein Überstürzen in den Reformen musste das große Werk stören und hindern. „Wir haben noch viele Brüder und Schwestern, die müssen wir auch zum Himmel haben", sagte er, „auch diejenigen, die uns jetzt noch zuwider und zornig sind, wie der Herzog Georg und viele andere." Die Geister der Propheten solle man prüfen: namentlich, ob sie auch von geistlichen Kämpfen und Nöten wüssten, oder ob sie nur von lauter lieblichen, ruhigen, andächtigen, heiligen Dingen und Entzückungen zu reden hätten. Die göttliche Majestät pflege nicht so vertraut mit einem umzugehen, sie sei ein verzehrendes Feuer für den sündigen Menschen.

Auch schrieb Luther „eine treue Vermahnung für alle Christen, sich zu verhüten vor Aufruhr und Empörung", weil er fürchtete, dass der gemeine Mann, namentlich der „Karsthans", d.i. der Bauer, um der vielen Beschwerung willen, die auf ihm laste und aufgereizt durch die Predigten Münzers und der Zwickauer mit Flegeln und Kolben dreinschlagen möchte, namentlich auf Mönche und Pfaffen, wie schon von vielen gedroht und von den Sternmeistern für 1524 geweissagt wurde. „Herr *Omness*", d.h., die Menge habe kein Recht der Neuerung, sondern nur die ordentliche Gewalt. Er mahnt aber, dass jeder Fürst und Obrigkeit ihre Pflicht tue und bessere, denn was durch ordentliche Gewalt geschieht, sei kein Aufruhr. Jeder gewaltsame Aufruhr der unberufenen Menge sei unrecht, wenn die Sache auch gerecht wäre, um derwillen er angefangen werde; er gehe mehr über Unschuldige als Schuldige, und mache aus Übel nur Ärgeres. Geistliche Dinge solle man nur geistlich richten und ordnen, nicht mit Gewalt: „Siehe mein Tun an; hab ich nicht dem Papst und den Bischöfen, Pfaffen und Mönchen mehr Abbruch getan allein mit dem Mund, als bisher alle unsere Könige und Fürsten mit aller Gewalt? Warum? Nach St. Paulus soll der Antichrist verstört werden durch Christi Mund. Wie ist den Papisten schon die Decke kurz und schmal geworden! Du sollst sehen, in zwei Jahren, wenn der Geist Christi also drischet, wo Papst, Pfaffen, Mönche, Messen, Statuten und das ganze Gewürm päpstlichen Regiments bleiben: wie Rauch soll es verschwinden. Solch Spiel aber möchte der Teufel durch Aufruhr gern hindern." Insbesondere solle man sich nicht „Lutherisch" nennen nach seinem Namen. Das täten freilich etliche, die, wenn sie nur ein paar Blätter von ihm gelesen hätten, rips raps herauswischen und andere über den Mund fahren, wenn diese nicht mitmachten. Man solle doch seines Namens geschweigen, sich „Christen" nennen und sein in der Tat und Wahrheit.

So brachte Luther es auch dahin, dass die Augustinermönche einen ordentlichen Tag hielten und friedlich und schiedlich beschlossen: wer austreten wolle, möge es; doch nicht um fleischlicher Freiheit willen, sondern um „auf vollkommnere Weise Christo zu leben"; wer aber um Gewissens willen bleiben möchte, dürfe es auch; nur sollten die Mönche die römische „Schminke" abtun und nicht betteln, sondern arbeiten, lehren und predigen.

Aber als trotz allem Warnen und Reden das Ärgernis in Wittenberg überhandnahm, brannte Luther der Boden unter den Füßen: es sei vor Gott und der Welt nicht zu verantworten, wie dort gehandelt werde; ihm liege es auf dem Hals und vor allem bringe es Schmach über das Evangelium. Und als Rat und Gemeinde ihn bat, so machte sich Luther auf nach Wittenberg trotz Bann und Acht und Verbot des Kurfürsten, der ihn nicht schützen zu können erklärte und bange war, dass ihm oder Luther ein Schaden erwüchse. Luther schrieb demselben unterwegs einen heldenhaften Brief: „Ich komme in einem viel höhern Schutz, denn des Kurfürsten, hab's auch nicht im Sinn von Ew. Kurf. Gnaden Schutz zu begehren. Wer am meisten glaubt, der wird hierbei am meisten schützen. Gott will noch kann leiden Ihr oder mein Sorgen und Treiben. – Diese Schrift fertige ich eilends, damit Ew. Kurf. Gnaden nicht in Betrübnis komme meinetwegen, denn ich muss jedermann tröstlich und nicht schädlich werden, will ich ein rechter Christ sein."

Damals kamen nach Jena an einem Regentage zu Fastnacht zwei Schweizer Studenten in den „Schwarzen Bären". Die wollten nach Wittenberg, dort zu studieren; einer hieß Johann Keßler und wurde später Reformator in seiner Heimat. In der Gaststube hielten sie sich abseits wegen ihrer schmutzigen Kleider und saßen bescheiden auf einem Bänklein bei der Tür. Da fanden sie einen Mann allein an einem Tisch sitzen, und vor ihm lag ein Büchlein aufgeschlagen. Er grüßte sie freundlich und hieß sie näherkommen und zu ihm sitzen, und bot ihnen zu trinken. Die Gesellen taten's, bestellten ein Maß Wein, damit sie der Ehre wegen auch ihm zu trinken böten. Sie vermeinten aber nicht anders, er sei ein Reitersmann, denn er saß da in einem „Schläppli", einem Schlapphut mit rotledernem Käpplein darunter, in Hosen und Wams, ohne Rüstung, an der Seite ein Schwert, die rechte Hand auf des Schwertes Knopf, mit der andern das Heft umfassend. Er war ziemlich stattlich, eines aufrechten Gangs, da er sich mehr hinter sich denn für sich mit aufgehebtem Antlitz gegen den Himmel neigte, hatte tiefe dunkle Augen, braun mit gelben Ringlein, blinzend und zwitzerlend wie Sterne, dass sie nicht wohl mochten angesehen werden, ein fein klar und tapfer Gesicht und eine helle Stimme.

„Ihr seid Schweizer?", fing er an. „Woher aus dem Schweizerland?" „Von St. Gallen." „Wenn ihr, wie ich gemerkt, nach Wittenberg wollt, so findet ihr dort gute Landsleute, den Hieronymus Schurf und seinen Bruder, den Doktor Augustin!" „An die haben wir Briefe. – Herr, wisset Ihr uns nit zu bescheiden, ob Martin Luther jetzmalen zu Wittenberg oder an welchem Ort er segge?" „Ich hab gewissen Bericht, dass der Luther jetzumalen nit zu Wittenberg; er soll aber bald dahin kommen. Philippus Melanchthon aber ist da: er lehret die griechische Sprache, andere lehren hebräisch, welche beid ich euch in Treuen raten wollt zu studieren, da die hl. Schriften zu verstehen vor allem notwendig sind." Diese Worte nahmen die Studenten sehr wunder an dem Reiter. Er fragte aber weiter: „Lieber, was hält man von dem Luther im Schweizerland?" „Mein Herr", antwortete Keßler, „es sind wie allenthalben mancherlei Meinungen: etliche können ihn nit genugsam erheben und Gott danken, dass er die Wahrheit durch ihn geoffenbart und die Irrtümbe zu erkennen geben hat; etlich aber verdammen ihn als einen unleidlichen Ketzer, bevorab die Geistlichen." Sprach er: „Ich versieh mich wohl, es seien die Pfaffen."

Unter solchem Gespräch ward es den Studenten gar heimelich, sodass der eine das Büchlein, so vor ihm lag, aufhub und aufsperrte; da war's ein hebräischer Psalter. Er sprach: „Ich wollt ein' Finger ab der Hand geben, dass ich mich dieser Sprach verständ." Der Reiter sprach: „Ihr möget es wohl ergreifen, wo Ihr anders wollet Fleiß anwenden; denn ich die auch begehr weiters zu lernen und mich täglich darin übe."

Währenddem wurde es dunkel, da kam der Wirt hervor an den Tisch und da er merkte, dass sie gerne den Luther gesehen hätten, sprach er: „Liebe Gesellen, euch wär's gelungen, wo ihr vor zwei Tagen hier wäret gewesen; denn hier ist er gesessen an dem Tisch." Das verdross sie sehr und zürnten, dass sie sich versäumt auf den wüsten Wegen. Darüber lachte der Wirt und winkte Keßler zur Tür hinaus und sagte: „Der Luther ist's, der bei euch sitzet." Keßler nahm dies Wort spottweis auf, er aber sagte: „Er ist's gewisslich, doch tue nit desgleichen, als ob du ihn dafür haltest und kennest." Er ließ dem Wirt recht, ging hinein, glaubt's aber nicht und flüsterte es seinem Gesellen zu; der meinte, Keßler habe falsch verstanden „Luther" statt „Hutten"; und so hielten sie den Reitersmann für Hutten, sprachen auch in dieser Meinung mit ihm. Indem kamen zwei Kaufleute, die auch da übernachten wollten und nachdem sie abgesetzt, legte einer neben sich ein ungebunden Büchlein. Fragte der Reiter, was es wäre? Sprach er: „Es ist Doktor Luthers Auslegung etlicher Evangelien und Episteln, erst neu gedruckt und ausgangen. Hand Ihr sie noch nit gesehen?" Sprach der Ritter: „Sie sollen mir bald werden."

Da lud der Wirt zu Tisch und der Reiter sprach zu den Studenten: „Kommt herzu; ich will die Zehrung mit dem Wirt wohl abtragen." Unter dem Essen tat er viel gottselige freundliche Reden, dass die Studenten mehr auf sie als auf die Speisen achteten. Er sprach unter anderm die Hoffnung aus, dass die evangelische Wahrheit mehr Frucht bringe bei den Kindern, die darin gepflanzt werden, als bei den Eltern, in denen der Irrtum eingewurzelt sei. Sprach der ältere Kaufmann: „Ich bin ein einfältiger schlichter Laie; wie mich aber die Sach ansieht, so muss der Luther entweder ein Enkel vom Himmel sein oder ein Teufel aus der Höll. Ich würd gerne meine letzten zehn Gulden daran wenden, wenn ich ihm beichten könnte, denn ich glaub, er möcht mein Gewissen wohl unterrichten." Der Reiter meinte, das könne ihm wohl auch einmal zuteilwerden.

Die Studenten bedankten sich bei dem Reiter, dass er für die Zehrung ausgerichtet hatte, und nannten ihn „Herr Hutten!" Er sprach: „Ich bin es nit." Indem kommt der Wirt; sprach er zu ihm: „Ich bin diese Nacht zum Edelmann geworden; denn diese Schweizer halten mich für Ulrich von Hutten." Sprach der Wirt: „Ihr seid es nit; aber Martinus Luther." Da lachte er: „Die halten mich für den Hutten und Ihr für den Luther!" Dann nahm er ein hohes Bierglas und sprach nach Landesbrauch: „Schweizer, trinket mir noch einen freundlichen Trunk zum Segen." Wie Keßler das Glas nehmen wollte, tauschte es der Ritter mit einer Stütze Wein, sprechend: „Das Bier ist euch unheimisch und ungewohnt, trinket den Wein." Mit dem stand er auf, warf den Wappenrock auf die Achsel und nahm Urlaub, indem er die Hand bot und sagte: „Wenn ihr nach Wittenberg kommt, grüßt mir den Dr. Hieronymus Schurpfen." Sprechen sie: „Wollen's gern und willig tun; aber wie sollen wir Euch nennen, dass er den Gruß von Euch verstehe?" Sprach er: „Saget ihm nur: der da kommen soll, lässt Euch grüßen, so versteht er den Gruß alsbald." Früh, ehe die Studenten fortgingen, war der Reiter aufgesessen und Wittenberg zu geritten.

Als die beiden Gesellen auch dahin kamen und bei Dr. Schurf einkehrten, um ihren Empfehlungsbrief abzugeben, fanden sie bei ihm den Reitersmann von Jena, auch Melanchthon und andere Freunde. Er grüßte sie und lächelte: „Dies ist der Philipp Melanchthon, von dem ich euch gesagt habe."

Der Reitersmann war aber niemand anders als Doktor Luther und das alles hat Johann Keßler eins ums andere in sein Tagebuch aufgeschrieben.

Am andern Tag, Sonntag Invokavit 1522, bestieg Luther die Kanzel der Pfarrkirche und predigte acht Tage hintereinander von den Messen, Bildnissen, beiderlei Gestalt des

Sakraments, Speisen und heimlicher Beichte. Nicht fährt er zürnend und scheltend über die Stürmer und Dränger her, sondern wendet sich an die Gemeinde, sie zu belehren und zurechtzuweisen, lobt sie, dass sie die rechte Erkenntnis des Glaubens habe, aber nicht die rechte Liebe und Geduld; „ich sehe, ihr wisset zu reden von der Lehre, die euch gepredigt ist, was freilich jetzt kein Wunder mehr ist, – kann man doch schier einen Esel singen lehren – aber Gottes Reich stehet nicht in Worten, sondern in Kraft und Tat. Endlich ist uns auch die Geduld not, wegen der andern, schwachen Christen; es bedarf zuerst der Milch des Evangeliums, dann erst härterer Speise, wenn man stark geworden im Glauben. Es muss nicht jeder tun, was er recht hat, sondern was dem Bruder nützlich und förderlich ist. Macht mir nicht aus dem Freisein ein Mußsein. Predigen will ich's, sagen will ich's, schreiben will ich's: aber zwingen und drängen mit Gewalt will ich niemand; denn der Glaube will willig und ungenötigt sein und ohne Zwang angenommen werden. Man soll niemand mit den Haaren dazu reißen. Sonst gibt's unruhige Gewissen und Heuchelei. Das sei altes Testament und jüdisches Gesetz für Israel; das Evangelium aber sei ein Gebot der Liebe und gehe durch aller Gemüt, durch Welt und Zeit. Alle diese Dinge, wie ehlich oder Mönch werden, Bilder, Fasten – sind frei, dürfen nicht geboten oder verboten werden, als müsste es sein oder nicht. Erst wenn aller Herz dabei, tue man fein ordentlich ab, was nicht recht ist; ja, es wird von selbst hinfallen. Durch ungestümes Wesen werden viele vom Evangelium zurückgetrieben oder abgehalten mit der Zeit herzutreten. „Wenn ich auch mit Gewalt und Ungestüm dreingefahren wäre, ich würde wohl ein Spiel angefangen haben, dass Deutschland wäre dadurch in groß Blutvergießen kommen. Aber was wäre es? Ein Narrenspiel wäre es gewesen und ein Verderben an Leib und Seele.

Ich bin stille gesessen und habe das Wort walten lassen. Darum soll man unnotwendige Dinge frei lassen und nicht andere mit Geboten und Verboten beschweren. Wenn wir nun aber alles wollten verwerfen, das missbraucht würde – was würden wir für ein spiel anrichten? Es sind Leute, die die Sonne, Mond und Sterne anbeten, wollen wir darum zufahren und die Sterne vom Himmel werfen, die Sonne und den Mond herabstürzen? Ja, wir werden es wohl bleiben lassen! Der Wein und die Weiber bringen manchen in Herzeleid und machen viele zu Narren: wollen wir darum den Wein wegschütten und die Weiber umbringen? Ja, wenn wir unsern nächsten Feind vertreiben wollten, der uns am allerschädlichsten ist, so müssten wir uns selbst vertreiben und töten, denn wir haben keinen schädlicheren Feind denn unser eigenes Herz."

So predigte Luther väterlich und verständig zu den verwirrten Gewissen und geärgerten Gemütern und er brachte sie wieder zurecht; das geschah in Wittenberg und nachher auch in der Umgegend, in Borna, Altenburg, Eilenburg und Zwickau, wo die Schwärmer Unruhe angestellt hatten und Luther nun zur Beruhigung hinberufen war und in Kirchen, oder auf Märkten predigte vor ungeheuren Menschenmengen, die überall herbeiströmten. Die Gemeinden, namentlich Wittenberg, beruhigten sich und zeigten sich Luther dankbar für seine klare Belehrung und kräftigen Ruf zur Ordnung; ja, manchen Leuten war's, als hätte ein Engel vom Himmel zu ihnen geredet. Die Freunde Luthers, namentlich Melanchthon, waren aufgeklärt und gekräftigt; sogar Zwilling wurde ernüchtert. Die Zwickauer Propheten, aus denen Luther klugerweise gar nicht viel Wesens gemacht hatte, verzogen sich. Nur Karlstadt grollte verbittert, da sein Licht überstrahlt ward von der Klarheit und Kraft eines Stärkern, wie der Mond von der Sonne. Thomas Münzer aber wühlte insgeheim in Allstedt; Luther nannte ihn den „Satan von Allstedt", er sei nur noch nicht flügge. Doch solange er die Faust nicht erhob, wollte auch Luther nicht, dass der weltliche Arm ihm dreinfalle: „Man lasse nur die Geister aufeinander platzen und treffen, werden etliche verführt, wohlan, so geht's nach Kriegsbrauch: wo ein Streit und Schlacht ist, da müssen etliche fallen und wund werden.

Zwölftes Kapitel

Reformation und Revolution

Dein Wort wollst du bewahren rein
Vor diesem argen Geschlechte,
Und lass uns dir befohlen sein,
Dass sich's in uns nicht flechte.
Der gottlos Haus sich umher find't,
Wo diese losen Leute sind
In deinem Volk erhaben.
L.

Der Sturm war also beschworen durch die Zaubermacht von Luthers oder vielmehr Gottes Wort. Das brachte ihm den Dank nicht nur seiner alten Freunde ein, sondern auch die Anerkennung vieler, die ihn selbst als einen unbotmäßigen, leidenschaftlichen Stürmer gefürchtet und verabscheut hatten und die nun sehen mussten, wie Luther doch ein milder und besonnener Besserer der Kirche wäre, ein Schutz und Hort des Rechtes und der Ordnung, ganz anders als das ungerechte Wormser Edikt ihm vorgeworfen hatte: „er schreibt nur, was zu Aufruhr, Zertrennung, Krieg, Totschlag, Räuberei, Brand und zum völligen Abfall vom christlichen Glauben diene, als ein frei eigenwilliger Mensch, der alle Gesetze verdamme und verdrücke." Diese bessere Erkenntnis wirkte auch auf das „Reichsregiment", das heißt den Reichsausschuss und die Reichstage, die damals verschiedentlich in Nürnberg versammelt waren ohne den Kaiser, der in Italien Krieg führte gegen den westlichen Erbfeind, die Franzosen; während der Reichsverweser, sein Bruder Ferdinand, gegen den östlichen Erbfeind, die Türken kämpfte, die damals die Donau herauf nach Ungarn gedrungen waren und Deutschland und die Christenheit bedrohten. Darum war auch das Wormser Edikt eingeschlafen.

Papst Leo X. war 1522 gestorben und der Lehrer des Kaisers, ein niederländischer Mönch, saß auf Peters Stuhl als Hadrian VI. Der schickte seinen Gesandten nach Nürnberg und forderte gegen Luther, als den ärgsten Türken und Mohamed, die Ausführung des Wormser Edikts; dazu hatte aber niemand Lust, „weil sonst der Schein entstände, man wolle durch Tyrannei die evangelische Wahrheit unterdrücken und Missbräuche schützen", woraus dann Empörung im Volk erwüchse. Als aber der Legat von Reformation sprach, die der Papst selbst besorgen wollte, da sagten die Reichsstände: jawohl, eine Reformation sei nötig, darum fände eben Luther solchen Anhang; und sie wollten dem Papste auch angeben, was und wo er reformieren sollte, nämlich vor allein am römischen Stuhl, seiner Bedrückung und Gelderpressung in Deutschland; sie setzten also hundert Beschwerden auf, die sie einstweilen und vor allen abgetan wünschten – es gäbe freilich noch mehr. „Dazu solle binnen einem Jahre ein frei christlich Konzil an bequemer Mahlstatt deutscher Nation berufen werden, und bis dahin solle alles disputierliche Predigen und was zu Ungehorsam und Uneinigkeit im Reich führe, vermieden und nichts als das wahre lautere Evangelium gelehrt werden, fromm, sanftmütig, christlich. Darüber erschrak der Papst, noch mehr aber die Römer, welche Freudenfeste feierten, als im folgenden Jahr Hadrian starb, der selbst streng mönchisch lebte und auch ein solch Leben von seinen Höflingen und Kardinälen fordern wollte; ja, der vor dem deutschen Reichstag eingestanden hatte, dass „seit lange viel Verabscheuungswürdiges bei dem hl. Stuhl stattgefunden und vom Haupt zu den Gliedern herabgesunken: wir sind alle abgewichen, da ist keiner, der Gutes tue, auch nicht einer." Auf einem neuen Reichstag in Nürnberg 1524 musste der päpstliche Legat das Entsetzliche wahrnehmen, dass ein Nürnberger Pfarrer Osiander vom „Antichrist in Rom" predigte und des Kaisers Schwester, die Gemahlin des vertriebenen Dänenkönigs mit vielen österreichischen Hofleuten öffentlich das Abendmahl unter beiderlei Gestalt empfing. Im Reichstagsabschied hieß es zwar, die Fürsten und Stände wollten dem Wormser Edikt nachleben, so viel ihnen möglich sei, aber es wurde auch verlangt, ein allgemeines Konzil solle berufen und bis dahin das Evangelium gepredigt werden, auch Luthers Lehre „mit höchstem Fleiß examiniert und disputiert und das Gute vom Bösen abgeschieden werden."

Also war eine Reformation von dem deutschen Reichstag selber für nötig erklärt und verlangt worden, ja, sogar dem Worte nach vom Papst. Freilich, ausgeführt wurde von den Fürsten selber wenig oder nichts, weil sie zu ängstlich waren oder zu gleichgültig oder es nicht verstanden. Umso mehr aber musste es Luther tun; er konnte es aber auch, denn er hatte sozusagen die Erlaubnis vom Reichstag bekommen.

So richtete er denn vor allen Dingen den Gottesdienst auf evangelische und deutsche Weise ein. Darin sollte als Wichtigstes das lautere Evangelium gepredigt werden, denn „das Wort sollte im Schwange gehen unter den Christen als das eine, was Not tue und was die Gemeinde als eine Maria hören müsse; das andere – die Bräuche und Werke – müsste alles vergehen, wie viel es auch der Martha zu schaffen gebe." So ließ er denn täglich „das Wort verkündigen, die Bibel lesen und auslegen, beten und singen, morgens und abends; an Werktagen wenigstens den Schülern und wer darnach begierig wäre. Die täglichen Stillmessen wurden abgeschafft. Schon früher hatte Luther geschrieben: „In dem Sakrament empfängt man Christus, das Wort Gottes, als Lebensbrot und Seelenspeise. Aber das wäre umsonst, wenn man nicht ihn daneben zerteilte und anrichtete im Wort. Denn das Wort bringt Christus ins Volk und macht ihn bekannt in ihren Herzen, was sie aus dem Sakrament nimmer mehr verständen. Darum ist's ein schwer Wesen zu unsern Zeiten, dass man viel Messen hält und zu den Messen eilt, und leider das Fürnehmst, darum die Messen eingesetzt sind, dahintenbleibt, das ist das Predigen, wie doch Christus gebeut: so oft ihr's tut, sollt ihr mein gedenken." Also, die Predigt wurde Hauptsache im Gottesdienst statt „der Messe mit ihrem Plärren und Lören", und zwar predigt aus Gottes Wort, nicht „Fabeln und Legenden". Das Abendmahl wurde nur sonntags gefeiert als der Höhepunkt des Gottesdienstes; außerdem sollten kurze Gebete gehalten werden. Alles sollte zur Erhebung und Ergebung in Gott dienen und nicht als ein „gut Werk" angesehen sein. Der Gottesdienst solle nicht zu lang und einförmig sein, „damit die Seelen nicht müde und überdrüssig würden", aber auch nicht zu unstet und mannigfaltig, damit er nicht zerstreue. Mit Lichtern und Kleidung solle man keinen Prunk treiben; und wenn der evangelische Gottesdienst ärmlich erscheine, so sei auch der Herr Christus mit seiner Predigt armselig aufgetreten neben der Herrlichkeit und Köstlichkeit des jüdischen Priestertums.

Damit aber auch das Volk „mit dem Worte umgehe", nicht bloß höre und schweige wie sonst in der Messe, sondern tätig teilnehme am Gottesdienst, sorgte er für deutsche Kirchenlieder, welche die Gemeinde singen sollte, statt der lateinischen Hymnen, welche bisher der Chor sang. Dazu fing Luther selbst an, Lieder zu dichten, in denen er seines Herzens Erfahrung von der Sündenangst und Glaubensseligkeit ausspricht: „Nun freut euch lieben Christen gmein"; „Aus tiefer Not schrei ich zu dir", und andere herrliche Lieder, die teils frei, teils nach Psalmen, teils nach lateinischen Hymnen, teils nach deuten Volksliedern gedichtet sind. Aber auch seine Freunde forderte Luther zum Liederdichten auf; so dichtete sein Freund und Amtsbruder Justus Jonas: „Wo Gott der Herr nicht bei uns hält", und der schwäbische Gottesgelehrte Paul Speratus, der in Mähren dem Märtyrertod entronnen war und damals in Wittenberg sich aufhielt: „Es ist das Heil uns kommen her." So erschien 1524 das erste evangelische Gesangbüchlein, gar klein: acht Lieder, darunter vier von Luther. Bald vermehrte er dies Büchlein auf vierundzwanzig und schrieb eine Vorrede dazu: „Ich bin nicht der Meinung, dass durchs Evangelium alle Künste sollten zu Boden geschlagen werden und vergehen, wie etliche Übergeistliche fürgeben, sondern ich wollt alle Künste, sonderlich die Musika, gern sehen im Dienste des, der sie gegeben und geschaffen hat."

So hat Luther auch die Anregung und Anleitung gegeben für das deutsche Kirchenlied. Das ist ein köstlicher Schatz, fast so groß und herrlich, wie die deutsche Bibel. Denn das sangliebende und sangkundige deutsche Volk lernte so in kurzer, lieblicher Gestalt und fröhlichem Tone das Evangelium kennen, das ja selbst ein fröhliches, heiliges Hoheslied ist von Gottes Liebe und der Menschenkinder Seligkeit. Das deutsche Kirchenlied tönte mit freudiger Gewalt ins deutsche Herz und aus dem deutschen Herzen. Das Volk, heißt es, sang sich in die Reformation hinein. Und keine Sprache hat so viele und so viel herrliche evangelische Kirchenlieder aufzuweisen als die deutsche Zunge. Das Kirchenlied ist die eigentümlichste, fast die einzige, aber auch einzigartige Kunstschöpfung der Reformation, aber eine Kunstschöpfung, die, wie keine andere, für das ganze Volk ist. Denn es sind eigentliche Volkslieder nach Form und Inhalt, nach Text und Melodie. Im Kirchenliede spricht das Volk sein tiefstes und allumfassendes Gefühl aus, seinen Glauben, in dem alle sich eins fühlen, und im Kirchenliede ist das Volk nicht nur als Hörer beteiligt, sondern mitwirkend als betende und bekennende Gemeinde.

Predigt und Gemeindegesang hat Luther somit als die zwei wichtigsten und eigentümlichsten Bestandteile des evangelischen Gottesdienstes eingerichtet, der dadurch, wie es Paulus fordert, ein „vernünftiger" wird und ein „lebendiger".

Diese Gottesdienstordnung hat Luther zunächst für Wittenberg eingerichtet. Er wollte aber nicht einen „Zwang und neues Gesetz aufstellen, sondern überall Freiheit walten lassen; ihm war Mannigfaltigkeit in diesen Dingen lieber als Einförmigkeit, Freiheit lieber als Einheit. Doch wurde die Wittenberger Ordnung in den meisten Städten zum Muster genommen für die Einrichtung des evangelischen Gottesdienstes.

Aber nicht bloß für die Kirche sorgte Luther, sondern auch für die Schule. Er schrieb ein Büchlein „an die Ratsherren aller Städte deutschen Landes, dass sie christliche Schulen aufrichten und halten sollten." Früher hatten die Leute ihre Kinder, namentlich die Adeligen ihre jüngern Söhne und Töchter, zur Versorgung in die Klöster geschickt; da wurden sie dann gelehrt. Jetzt, sagt Luther, sollen die Eltern frei für ihre Kinder etwas aufwenden, dass aus einem Kinde ein rechter Christ würde. Jetzt sei man der Ablass- und Messgelder, der Bettelklöster und was des Geschwärms und Raubs mehr ist, los; so sollte man Gott zu Dank und Ehren die Schulen bedenken, aus den Klöstern Schulen für Knaben und Maidlein machen, und wie man gibt zum Türkenkrieg, so solle man auch zur Schule steuern. Gott selbst hat geboten die Kinder zu lehren und die Natur gebeut's. So taten's auch die Griechen und Römer, die darum zu allerlei tüchtig und geschickt waren. Namentlich bedarf das Evangelium und die Kirche gelehrter Leute, um das Reich des Bösen zu überwinden. Aber auch für den weltlichen Stand braucht's feiner und geschickter Männer und Frauen; darum soll man Knäblein und Maidlein recht lehren und aufziehen, damit wir nicht mehr müssen aller Welt „die deutschen Bestien" heißen. Wenigstens eine oder ein paar Stunden des Tags sollten alle Kinder in die Schule; diejenigen aber, von denen man verhofft, dass sie geschickte Leute und Lehrer, Lehrerinnen und Prediger werden, soll man länger drinnen lassen. Man solle – namentlich jetzt, wo den Deutschen ein goldenes Jahr und so viel Gelegenheit gegeben sei, die nicht mehr sobald wiederkehre – die Kinder das Evangelium lehren und die Sprachen, deutsch und lateinisch reden und schreiben, auch Geschichte, Rechenkunst, Musik und andere schönen Künste. Auch Bibliotheken solle man aufrichten, wie vordem die Klöster und Stifter getan. Weil das alles aber aus mancherlei Ursach nicht von den Eltern selbst geschehe, so gebühre es der Obrigkeit, die allergrößte Sorge auf das junge Volk zu haben. „Der gemeine Mann kann und will hier nichts tun; Fürsten und Herren sollten's tun; aber" – Luther hat von denen seiner Zeit eine schlimme Meinung – „sie haben Schlitten zu fahren, zu trinken, in der Mummerei zu laufen; und ob's etliche gern täten, müssen sie die andern scheuen, dass sie nicht für Narren und Ketzer gehalten werden. Darum will's euch, liebe Ratsherrn, allein in der Hand bleiben." Und sie haben, wie Luther hoffte, auch „seinen Fleiß und seine Treue bei sich lassen Frucht schaffen", merkend, „dass er nicht das Seine, sondern deutschen Landes Glück und Heil suchte." Sie haben Schulen eingerichtet und dazu des berühmten Melanchthon Rat eingeholt oder gar junge

Gelehrte aus Wittenberg berufen, so den Agrikola nach Eisleben, Cruriger nach Magdeburg.

Die Ratsherren der Städte haben sich überhaupt in der Reformation teilweise besser bewährt als die Fürsten, welche vielfach dem Evangelium feindlich gesinnt waren, besonders die geistlichen, oder welche die reine Lehre manchmal zu politischen Zwecken ausbeuten wollten. Die damals sehr zahlreichen freien Städte haben fast ohne Ausnahme die Reformation eingeführt, und überall, wo der Volkswille sich frei äußern konnte, haben sich die Bürger der Sache Luthers angeschlossen: so Bremen, Breslau, Magdeburg, Frankfurt a. M., Halle, Nürnberg, Straßburg. Ein tiefer Widerwillen ergriff das deutsche Volk vor dem Papst, dem Abgott, den es sonst angebetet hatte, und dem katholischen Wesen, das ihm unantastbares Heiligtum gewesen war. Dagegen eine Gier und herzliches Verlangen erfasste die Seelen nach dem Wort Gottes und ein Fragen nach Luther und Einladen zu kommen, zu predigen, zu schreiben, zu raten. Da reiste er denn umher in den Städten Sachsens und Thürigens, predigte, ordnete ihnen Pfarrer und richtete den Gottesdienst ein und Schulen. Wo er aber nicht selbst sein konnte, schickte er Gehilfen oder Boten mit Sendschreiben. Kurz, er hatte es wie der Apostel Paulus mit Sendreisen und Episteln nach aller Welt. Ins Reich hinein nach Augsburg, Esslingen, Worms; und in den hohen Norden hinauf nach Riga, Reval, Dorpat; und hinab bis nach Venedig kamen seine Sendschreiben „an die lieben Freunde Christi".

Aber auch Freunde und Förderer der guten Sache traten jetzt überall auf: Geistliche und Weltliche, Gelehrte und Künstler, Buchdrucker und Buchhändler, Fürsten und Ritter. So haben allein in Nürnberg der Ratsherr Pirkheimer schon sehr frühe für Luther gegen „den abgehobelten Eck" gekämpft, der Ratsschreiber Lazarus Spengler eine

"Schutzred eines ehrbaren Liebhabers göttlicher Wahrheit der hl. Schrift" geschrieben, der Maler Albrecht Dürer hat seinen vermeintlichen Tod beklagt und sein Auftreten begrüßt, und der Schuster und Meistersinger Hans Sachs hat Luther besungen als „die Wittenbergisch Nachtigall, die man jetz höret überall"; Linck und Osiander predigten dort evangelisch. Buchhändler Froben in Basel druckte fleißig die Lutherischen Büchlein. Zwei Domherren in Bamberg verließen ihre Stellen und wirkten für die Reformation. Viele Mönche, namentlich Augustiner, traten aus dem Kloster und wurden tüchtige Prediger des Evangeliums, und junge Studenten strömten von Wittenberg zahlreich hinaus in die Welt als begeisterte Anhänger Luthers. In Straßburg predigten Jell, Butzer, Capita, in Ulm Konrad Sam, in Wimpfen Erhard Schnepf, in Schwäbisch-Hall Johann Brenz, in Bremen die beiden dem Gefängnis entronnenen Niederländer Heinrich von Zütphen und Jakob Propst. Während vorher auf den Universitäten die Gelehrten keinen höheren Stolz kannten als die Pflege der Philosophie oder der lateinischen und griechischen Schriften und keinen schönern Ruhm als den eines lateinischen Poeten, galt jetzt nur noch das Studium der Gottesgelehrsamkeit und die Ehre eines evangelischen Predigers. Die „Sophisten" und die „Poeten" verloren ihr Ansehen.

Doch auch Fürsten nahmen sich des Evangeliums an. Sickingen ordnete bei sich den evangelischen Gottesdienst an. Der Graf von Wertheim erbat sich von Wittenberg einen „Evangelisten". Graf Albrecht von Mansfeld hielt es mit Luther. Der deutsche Ordensmeister Albrecht, der Bruder des Kurfürsten von Brandenburg, trat, von Luther auf einem Besuche in Wittenberg dazu überredet, zur Reformation und machte das Ordensland Preußen zu einem weltlichen Herzogtum; ihm folgten fast alle Ordensritter und sogar zwei Bischöfe, welche die neue Ordnung einrichteten. Unter dem Schutz der Herzöge breitete sich in Schlesien die neue Lehre aus. Auch in Österreich fiel der Adel der Reformation in Menge zu Der Herzog Johann von Sachsen, der Bruder des Kurfürsten Friedrich, war noch eifriger als dieser der evangelischen Sache zugetan; ebenso der junge feurige Landgraf Philipp von Hessen, der Luther schon in Worms freundlich begrüßt hatte, „brannte für das Evangelium". Ja, auch über Deutschland hinaus, in Dänemark und Schweden wurde Luthers Reformwerk eingeführt. Und wenn auch die Herzöge in Bayern, der König in Ungarn und der Kaiser in seinen Niederlanden die Evangelischen verfolgten, einsperrten und sogar verbrennen ließen, so schadete das dem Evangelium nicht, sondern verklärte es durch die altchristliche Glorie des Märtyrertums. Und es zeigte sich die alte Wahrheit, die Luther besang in einem neuen Lied auf zwei junge holländische Augustiner, die ersten Blutzeugen der Reformation, dass die Asche der Märtyrer der Same des Christentums sei:

> *Die Asche will nicht lassen ab,*
> *Sie stäubt in allen Landen;*
> *Hie hilft kein Bach noch Grub und Grab –*
> *Sie macht den Feind zu Schanden.*
> *Die er im Leben durch den Mord*
> *Zu schweigen hat gedrungen,*
> *Die muss er tot an allem Ort*
> *Mit aller Stimm und Zungen*
> *Gar fröhlich lassen singen.*

So war für die Reformation ein vielversprechender Frühling gekommen und Luther konnte damals wohl singen und sagen in demselben Märtyrerlied:

*Wir sollen danken Gott darin,
Sein Wort ist wiederkommen.
Der Sommer ist hart vor der Tür,
Der Winter ist vergangen,
Die zarten Blümlein gehn herfür:
Der das hat angefangen,
Der wird es wohl vollenden.*

Aber wie im schönsten Lenz oft Maienfröste kommen, die Blüten verderben und Saat und Weinstock schaden, so war es auch mit dem Geistesfrühling der Reformation, der in der Welt angebrochen war. Dieser Sturm und Frost, welcher den Segen der Reformation verdarb, war die Revolution.

Zuerst erhoben sich die Adeligen, die Ritter. Denn ihr Zustand war unleidlich geworden. Sie waren verarmt durch schlechte Wirtschaft und die neuen Zeiten, in denen der Handel und das Gewerbe in den Städten blühten und Wohlstand und Wohlbehagen brachten, wie die Ritter auf ihren Landgütern es nimmer erreichen konnten, denn der Wert und die Einträglichkeit der Güter war gesunken. Darum waren die Ritter voll Neid auf die Städter. Aber auch gegen die Fürsten waren sie ergrimmt, denn diese, die früher ihresgleichen gewesen, waren emporgekommen, wie sie herunter. Auch hatten die Ritter seit Erfindung des Schießpulvers keinen Beruf mehr, in dem sie sich nützlich machen und Ehre und Besitz erwerben konnten. Also verbanden sie sich, um dem unleidlichen Zustand ein Ende zu machen, und Franz von Sickingen ward ihr Hauptmann. Aber er unterlag gegen die Fürsten und wurde samt seiner Feste Landstuhl zerschmettert „durch das verdammte Schießen", und aus dem Aufstand der Ritter wurde nichts. Da nun Sickingen ein Schutzpatron von Luther war, so wurde das schlimm ausgelegt für ihn und seine Sache, obgleich Luther immer gewarnt hatte vor Gewalttat, die Sache der Reformation unvermengt halten wollte mit der Politik und diesen Ausgang Sickingens als eine gerechte Strafe Gottes ansah.

Aber noch viel schlimmer als dieser Adelskrieg war der große Bauernkrieg, der jetzt (1524) ausbrach. Mit den Bauern stand es ähnlich wie mit den Rittern, nur noch viel ärger. Sie waren arm, gedrückt, rechtlos, leibeigen oder hörig, ausgesaugt von Fürsten und Herren, von Kirche und Klöstern; waren neidisch auf die Städter, denen sie's im Luxus gerne nachgemacht hätten und doch nicht recht konnten, und aufgebracht auf die Klöster und Kirchenfürsten, welche so gar viel Land und Feld und Wald in tote Hand zusammengebracht hatten und dazu noch Gülten, Zehnten, Mess-, Ablass-, und Dispensgelder erhoben die schwere Menge. Schon früher waren Bauernbünde aufgestanden, wie „der Bundschuh" und „der arme Konrad". Jetzt aber, als die Ritter sich auch erhoben hatten, als der Kaiser fern war und die Türken vor der Tür des Reichs, als Luther „die Freiheit des Christenmenschen" predigte und die Tyrannei des Papsttums und der Bischöfe und das unchristliche Wesen der Klöster aufdeckte, als Dr. Karlstadt, der einen Kittel angezogen hatte und ein Bauer geworden war, seine Schwärmerei verbreitete und Thomas Münzer durch Deutschland zog und wühlte und hetzte gegen die „Tyrannen", „Götzenpatrone" und „falschen Propheten": da erhoben sich die Bauern insgesamt in Schwaben, am Neckar und Rhein, an der Tauber und Donau und in Thüringen, und stellten mit den Waffen in der Hand zwölf Artikel auf. Darin waren die Bauern mit den Kindern Israels im Diensthause Ägyptens verglichen und Recht und Gerechtigkeit wurde begehrt auf Grund der Bibel. Sie forderten Pfarrwahl und Predigt des reinen Evangeliums;

Abschaffung des kleinen Zehnten und der Leibeigenschaft; Freiheit der Jagd; Nutznießung des Walds und Allmends; Beschränkung der Frohnden und Abgaben und Strafen. Diese Artikel solle man prüfen nach der Schrift und darnach bessern. Andere verlangten eine völlige Reformation des Reiches. Auch auf Luther beriefen sich die Bauern und forderten sein Gutachten und Unterricht nach der Schrift.

Luther hatte ein Herz für des Volkes Not, denn er war ein Bauernsohn; freilich hatte er auch Sinn für Ordnung und Obrigkeit. Also schrieb er an die Bauern und Fürsten eine „Ermahnung zum Frieden auf die zwölf Artikel der Bauernschaft in Schwaben." Darin redete er, wie er immer von Gewalt und Vergewaltigung geredet. Er wendet sich zuerst an die Herren, hält ihnen „ihr Schinden und Hetzen, Pracht und Hochmut" vor und rät ihnen, wie er sie schon oft gewarnt hatte: „Ihr müsst anders werden und Gottes Wort weichen; versucht's gütlich, auf dass nicht ein Funken angehe und ganz Deutschland anzünde, dass niemand löschen kann." Den Bauern sagte er, er traue ihrer Berufung auf die Schrift und Erbietung zum Unterricht nicht recht, wenigstens bei vielen, die nur „zur Probe und Schein" dies tun und von den Mordpropheten vergiftet seien. Doch redete er freundlich und brüderlich zu ihnen. Aber so viel auch in ihren Artikeln recht und billig sein möchte, unrecht und unchristlich sei Aufruhr und Gewalt der Untertanen immer. Wer den Pfarrer wähle, solle ihn auch erhalten; so könnten sie das reine Evangelium haben. Die andern Dinge seien weltlich und hätten mit dem Evangelium nichts zu schaffen. Im Gegenteil, mit ihrer Empörung schadeten sie dem Evangelium mehr als Papst und Kaiser. Sein treuer Rat sei, Mittelsmänner zu wählen und verträglich zu handeln. Vielleicht ließen sich etliche Gutherzige durch ihn ermahnen. „Wohlan", redete er Herren und Bauern zuletzt an, „ich habe, wie mir mein Gewissen Zeugnis gibt, euch allen christlich und brüderlich treu genug geraten. Gott gebe, dass es helfe! Amen."

So schrieb Luther fest und mutig ohne Rücksicht auf Herrengunst oder Volksgunst, rät dringlich und ernstlich von Gewalttat ab den Bauern und Herren, weil er weiß, dass beides nicht zum Guten führen könne. Er besorgte, wenn die Bauern Herr würden, das sei, wie wenn der Teufel Abt werde, wenn aber die „großen Hansen und Tyrannen" Herr würden, wie wenn des Teufels Mutter Äbtissin werde. Also meint er, man solle nachgeben hüben und drüben, denn zu viel zerreiße den Sack. Aber wie es Mittelsmännern geht; beide Teile werden böse über sie; so auch hier. Die Leidenschaften waren auch zu aufgeregt, Blut war inzwischen geflossen, Herrenblut und Bauernblut, und Brand aufgelodert; da mochte man nicht mehr auf Worte hören. Auch kamen statt der besonnenen und gemäßigten Leute unter den Aufrührern wilde wütende Schwärmer und Bösewichter auf, bekamen die Oberhand, forderten maßlose Dinge und verübten schreckliche Greuel, Mord und Brand, namentlich bei Weinsberg, verdarben also den Bauern ihr Spiel ganz und gar. Namentlich wütend und toll trat Münzer in Mühlhausen im Thüringischen auf als „Knecht Gottes mit dem Schwert Gideons" und hetzte die Bauern zu Aufruhr, Mord und Totschlag gegen die Herren und Geistlichen, aber auch zu Hass und Verachtung gegen Luther, „das sanftlebende Fleisch zu Wittenberg", wie er ihn schalt. Er hatte allmählich ein Heer von vielen tausend Mann gesammelt, und sie waren Herren in Sachsen und Thüringen, denn der Kurfürst Friedrich lag am Sterben und die übrigen Fürsten waren nicht gerüstet. Luther stand auch jetzt seinen Mann und ging „mit Gefahr Leibes und Lebens" im Mansfeldischen unter den aufgeregten und feindseligen Bauern umher, redete und riet zur Ruhe, forderte aber auch die Obrigkeit zur Herstellung der Ordnung auf. Als er aber die furchtbaren Greuel der Bauern sah und hörte, erließ er ein scharfes Büchlein „wider die räuberischen und mörderischen Ratten der Bauern", die tobten wie die rasenden Hunde, und ihre „Mordpropheten und Rottengeister". Die sollte die Obrigkeit strafen und schlagen mit Gewalt, denn Gott habe ihr nicht einen Fuchsschwanz, sondern ein Schwert in die Hand gegeben. Sie wurden auch geschlagen in Süddeutschland und in Thüringen. Münzer, der gefangen wurde, und sich jetzt gar kleinmütig benahm, wurde enthauptet und an vielen Orten wurden den Bauern ihre Greuel reichlich vergolten, während Luther wollte, dass eine christliche Obrigkeit wohl das Schwert gebrauchen solle gegen die Aufrührer, aber wenn sie gewonnen habe, sich dessen nicht überheben, sondern Gott fürchten, vor dem sie auch sträflich seie, und Gnade erzeigen nicht allein den Unschuldigen, sondern auch den Schuldigen. Denn nun sie gestrafet sind, seien es andere Leute und der Gnade wert. Mit den wütigen, rasenden und unsinnigen Tyrannen, die auch nach der Schlacht nicht mögen Blutes satt werden und in ihrem ganzen Leben nicht viel fragen nach Christo, will er nicht vermengt sein; Luther nahm sich auch durch Fürbitte und Gnadengesuche mancher Gefangenen und Schuldigen an, sogar Karlstadts. Am mildesten übrigens verfuhren die evangelischen Fürsten. Den Bauern ging es nun härter als vorher und der Aufruhr war der deutschen Nation gar sehr zum Schaden: die Revolution hatte die Reformation des bürgerlichen und politischen Lebens verhindert und die Folge war Reaktion.

Noch mehr aber schadete dieser Bauernkrieg der Sache des Evangeliums. Nicht nur waren die Bauern über Luther böse, dass er's nicht mit ihnen gehalten, vielmehr so hart wider sie geschrieben habe, und nannten ihn Tyrannenfreund und Fürstenknecht: sondern katholische Fürsten ließen Pfarrer und Laien hinrichten, nur weil sie evangelisch waren und die Bibel lasen; und viele andere Herren wurden bedenklich, fürchteten, die neue Lehre habe auch solche böse Neuerungen im Gefolge. Die Feinde des Evangeliums unterließen nichts schadenfroh darauf hinzuweisen, dass die Umwälzung in der Kirche auch eine Umwälzung im Staate herbeiführe, obwohl doch die Reformation gar nicht Grund zur Revolution war, sondern höchstens Anlass und Vorwand, und obwohl Luther immer den gewaltsamen Umsturz nicht nur im Staat, sondern auch in der Kirche vermieden und verboten hatte; daher auch Landgraf Philipp seinem Schwiegervater Georg von Sachsen, der ihn zum Abfall von Luther aufforderte, sagte: „Das Evangelium bringt keinen Bauernaufruhr, sondern allen Frieden und Gehorsam." Aber die Verleumdung schwieg nicht, damals so wenig wie später.

Vor allem aber wusste der Papst Klemens VII. – es war wieder wie Leo X. ein Mediceer – die Zustände und Stimmungen in Deutschland namentlich nach Friedrichs des Weisen Tod zu seinem Vorteil und der deutschen Nation und Reformation zum Unsegen auszubeuten. Er nannte die Aufständischen einfach „die gottlosen Lutheraner". Sein Legat stiftete in Regensburg einen Sonderbund mit einigen süddeutschen geistlichen und weltlichen Fürsten, namentlich mit den Herzögen von Bayern und Österreich. Und so begann durch den Papst die Spaltung der deutschen Kirche und der deutschen Nation in zwei Teile, die sich vermehrt und verschärft hat und gedauert bis in unsere Tage, die einen dreißigjährigen Bürger- und Religionskrieg zur Folge gehabt hat und nach heutzutage eine Spannung und einen Gegensatz zwischen Norden und Süden, zwischen Protestanten und Katholiken.

Auch auf Luthers frohe, frische Begeisterung und Freiheitssinn, auf sein fröhliches, freies Vertrauen zum deutschen Volk mussten diese Stürme verstimmend und verdüsternd einwirken und in vielem ihn hemmen und stören; und während er sich bisher lieber ans Volk gewendet hatte, musste er von nun an die Reformation mehr den Fürsten überlassen. Aber obwohl so viele Nöte und Sorgen über ihn ergingen, ließ Luther sich doch den Mut zu seiner Sache und die Kraft und den Willen, sie zu halten und weiterzuführen, nicht nehmen, wie er sagte und gleich darauf auch zeigte mit der Tat.

Dreizehntes Kapitel

Von Luthers Heirat und häuslichem Leben

> *Dein Weib wird in dem Hause dein*
> *Ein Rebenstock mit Trauben sein,*
> *Und deine Kinder um den Tisch*
> *Ölpflanzen gleich, gesund und frisch.*
> *So reicher Segen hängt dem an,*
> *Wo in Furcht Gottes lebt ein Mann.*
>
> *n. L.*

Als Luther von der Wartburg nach Wittenberg zurückgekehrt war, hatte er die Mönchstracht wieder angelegt und so lange getragen, bis die Kutte zerschlissen war. Da schenkte ihm der Kurfürst Tuch, daraus ließ sich Luther einen Rock machen, wie ihn die Gelehrten damals trugen. Und diesen Rock haben die Pfarrer heute noch als Amtstracht in der Kirche. Er wohnte im Kloster mit dem letzten Mönch, da alle fortgegangen waren. Die Einkünfte waren aber auch ausgegangen, und da genoss er denn Brot und Wasser, wenn's nicht Fleisch und Wein gab; er musste für sich selbst sorgen, sein Bett machen, wenn er überhaupt daran dachte, denn er sagt: „Ich war müde und arbeitete den Tag mich ab und fiel also abends ins Bett und wusste nichts darum." So wurde das Bett ganz moderig; und die Einsamkeit tat Luther auch sonst nicht gut an Leib und Seele. Da hätte er wohl nötig gehabt, dass eine Hausfrau für den vielgeplagten Mann gesorgt und seines Leibes Notdurft sich angenommen hätte, zumal da er so ganz geschaffen war zum Hausvater. Seine Freunde und namentlich Freundinnen, wie die Frau Argula von Staufen, rieten ihm auch dazu, eine Hausfrau zu nehmen, wie es viele seiner geistlichen Freunde getan und wie er selber ihnen geraten hatte. Aber er selbst dachte lange nicht daran; auf der Wartburg schrieb er scherzend an Melanchthon, ob der sich an ihm rächen wolle, weil er ihm selbst eine Frau aufgehängt habe? Noch am Ende des Jahres 1524 schrieb er: „Mein Sinn ist fern vom Heiraten, weil ich täglich den Tod und die wohlverdiente Strafe eines Ketzers erwarte."

Luther hielt das Heiraten aber nicht für eine Schwäche, eine Erniedrigung, wie viele, namentlich Gelehrte und Beamte zu seiner Zeit, oder gar für eine halbe oder ganze Sünde, wie der Papst und die Päpstlichen; sondern der Ehestand galt ihm hoch und heilig, nicht nur für die Weltlichen, sondern auch für die Geistlichen, gerade wie er umgekehrt den Mönchsstand für eine ungöttliche Selbstgerechtigkeit und Werkheiligkeit ansah. Darum riet er den Geistlichen zu heiraten und lobte sie darum; sodass die Feinde sagten: er lasse andere tun, wozu er selbst doch nicht den Mut habe, nämlich ehelich zu werden. Er schrieb aber auch ein Büchlein, „dass Jungfrauen Klöster göttlich verlassen mögen", und namentlich wandte er sich an die vom Adel, welche ihre jungen Kinder dort so bequemlich zu versorgen pflegten. Das sei, erklärt Luther, Seelenmord, ärger wie die Verbrennung der israelitischen Kinder in dem Feuer des Moloch. Stattdessen sollten die Adeligen ihre Kinder bürgerlich werden lassen, wie gar manche möchten, die jetzt im Kloster wären und nun lieber einen Hirtenbuben heiraten wollten. Vor Gott seien wir ja alle gleich als Adams und Gottes Kinder und je ein Mensch des andern wert. Luther verhalf vielen aus dem Kloster, wohin sie meist durch „unbarmherzige Eltern oder Verwandte verstoßen waren, sonderlich schwaches Weibervolk"; er sorgte auch für entronnene Mönche und Nonnen, gab und sammelte Geld für ihren Unterhalt, verschaffte ihnen Unterkunft, den Nonnen am liebsten durch Verheiratung. „Ich treibe mit so viel Gründen zur Ehe", schrieb er anfangs 1525, „dass ich bald selbst dazu gebracht werde, dieweil die Feinde nicht aufhören, diesen Stand zu verdammen und unsere weisen Leutlein, ihn zu verlachen." Aber auch sein Vater trieb ihn zur Ehe und dem wusste er diesen Gehorsam nicht abzuschlagen. Zugleich wollte er durch sein tapferes Beispiel „mit der Tat bestätigen, was er gelehrt hatte, da er so viele kleinmütige Herzen fand bei so großem Lichte des Evangeliums." Daneben gedachte er seine Widersacher damit zu ärgern: „Wohlan, ich will sie noch toller und törichter machen zur Letze und Ade." „Daher", sagte er, „hatte ich dem Ehestand zu Ehren beschlossen: wenn ich unversehens hätte sollen sterben oder auf dem Totenbette gelegen wäre, so wollt ich mir haben lassen ein frommes Mägdlein ehlich vertrauen." Dem Tode nahe dachte er sich aber namentlich, da er sich unter den wütenden Bauernhaufen befand. Da schrieb er: „Kann ich's schicken, dem Teufel zum Trotz, so will ich meine Käthe noch zur Ehe nehmen, ehe denn ich sterbe."

Wen meinte aber Luther zu ehelichen? Zu Ostern 1523 hatten Torgauer Bürger neun Nonnen, welche darum baten und von ihren Verwandten nicht erhört wurden, aus dem Kloster Nimtzsch befreit und nach Wittenberg gebracht. Darunter war eine namens Katharina von Bora, aus einem armen Adelsgeschlecht, die schon als Kind ins Kloster verstoßen und jetzt 26 Jahre alt war. Diese hatte Luther dazumal nicht lieb, „denn ich hielt sie verdächtig, als wäre sie stolz und hoffärtig"; lieber wäre ihm Ave Schönfelderin, eine andere von den neun Nonnen, gewesen. Aber da derjenige, der um die Bora geworben, sich mit einem andern, reichen Mädchen verheiratete und Käthe nicht anders untergebracht werden konnte, so „erbarmte er sich der Verlassenen" und wollte sie „um Gottes willen selber versorgen"; „verliebt" war er nicht, wenn er auch sein „Weib lieb hatte". Seine Absicht führte er auch rasch aus, nachdem er sich entschlossen hatte, dass ihm Klatschzungen nicht dreinredeten, oder bedenkliche Freunde, wie namentlich Melanchthon, die Köpfe schüttelten, oder die Feinde ihr Lästermaul noch mehr aufsperrten, als sie ohnedies später taten. Er redete mit niemand darüber als mit seinem Gott. So ließ sich Luther in seinem zweiundvierzigsten Lebensjahr, Dienstag, den 13. Juni, nach damaliger Sitte in seiner Wohnung, dem Kloster, von den Pfarrern Bugenhagen und Jonas im Beisein von Dr. Apel und Lukas Kranach, dem Maler und Ratsherrn, und seiner Frau trauen und ehelich zusammensprechen. Vierzehn Tage nachher feierte er die festliche Hochzeit, zu der auch seine fernen Freunde und Verwandten, vor allem sein „lieber Vater und Mutter" geladen waren und kamen, dass sie das Siegel auf seinen Bund drückten und halfen den Segen darüber sprechen. Die löbliche Universität Wittenberg verehrte dem „Dr. Martin Luther und seiner Jungfrau Käthe von Bora" einen silbernen Becher und der Rat der Stadt wünschte ihm Glück mit einer Gabe Weins.

Käthe war, nach ihrem Bilde zu schließen, das ihr Gevatter Kranach von ihr gemalt hat, nicht eben besonders schön und liebreizend, aber sie passte gerade für Luther; sie war eine kluge, einfache, kräftige, energische und doch bescheidene „herzliebe" Hausfrau, von der Luther rühmte, dass sie es so fein verstehe, für seine Gesundheit zu sorgen, sich in seine Gemütsart zu schicken und seine Fehler und Gebrechen, insbesondere seine Zornmütigkeit mit Sanftmut zu ertragen, obwohl sie selber einen Anflug von Eigenwillen hatte. Wenn sie auch Mängel habe, so seien ihre

Tugenden doch noch viel größer. „Sie ist mir folgsam und in allen Dingen willfährig und Gott sei Dank mehr nütze, als ich zu hoffen gewagt, sodass ich meine Armut nicht mit den Schätzen des Krösus vertauschen möchte." So sagte Luther am Anfang seiner Ehe, und viel später noch rühmt er: „Mir ist gottlob wohl geraten, denn ich hab ein fromm getreues Weib, auf welches sich ihres Mannes Herz verlassen darf." Er redet viel von ihr in seinen Briefen, nennt sie scherzweise „meine Rippe" oder auch „mein gnädiger Herr Käthe", „mein Herr und Moses Käthe".

Der Kurfürst Johann der Beständige, der mit Luther vertrauter stand als sein verstorbener Bruder, schenkte dem neuen Ehepaar als Wohnung das Kloster. Darin schaltete nun Frau Käthe als tüchtige Hausfrau mit ihrer Tante, der „Muhme Lene", auch einer früheren Nimtzscher Nonne, und mit verschiedenen Mägden und Dienern ihres Mannes. Sie hielt, wie es Sitte war bei den Lehrern der Hochschule, einen Kosttisch für Studenten; darunter waren aber viele schon gereifte Männer, die in Wittenberg noch studieren wollten. Ferner waren allerlei Neffen und Vettern in Kost bei Luthers. Aber außer diesen Kostgängern waren stets noch mancherlei Gäste im Hause und am Tisch, vornehme und geringe, einheimische und fremde, Herzoginnen und fahrende Schüler, Leute aus fernen Landen, die den berühmten Mann sehen oder beraten wollten, und gute Freunde aus der Stadt, die mit dem Doktor eine Kanne Bier trinken und ein geistvolles Gespräch führen oder einen Gesang halten sollten. Ja, sogar seinen Feind Karlstadt beherbergte er lange Zeit, als „ihm die ganze Welt zu enge war" und er nicht wusste, wohin.

Da ging viel drauf und gab's viel zu tun. Aber Luther war nicht nur äußerst gastfreundlich, sondern auch sehr mildtätig, obwohl er wusste, dass „Sparsamkeit das beste Kapital" ist; namentlich für dürftige Bürger und entronnene

Klosterleute und seine Dienstboten tat er so viel, dass er's nicht alles erschwingen konnte: er verbürgte sich so oft, dass sein Gevatter Kranach die Bürgschaft gar nicht mehr annahm, und einmal griff er sogar seines Kindes Patengeschenk an, um einem Armen zu helfen. Seine Gutherzigkeit wurde natürlich auch missbraucht, sodass er „viel Geld vernarrte"; aber „böse Buben", sagte er, „haben mich auch witzig gemacht." Sein Stadtpfarramt versah er unentgeltlich; für seine Vorlesungen nahm er den Studenten nichts ab; auch seine Bücher schrieb er ohne Entgelt: umsonst wollte er geben, weil er's auch umsonst empfangen habe als besondere Gabe Gottes. Nur einige Büchlein ließ er sich von den Buchdruckern geben, um sie zu verschenken an Arme oder an gute Freunde; so schickte er seinem Wirt auf der Wartburg, dem Herrn von Berlepsch, als Gruß und Dank eins der ersten Neuen Testamente, die gedruckt wurden. „Gott ist reich, er wird anderes bescheren", pflegte er zu sagen, wenn ihm Frau Käthe oder Freunde seine Freigebigkeit tadelten oder er etwas eingebüßt hatte. Und so war's. Er erhielt manches schöne Geschenk durch reiche und vornehme Leute, namentlich von seinem Kurfürsten Tuch zum Rock oder Wildbret oder ein Fass Wein, vom Wittenberger Rat Holz und Bier; einmal bekam er aus Nürnberg eine Uhr, die ihm große Freude machte. Er hatte nur zu wehren, dass ihm nicht zu viel geschenkt wurde; denn es war ihm lästig. Das Beste aber tat Frau Käthe. Sie war eine tüchtige Wirtschafterin, besorgte nicht allein die Haushaltung, sondern auch drei Gärten und später sogar ein Landgütlein in Zulsdorf mit einem Fischwässerlein, wo sie am liebsten wirtschaftete. Sie pflanzte Melonen und Gurken und allerlei Gewächs, baute Hopfen und braute auch selbst Bier, kaufte das Vieh ein, hielt Pferde, Schweine, Hühner und sorgte insbesondere für Leinwand im zierlichen Kasten, den ihr der Gatte besorgte; ließ auch einen schönen steinernen Türbogen an ihrem Hause herstellen mit Luthers Brustbild und Wappen. Durch solche Tüchtigkeit kam es, dass, obgleich weder Martin noch Käthe etwas in die Ehe brachte und Luther erst nichts, bei seiner Verheiratung nur 100 fl, hernach 200 fl und zuletzt 300 fl Gehalt hatte und später erst 250 fl erbte, dass Frau Käthe doch bei ihres Mannes Absterben ein Vermögen von 9000 fl erhaust hatte.

Luther und seine Ehefrau haben Lust und Leid, Fröhlichkeit und Beschwerung mit- und aneinander gehabt und in Ernst und Scherz miteinander getragen. Ihr häusliches Leben war ein gar glückliches, sodass Luther aus Erfahrung sagte: „Die Welt hat keinen lieblicheren und freundlicheren Schatz, denn den heiligen Ehestand." „Ich wollte meine Käthe nit um Frankreich noch Venedig hergeben." Aber ihr sagte er auch: „Käthe, du hast einen frommen Mann, der dich lieb hat, du bist eine Kaiserin!"

Sie hatten zusammen sechs Kinder, drei Söhne und drei Töchter; die dünkten Luther mehr als ebenso viel Königreiche. Der älteste, Hans, nach seinem Großvater genannt, studierte die Rechte und wurde Kanzleirat; der zweite hieß Martin; der dritte, Paulus, sollte nach Luthers Meinung einmal „wider den Türken", wurde aber ein Arzt; Margarete wurde ehrbar verheiratet, ein kleines Mädchen starb früh, Lenchen im dreizehnten Jahr. Später nahm Luther auch noch einige Nichten zu sich, die Waisenkinder seiner Schwester; vorübergehend waren auch andere Waisen bei ihm. Luther war ein rechter Kindervater, nicht dass er seine Kinder verzärtelt hätte, aber er wusste von seiner Jugend, wie weh und schwer dem Kinde allzu große Strenge und wie wohl ihm Sonnenschein und Freundlichkeit tut, und erwies das seinen Kindern. Er hatte auch die rechte Art mit ihnen umzugehen, mit ihnen zu spielen und sich an ihnen zu freuen. Er betrachtete mit sinnigem Gemüt ihr kindliches Tun und Treiben, sah ihrem Puppenspiel zu und freute sich an ihren kindlichen Reden und Darstellungen von Gott und dem Christkind; denn auch über Gott und göttliche Dinge redete er mit ihnen. Er lernte von ihnen und verjüngte sich an ihnen, wie ja die Alten mit Kindern wieder kindlich werden sollen. „Kinderlein sind die feinsten Spielvögel", sagte er, „die reden und tun alles einfältig von Herzen und natürlich." „Die Kinderlein haben so feine Gedanken von Gott, dass er im Himmel ihr Gott und lieber Vater sei!" „Die Kinder haben den Vorzug vor uns alten Narren, dass sie das Wort ohne Disputieren schlechthin glauben und in ihrer Einfalt gelehrter sind als wir." „Sie sorgen nicht; Gott gibt ihnen Gnade, dass sie lieber Kirschen essen als Geld zählen und ihnen an einem schönen Apfel mehr gelegen ist als an einem roten Goldgulden. Sie fragen nicht, was das Korn gelte; denn sie sind in ihrem Herzen sicher und gewiss, sie werden zu essen finden. Gott, der ihnen Leben und Glieder so artig und hübsch geschaffen hat, will sie auch ernähren und erhalten. Ja, einem Kindlein ist, noch ehe es zur Welt kommt, sein bescheiden Teil allbereit zugesagt und versehen, wie die Schrift sagt und das gemeine Sprichwort lautet: Je mehr Kinder, je mehr Glück!" Als die Kinder einmal sehnsüchtig nach dem Obst guckten, das auf dem Tisch lag, sagte Luther: „Wer da sehen will das Bild eines, der sich auf Hoffnung freuet, hat hier ein recht Konterfei. Ach, dass wir den jüngsten Tag so fröhlich in Hoffnung könnten ansehen!" Wenn er sah, wie sie sich zankten und wieder versöhnten, so freute es ihn, dass „ihr Leben eitel Vergebung der Sünden sei", und meinte, auch Gott habe an diesem kindlichen Wesen sein Gefallen. Zu seinem Söhnlein sprach er: „Du bist unsers Gottes Närrchen, unter seiner Gnade und Vergebung der Sünden, nicht unter dem Gesetz, du fürchtest dich nicht, bist sicher und bekümmerst dich um nichts." Seinen Kindern brachte er immer etwas mit von der Reise; besorgte auch seiner Frau Sämereien und Setzlinge von fernher, und schrieb aus der Ferne an seine Hausgenossen manche herzige und sinnige Briefe, voll Scherz und Ernst.

Aber auch Leid erfuhr Luther an seinen Kindern und im Hausstand. Mit dem Hänslein hatte er manche Sorgen. Wie Eltern gegen Erstgeborene zu sein pflegen, war Luther scheint's etwas zu strenge gegen ihn, die Mutter aber eben darum zu nachsichtig und so wurde der Sohn auch, wie's scheint, zu nachsichtig gegen sich selbst. Er war auch nicht sonderlich begabt. Freilich meinte Luther, Pfarrerskinder müssten besonders musterhaft geartet und erzogen sein wegen des Beispiels. Ebenso hielt er's mit den Dienstboten, von denen er auch gar manchen Verdruss erlebte. So hielt er strenge Zucht, denn er sagte: „Der Teufel hat ein scharf Aug auf mich, damit er meine Lehre verdächtige oder ihr ja einen Schandfleck anhänge." Doch wusste Luther auch und sagte es: „Ein junger Mensch ist wie ein neuer Most; der lässt sich nicht halten, muss gären und übergehen, will sich immer sehen lassen und etwas sein vor andern." Im Jahre 1527 bekam Luther beängstigende Anfälle im Herzen äußerlich und darum auch innerlich. Dann kam die Pest nach Wittenberg und andere Krankheit in seine Familie, sodass sein Haus einem Spital glich: dennoch verzagte er nicht, zog auch nicht aus der Stadt weg mit der Universität, sondern hielt aus auf seinem Posten. Sein kleines Töchterlein Elisabeth starb und er wunderte sich selbst, wie weich und mütterlich krank sein Herz über des Kindes Tod ward: er hätte es nicht geglaubt. Später, es war im Jahre 1542, wurde das dreizehnjährige Lenchen todkrank. „Magdalenchen, mein Töchterlein", sprach er zu ihm, „nicht wahr, du bleibest gerne hier bei deinem Vater und zeuchst auch gerne hin zu jenem Vater?" „Ja, herzer Vater, wie Gott will!", sagte sie, und er seufzte: „Du liebes Töchterlein, der

Geist ist willig, aber das Fleisch ist schwach!" Während er betete, entschlief sie ihm unter den Händen. Als sie im Sarge lag, sprach er: „Du liebes Lenchen, wie wohl ist dir geschehen! Du wirst wieder aufstehen und leuchten wie ein Stern, ja, wie die Sonne!" Und zu den Leidtragenden sagte er: „Ich habe einen Heiligen zum Himmel geschickt, ja, einen lebendigen Heiligen. O hätten wir einen solchen Tod!" Auch seine Käthe tröstete er christlich, und als sein Hans seinem Schmerz kein Ende wusste, forderte der Vater, er solle diese weibische Weichheit verwinden und fleißig fortstudieren. Doch war er sonst nicht hart gegen die Kinder und meinte, „der Apfel müsse immer bei der Rute sein." Er ließ ihnen auch die rechte Freiheit: „Ich mag meinen Jungen", sagte er, „keinen Stand noch Wandel aufdringen; ich meine, es ist genug getan, wenn sie Gott fürchten und lieben; das übrige ist nicht meine Sache."

Luther lebte sehr einfach, wie er's ja vom Kloster her gewöhnt war. Das Tuch, das ihm der Kurfürst schickte, dünkte ihm zu köstlich. Doch liebte er zu Zeiten auch einen Schmuck, trug einen köstlichen Ring, der ihm geschenkt war, und „Hemder mit roten Bändelein"; dabei kümmerte er sich nicht um die Lästermäuler seiner Feinde, die ihm das als Eitelkeit auslegten; hatten sie doch auch darüber sich aufgehalten, dass er in Leipzig bei der Disputation einen Blumenstrauß in der Hand hielt und daran roch. Oft flickte er seine Kleider selbst, auch trieb er Drechslerei und arbeitete im Garten. Mäßig war er auch im Essen und Trinken, sodass sich Melanchthon oft verwunderte, wie er davon leben könnte, zumal er ein starker, stattlicher Mann war und natürliche Anlage zum Dickwerden hatte. Oft aß er täglich nur einen Hering und etwas Brot, manchmal fastete er auch vier Tage lang. Am meisten lobte er sich „eine reine, gute gemeine Hausspeise"; zum Leckerbissen Obst, namentlich Mispeln, die er mehr liebte denn alle welschen Feigen. Doch brauchte er auch der Gaben Gottes gerne und mit Danksagungs, aß und trank und machte sich vergnügt und war mit seinen Freunden fröhlich, wenn's fröhliche Gelegenheit gab, oder auch wenn es – traurig ging. „Kann mir unser Herrgott zugut halten, dass ich ihn zwanzig Jahre gemartert hab mit Messelesen, so auch, dass ich bisweilen einen guten Trunk tue und mit frommen Leuten meine Ergötzung habe Ihm zu Ehren; die Welt leg es aus, wie sie wolle." Einmal trank er einem Gaste zu: „Ich soll und muss heute fröhlich sein, denn ich habe böse Zeitung gehört; dawider dienet nichts besser denn ein stark Vaterunser und guter Mut; das verdrießt den melancholischen Teufel, dass man noch will fröhlich sein."

Dazu benutzte er aber noch besonders „die Musika, die schöne und herrliche Gottesgabe, der der Satan Feind ist und mit der man viel Anfechtung und böse Gedanken vertreibt. Denn unsere Gesänge verdrießen den Teufel und tun ihm wehe; wiederum unsere Ungeduld, Klagen und Auwehschreien gefällt ihm wohl und lacht darüber in die Faust." Die Musika hält er überhaupt für „das beste Labsal einem betrübten Menschen, dadurch das Herz wieder zufrieden, erquicket und erfrischt wird." Frau Musika nennt er auch „eine halbe Zuchtmeisterin, so die Leute gelinder und sanftmütiger, sittsamer und vernünftiger macht." So musizierte denn Luther gern und oft mit seinen Freunden und Gästen im Hause. So ließ er zu Weihnachten auch das Christkindlein und den Engel kommen und dichtete für diesen das schöne Weihnachtslied: Vom Himmel hoch da komm ich her! Auch ließ er seine jungen Leute gerne Komödie spielen. „Christen", sagte er, „sollen Komödien nicht ganz und gar fliehen, darum dass bisweilen grobe Späße und Büberei darin sind, da man doch um derselben willen auch die Bibel nicht lesen dürfte. Vom Tanzen sagte er, es sei, namentlich bei Hochzeiten, nicht zu verdammen, wenn es fein ordentlich und mäßig geschehe und unter Aufsicht ehrbarer Gönner und Freunde. Die Tänze, die das Drehen im Kreise haben, gefallen ihm nicht. Beim Reigen sollten die Jünglinge artiges Betragen lernen und Ehrerbietung gegen das weibliche Geschlecht, mögen dabei auch Freundschaft mit ehrbaren Mägdlein machen, damit sie nachher desto sicherer freien mögen. Überhaupt empfahl er leibliche Übungen, Ringen, Rennen, Fechten und Scheibenschießen, damit die jungen Leute nicht auf die böse Kurzweil des Zechens und Spielens geraten. Er richtete für seine Kostgänger eine Kegelbahn ein, auf der er etwa auch einmal einen Schub tat. Schoss auch nach der Scheibe. Auch spielte er manchmal Schach. Mit seinen Knaben machte er auch Ausflüge aufs Land, namentlich zur Kirschenzeit. Auch ein Hündlein hielt Luther, wie Tobias, und machte auch über dieses gemeine Tierlein seine sinnigen Bemerkungen. Da Luthers Söhnlein Martin mit demselben spielte und das Hündlein sich alles von ihm gefallen ließ, sagte er: „Sehet, das predigt uns Gottes Wort: Herrschet über die Tiere auf Erden."

Mit seinen älteren Freunden und Hausgenossen hielt er gerne ernste und heitere Gespräche über Gott und die Welt. Geistvoll und witzig war er dabei wie keiner. Seine „Tischreden" haben nachher seine Freunde aufgeschrieben und gesammelt. Mit den Freunden in der Ferne oder auf Reisen mit den seinen wechselte er reichliche Briefe, von denen bis heute noch 2600 aufbewahrt sind. Luther liebte und übte gerne den Scherz, der manchmal auch derb war, meist aber sinnig und witzig. Er führte gerne Sprichwörter im Munde, dichtete auch selbst sinnreiche Sprüche und Reime, von denen viele selber wieder Sprichwörter geworden sind, als:

Das ist ein gut Werk, das andern gut tut.

Gute Werke haben keinen Namen.

Durch Werke geben wir Zins, durch Glauben empfahen wir Erbe.

Christus ist ein Gemeingut.

Gott vertut mehr an einem Tag, denn der Kaiser vermag.

Die Welt kann nichts weniger vertragen denn gute Tage, sie hat zu schwache Beine dazu.

Die Lüge ist wie ein Schneeball, je länger man ihn wälzt, je größer er wird.

Der Verleumder hat den Teufel auf der Zunge; und wer ihm zuhört, im Ohr.

Untreue schlägt den eigenen Herrn.

Recht muss doch Recht bleiben.

Veränderung der Kleider bringt Veränderung der Sitten.

Deutschland ist ein schöner weidlicher Hengst, dem der Reiter fehlt.

Glaube nicht alles, was du hörst; sage nicht alles, was du weißt; tue nicht alles, was du vermagst.

Es ist auf Erden keine bessre List,
Denn wer seiner Zunge Meister ist.

Viel wissen und wenig sagen,

Nicht antworten auf alle Fragen.

Rede wenig und mach's wahr;
Was du borgst, bezahle bar.

Hast du es nicht mit Scheffeln,
So hast du es doch mit Löffeln.

Lass einen jeden sein, wer er ist,
So bleibst du auch wohl, wer du bist.

Iss, was gar ist;
Trink, was klar ist;
Red, was wahr ist.

Weißt du was, so schweig;
Ist dir wohl, so bleib;
Hast du was, so halt:
Unglück mit seinem breiten Fuß kommt bald.

Schweig, leid, meid und vertrag,
Deine Not niemand klag,
An Gott nicht verzag;
Deine Hilfe kommt alle Tag.

Christus lässt wohl sinken,
aber nicht ertrinken.

Wie einer liest in der Bibel,
So steht am Haus sein Giebel.

Aber auch an der Natur hatte Luther seine Freude. Er gärtelte selbst etwas, propfte, okulierte und besorgte Sämereien und fing auch seiner Frau Fische. Er bewunderte in dem Blümlein Gottes Allmacht und Weisheit und Güte, an seinem Bienenstock die wunderbare Weise der Tierlein. Er sagte: „Die Welt ist voller Wunderwerke, aber weil ihrer so viel und unzählig sind und Gott sie täglich ohne Unterlass tut, so achten's fleischliche Herzen nicht, ja, gedenken nicht daran, geschweige dass sie sich darüber verwundern und danken." „Wenn ein Mensch vermöchte eine einzige Rose zu machen, müsste man ihm ein Kaisertum schenken." „Wir haben so schöne Kreaturen, aber man achtet ihrer nicht, weil sie so gar gemein sind." „Alle Tiere und Kreaturen sind geschaffen, dass wir an ihnen lernen Gott erkennen und fürchten."

Mit diesem Gott, auf den ihn auch die Natur hinwies, hat nun Luther den innigsten Verkehr und Umgang gepflogen und ließ in allen Dingen, die ihn bewegten, seine Bitte mit Gebet und Flehen und Danksagung vor ihm kundwerden. Das tat er im Kämmerlein und in der Kirche, auch wenn keine Gemeinde darin war, und zwar oft und viel, mit den gewaltigsten Herzensworten, aber auch aus dem Buch und Katechismus in der kindlichsten Weise, indem er das Vaterunser oder den Glauben hersagte und daran seine Gedanken als Beichte oder Bitte oder Selbstermunterung anknüpfte. Und von seiner großen Kunst zu beten hat er auch anderen etwas gelehrt und mitgeteilt in seinem lieblichen Büchlein „für einen guten Freund, den Meister Peter Balbierer, eine einfältige Weise zu beten."

So ist Luther auch in seinem häuslichen Leben als christlicher Hausvater ein Vorbild geworden für jeden deutschen christlichen Hausstand und insbesondere für das evangelische Pfarrhaus. Seine Verheiratung hat ihm bei seinen Feinden viele boshafte Verleumdungen eingetragen. Aber das deutsche Volk lobte ihn darum und rühmte seine Tapferkeit, seinen deutschen Mannessinn und sein christliches Gottvertrauen auch in diesem Punkte, und sein freundliches Bild als Ehemann und Hausvater steht uns gerade so anmutend und liebenswürdig vor der Seele, wie die ernste

Gestalt des Reformators. Tausende und Millionen segnen diese Tat Luthers, nicht nur die evangelischen Pfarrherrn, denen Luther durch seine Verheiratung ein christliches Heim gegeben hat, ein menschliches Leben und einen heiligen Ehestand, und nicht nur die unzähligen Söhne und Töchter, die aus dem Pfarrhaus hervorgegangen und etwas Großes und der Stolz der Nation geworden sind in Kirche und Staat, in Wissenschaft und Kunst; es segnen das evangelische Pfarrhaus auch die Gemeinden, die in ihm sehen eine Herberge des Friedens und der Liebe, eine Zuflucht der Armen und Betrübten, ein Muster der Gottseligkeit und Ehrbarkeit. Und ein Segen ist Luthers Ehe auch geworden für das deutsche Vaterland durch alles dies und insbesondere darum, weil der deutsche Pfarrer durch Luther eine Familie hat, und sein Schatz und sein Herz nicht mehr über den Bergen in Rom ist, sondern inmitten seines Volkes, im deutschen Vaterland.

Vierzehntes Kapitel

Wie Luther in Sachsen Visitation hielt und Kirchen und Schulen reformierte

> *Nun freut euch, liebe Christen gmein,*
> *Und lasst uns fröhlich springen,*
> *Dass wir getrost und all in ein*
> *Mit Lust und Liebe singen,*
> *Was Gott an uns gewendet hat,*
> *Und seine süße Wundertat.*
> *Garsteur hat er's erworben.*

Wie der Pfarrerstand ist, so ist's auch mit dem Christenstand beschaffen: wie der Geistliche, so die Gemeinde; das ist eine alte Wahrheit, die sich immer wieder neu bewährt. Das erfuhr auch Luther, als er nun nach den Unruhen und Kämpfen der ersten acht Jahre nach dem Geburtstag der Reformation seinen Blick auf die Zustände der Kirchen und Gemeinden im Lande Sachsen richtete. Da merkte er allenthalben eine erschreckliche Unwissenheit und Roheit in Lehre und Leben bei den Geistlichen und dem Volke, sodass Luther Wehe rufen musste über die Bischöfe, die das christliche Volk so verwahrlost hatten, dass viele noch gar keine Christen wären, sondern wie Türken und Heiden. Aber zu diesem alten Übelstand war noch neue Verwirrung und Verwilderung hinzugekommen gerade durch Luthers Kampf wider Papsttum und „gute Werke" und für das Evangelium und den Glauben.

Die Predigt der Freiheit vom schweren römischen Joch hatten sich viele gerne gefallen lassen, aber das sanfte Joch Christi wollten sie nun nicht aufnehmen. Viele Geistliche, die dem Klosterzwang entronnen waren, lebten nun ganz weltlich. Manche Herren und Fürsten, deren Vorfahren den Kirchen und Klöstern Güter zugewendet hatten, wollten ihnen nun wieder alles und noch mehr dazu nehmen und an sich reißen, aber nichts von der Pflicht der christlichen Obrigkeit übernehmen, für Kirchen und Schulen zu sorgen. Die Bürger und Bauern wollten oder konnten aber auch nichts tun für ihre neuen evangelischen Pfarrherrn und für die neue evangelische Kirche, nachdem sie so sehr ausgebeutet und ausgebeutelt waren durch die alten Geistlichen, durch Messen und Ablass. Dazu missverstanden und missbrauchten viele die Lehre vom Glauben: viele Prediger meinten, das Evangelium bestände in Schelten und Schimpfen wider das Papsttum, und viele Laien benahmen sich so, als ob das Glauben ein bloßes Fürwahrhalten sei und mit den fälschlich sogenannten guten Werken, wie Wallfahren und Fasten, auch die wahrhaften guten Werke: ein fleißiges Lernen und Leben in Gottes Wort und feine Zucht und gesitteter Wandel, auch Kirchengehen und Abendmahlfeier, überflüssig seien.

Wer sollte da helfen, ordnen, belehren, gebieten? Mit den Bischöfen war es nichts, denn die hielten meist am Papsttum und ihrem eigenen Unwesen fest und blieben wie bisher ihrer Hirtenpflicht ungetreu. Die Gemeinden selbst – namentlich auf dem Lande – waren unreif, ungebildet, roh im christlichen Leben und Wesen, und hatten „die Freiheit des Christenmenschen" gar übel missbraucht im Bauernkrieg. Oder sollte eine Auslese der Christen aus der Menge geschehen, eine Gemeinde der Auserwählten, welche die Pfarrherrn und Bischöfe wählen und die Kirche auf Synoden regieren sollten? So versuchte es Philipp der Landgraf in Hessen; aber Luther fürchtete, dass „daraus Rotterei werden" möchte. So wollte er warten, bis „die Christen, so mit Ernst das Wort meinten, sich selbst dazu finden und anhalten." „Einstweilen aber sollte, da sonst niemand sich solches Dings annimmt, noch annehmen kann und soll, die Obrigkeit als Gottes Dienerin und die Landesherren als Notbischöfe aus christlicher Liebe die Pflicht und Beschwer übernehmen, dass sie eine tapfere Ordnung und stattliche Erhaltung der Pfarren und Predigtstühle vornehmen; sonst würden in kurzer Zeit weder Pfarrhöfe noch Schulen etwas sein und also Gottes Wort und Dienst zugrunde gehen."

Darum lag Luther dem neuen Kurfürsten Johann, dem Bruder des verstorbenen, ständig in den Ohren; und obgleich die andern Fürsten den Kurfürsten gegen Luther aufhetzten und die Hofleute und Adeligen ihn an einer Besserung der Kirchen und der Pfarreien zu verhindern trachteten, weil sie selbst vom Kurfürsten mit den Klöster- und Kirchengütern begabt sein wollten, so hielt doch Luther an, wie das kananäische Weib, der Kurfürst möchte doch Visitation halten im Lande, und alle Dinge, auch die weltlichen Ämter und Gemeindesachen, namentlich aber die Schulen und Kirchen, visitieren lassen. Er gab auch an, wie solche Visitation zu geschehen habe und wie Städte und Dörfer für Erhaltung und Ausrichtung von Schulen und Kirchen angehalten werden sollten, namentlich um der lieben Jugend willen; wo sie's aber nicht vermöchten, sollten die Klostergüter dazu verwendet werden, „um des gemeinen Mannes desto bass zu verschonen." Was übrig bliebe, sollte zu des Landes Notdurft und zur Versorgung armer Leute verwendet werden. Melanchthon aber schrieb einen „Unterricht der Visitatoren an die Pfarrherrn", worin er besonders mahnt, auf die Früchte des Glaubens zu dringen. Da nun der Kurfürst mehr auf Luther hielt als auf seine Widersacher und selber das Beste seines Landes und die Aufrichtung der Reformation wollte, so kam endlich eine Visitation in Sachsen zustande. In jeden Bezirk wurden ein Geistlicher und mehrere Weltliche geschickt, „die auf Zinse und Güter, auf Lehre und Personen verständig wären", darunter waren auch ein Herr Cotta, Luther und seine Freunde Melanchthon, Jonas und Spalatin.

Wie fand es aber Luther da um Kirche und Schule, um Glauben und Sitte bestellt?

„Was sehen wir da für Elend!", schrieb er in einem Briefe. „Wir finden überall Armut und Mangel, die Leute träge zu Wort und Sakrament. Der Herr schicke Arbeiter in seine Ernte!" Und in seiner Vorrede zum kleinen Katechismus erzählt Luther: „Hilf, lieber Gott! Wie manchen Jammer hab ich gesehen, dass der gemeine Mann doch so gar nichts weiß von der christlichen Lehre, sonderlich auf den Dörfern, und leider auch viel Pfarrherrn gar ungeschickt und untüchtig sind zu lehren. Und sollen doch Christen heißen, getauft sein und der heiligen Sakramente genießen, können weder Vaterunser noch den Glauben oder Zehngebot, leben dahin wie das liebe Vieh und unvernünftige Säue, und nun das liebe Evangelium kommen ist, dennoch fein gelernt haben aller Freiheit meisterlich zu missbrauchen. O ihr Bischöfe, was wollt ihr doch Christo antworten, dass ihr das Volk so schändlich habt lassen hingehen und euer Amt nicht einen Augenblick je bewiesen!"

Da gab es Geistliche, die wegen Trunksucht oder wilder Ehe abgesetzt werden mussten. Manche trieben ein Handwerk oder gar Schankwirtschaft. Einer konnte kaum Vaterunser und Glauben, war aber weit und breit berühmt als Teufelsbanner. Vielen wurde vorgeschrieben, „sonntags nach den Postillen Dr. Martini zu predigen", einigen auch, sie sollten nicht zu lange predigen. In einem Dorfe konnten die Bauern kein Gebet; in einem andern wollten sie das

Vaterunser nicht lernen, weil's zu lang wäre. Dorfschulen gab es sehr wenige; wenn's gut ging, musste man zufrieden sein, dass die Kinder nur das Vaterunser, den Glauben und die Zehngebote beim Mesner oder Küster lernten.

Luther hat bei dieser Visitation gar freundlich und traulich mit den Leuten geredet und die armen Bäuerlein „verhört". Davon wird eine liebliche Geschichte erzählt. Da nämlich ein sächsisch Bäuerlein auf seine Sprache den Kinderglauben soll aufsagen und spricht: „Ick glöve in Gat Allmächteigen", fragte der Doktor: „Was heißt Allmächtigen?" Der gute Mann sprach: „Ick weß nicht." „Ja, mein lieber Mann", spricht Luther, „ich und alle Gelehrten wissen's auch nicht, was Gottes Kraft und Allmächtigkeit ist. Glaub aber du in Einfalt, dass Gott dein lieber und treuer Vater ist, der will, kann und weiß als der klügste Herr deinem Weib und Kindern in allen Nöten zu helfen."

In Torgau erwirkte Luther, um „die göttliche, löbliche Kunst Musika zu erhalten, ein kleines Söldlein" für einen Organisten Walter. An Grimma bestimmte Jonas der Schwester von Dr. Staupitz, ihrem Bruder zu Ehren und Danke, ein Häuslein im Kloster, und setzte sie zur „Schulmeisterin der Mägdelein" ein.

Durch all das Elend, welches Luther bei dieser Visitation gesehen, ist er bewogen worden, allerlei Abhilfen zu treffen. Zunächst wurden überall Superintendenten eingesetzt, wie das vor alten Zeiten gewesen, als „ein rechtes bischöfliches Besuchsamt, damit ständig darauf geachtet und untersucht werde, wie man lehre, gläube, liebe, wie man christlich lebe, die Armen versorge, die Schwachen tröste, die Wilden strafe und was mehr zu solchem Amte gehört." Luther schrieb, ähnlich wie vor sechs Jahren, „die deutsche Messe" oder Ordnung des evangelischen Gottesdienstes. Die Hauptsache sei, setzt er darin wieder auseinander, dass das Wort Gottes im Schwange gehe; dazu gehöre auch Gebet und Sakrament. Die äußern Bräuche seien etwas Freies, nur solle man auf die schwachen Christen und alten Gewohnheiten Rücksicht nehmen. Statt der stillen Wochenmessen wurden Bibelstunden eingeführt. Statt der lateinischen Chöre wurden deutsche Choräle von der Gemeinde gesungen, wie überhaupt der Gottesdienst deutsch sein sollte. Dazu gab Luther den Geistlichen seine „Kirchenpostille", d.i. eine Sammlung von Predigten, damit sie daraus predigten und predigen lernten, denn sie verstanden's noch nicht. Auch sein „Traubüchlein" und „Taufbüchlein" ließ er ihnen zukommen. Sodann schrieb er für die Pfarrherrn, aber auch die. Hausherrn seinen großen Katechismus als „Laienbibel und Unterricht für die Kinder und Einfältigen. Das ist eine Kinderlehre, so ein jeglicher Christ zur Not wissen soll."

Endlich aber hat er das Beste und Schönste: den „kleinen Katechismus", dem christlichen Volk zu Nutz und Lehr verfasst als einen „Seelentrost und Christenspiegel", nicht allein für die Pfarrherrn und Prediger, sondern auch für die Hausväter, dass sie sich selber und ihrem Gesinde ihn einfältiglich vorhielten. Hat auch zu den fünf Hauptstücken noch Gebete, Morgen- und Abend- und Tischsegen hinzugefügt und eine christliche Haustafel für alle Stände mit dem Schlussverslein:

Ein jeder lern sein Lektion,
So wird es wohl im Hause stohn.

Dieses Büchlein fängt Luther mit den Worten an: „Diesen Katechismus oder christliche Lehre in solche kleine schlechte und einfältige Form zu stellen hat mich gezwungen und gedrungen die klägliche elende Not, so ich neulich erfahren, da ich Visitator war." Dann bittet er um Gotteswillen alle Pfarrer, sich zu erbarmen über das Volk und helfen den Katechismus in die Leute, sonderlich in das junge Volk bringen und zwar erst den Text und dann den Verstand, und jedes Stück fein säuberlich nach dem andern; nicht allein so, dass sie die Worte auswendig lernen und reden, sondern dass man von Stück zu Stück frage und sie antworten lasse, was ein jegliches bedeute und wie sie es verstehen; gibt auch an, wie das am geschicktesten geschehen solle. Und wenn's sein mag, könne man noch reicheren und weiteren Verstand geben und nach dem kleinen den großen Katechismus vornehmen und sonderlich das Stück treiben, an dem eine Gemeinde am meisten notleidet. Welche aber die Hauptstücke nicht lernen wollten, die seien keine Christen, sollten darum nicht zum Sakrament zugelassen werden und kein Kind aus der Taufe heben dürfen. Denen, die sobald meinen ausgelernt zu haben, hält Luther sein eigen Beispiel vor, dass er immer ein Kind und Schüler des Katechismus bleibe, obwohl er ein Doktor sei. Den Pfarrern aber sagte er zum Schluss: „Siehe, unser Amt ist nun ein ander Ding worden: es hat nun viel mehr Mühe und Arbeit, Fahr und Anfechtung, dazu wenig Lohn und Dank in der Welt; Christus aber will unser Lohn selber sein, so wir treulich arbeiten." Das ist der berühmte Katechismus Luthers, der nächst der Bibel am meisten Segen gestiftet hat und ein Volksbuch geworden ist wie sie.

So hat Luther die Kirchen visitiert, wie ein Arzt es mit einem Kranken macht, dann aber auch als rechter Doktor Arznei und Balsam, Diät und Pflege verordnet, welche dem siechen Leibe zum Heile dienen mochten. Und bald konnte Luther seinem Kurfürsten schreiben: „Es wächset jetzt daher die zart Jugend von Knäblein und Maidlein mit dem Katechismo und Schrift also wohl zugericht, dass mir's in meinem Herzen sanfte tut, dass ich sehen mag, wie jetzt junge Knäblein und Maidlein mehr beten, glauben und reden können von Gott und Christo, denn vorhin alle Stift, Klöster und Schulen gekonnt haben und noch können. Und ist fürwahr solch jung Volk in Euer Kurf. Gnaden Land ein schönes Paradies, desgleichen in der Welt nit ist."

Fünfzehntes Kapitel

Wie die Evangelischen protestieren und Luther und
Zwingli disputieren

> *Nun bitten wir den heiligen Geist*
> *Um den rechten Glauben allermeist;*
> *Dass wir uns untereinander lieben*
> *Und in Frieden auf einem Sinne blieben.*
>
> L.

In den zwanziger Jahren war der Kaiser Karl immer abwesend von Deutschland: er führte fast immer in Welschland Krieg mit dem französischen König um Italien; der Papst hielt es bald mit dem Kaiser, bald mit dem König, je nachdem es seiner weltlichen Herrschaft vorteilhaft war. In der berühmten Schlacht von Pavia 1525 hat der Kaiser den König gefangen genommen, dann aber auf seinen Eid entlassen und zum Frieden gezwungen. Der Papst entband den König von diesem Eidschwure, schloss mit ihm einen „heiligen Bund" („denn alles, was der Papst tut, muss heilig heißen", sagte Luther dazu), und der Krieg ging von neuem los. Die Kaiserlichen erstürmten Rom, und die deutschen Landsknechte riefen dort, dem Papste zum Spott, Luther zum Papst aus (1527). Während dieser Zeit hatte die evangelische Sache ruhigen Fortgang gehabt, jeder Landesherr konnte es mit der Religion „so halten, wie er's gegen Gott und Kaiserl. Majestät zu verantworten sich getraute", d.h., jeder hielt es in seinem Lande mit der Reformation, wie er wollte. So blieben die einen mit ihren Untertanen katholisch, die andern aber wurden evangelisch. Jetzt aber wurde wieder Frieden geschlossen zwischen dem Kaiser, Papst und König, und die drei versprachen einander, mit vereinten Kräften „der Pestseuche der Ketzerei" zu steuern. Der Kaiser ließ durch seinen Bruder Ferdinand, den Reichsverweser, im Jahre 1529 einen Reichstag zu Speyer zusammenkommen: da hatten die katholischen Fürsten die Mehrheit und beschlossen nach des Kaisers Willen und Vorschlag: der weiteren Reformation solle Einhalt geschehen und das Wormser Edikt zu Recht bestehen. Dagegen legten die sechs evangelischen Fürsten und vierzehn Städte „Protest" ein und erklärten: in allen schuldigen Dingen seien sie dem Kaiser zum Gehorsam bereit, „aber in den Sachen, die Gottes Ehre und der Seelen Heil und Seligkeit angehen, sind wir verpflichtet und schuldig um Gottes und des Gewissens willen vor allem unsern Herrn und Gott anzusehen: da muss jeder für sich selbst vor Gott stehen und Rechenschaft geben" und nicht der Mehrheit. Von da an bekamen die Evangelischen den Namen „Protestanten", der bedeutet also: sie widersprechen allem Zwang in Religionssachen, der Protestantismus bedeutet: Glaubens- und Gewissensfreiheit.

Der Kaiser beschloss, mit Waffengewalt die Protestanten zum Gehorsam, d.h. zum Aufgeben der Reformation zu zwingen, und sammelte Kriegsknechte, um mit Heeresmacht nach Deutschland zu ziehen. Da aber brach der türkische Sultan Soliman mit einem ungeheuren Heer gegen die Christenheit los, zog die Donau herauf gegen Deutschland und belagerte Wien. Der Kaiser war in der größten Not. Viele gönnten es ihm und freuten sich, dass der Großtürke die Bedrängnis der Protestanten räche, ja, manche redeten davon, man sollte lieber unter der Türkenherrschaft stehen, als unter einem Christenkaiser, der das Evangelium verfolge; andere wollten wenigstens diese Not und Angst des Kaisers benutzen für die Freiheit der Reformation. Luther aber protestierte gegen alles dies und schrieb „Heerpredigten wider die Türken", die Verwüster des christlichen Landes und Glaubens. Er fordert auf zum gemeinsamen, einigen Kampf fürs deutsche Vaterland und die Christenheit, und empfiehlt die Türkensteuer, von der er selber nicht ausgenommen sein wollte. So kam es, dass ganz Deutschland, vor allem auch die Protestanten, mit vereinter Kraft gegen den Türken zog und ihn von Wien verjagte.

Aber als dieses Unglück vorbei war und der Kaiser wieder freie Hand hatte, da erhob er sie wieder drohend gegen die Protestanten. Was sollten diese tun? Sollten sie Gewalt mit Gewalt abwehren oder um Gottes willen sie leiden? Luther war, wie immer, gegen Krieg und Gewalt, es war ihm unleidlich, dass das Evangelium sollte Ursach sein zum Blutvergießen. Seines Herzens eigentliche Meinung hat er aber ausgesprochen in seinem Heldenlied: „Ein feste Burg ist unser Gott, ein gute Wehr und Waffen, er hilft uns frei aus aller Not, die uns jetzt hat betroffen", und wie es weiter lautet. Luther meinte freilich noch immer, der Kaiser wäre die deutsche Obrigkeit, während er doch in erster Linie Herr von Spanien, Italien und Österreich war und sein wollte, und die deutschen Fürsten schon längst keine Untertanen mehr waren, sondern Landesherren. Einige von den Evangelischen dachten wie Luther. Aber viele auch nicht. Vor allem der Landgraf Philipp von Hessen meinte, Politik und Theologie sei zweierlei, und hier habe die Staatsklugheit das Wort, sintemal auch der Kaiser nur aus Politik handle. Also sah sich der Landgraf nach Bundesgenossen um wider den Kaiser und die Katholischen und wollte alle Protestanten in Deutschland und der Schweiz vereinigen. Denn sie waren uneinig.

In der Schweiz, in Zürich war Ulrich Zwingli aufgetreten ungefähr zu gleicher Zeit und in gleicher Weise wie Luther. Auch er trat wider den Ablass auf und die päpstliche Obergewalt, auch er schaffte die Missbräuche ab und die Überzahl der Sakramente, auch er stellte den Glauben und die Bibel als die Fundamente des wahren Christentums hin. Aber Zwingli war doch ein ganz anderer Mann als Luther und hatte eine andere Geschichte erlebt als der. Zwingli war ein nüchterner, verständiger Schweizer, nicht ein gemütvoller, leidenschaftlicher Thüringer; er war ein Republikaner nach seiner politischen Stellung und trieb Reformation in dem Staat gerade so wie in der Kirche; er war radikal und wollte viel gründlicher mit dem katholischen Wesen aufräumen als Luther. Also schaffte er, wie Karlstadt, alle Bilder und Musik, sogar die Orgeln aus der Kirche; hielt auch das Schwert für erlaubt neben dem Gotteswort und zog selbst in den Krieg gegen die katholischen Eidgenossen; und endlich fasste er, wie Karlstadt, das Abendmahl einfach nüchtern als Gedächtnisfeier und legte die Einsetzungsworte so aus: „das bedeutet meinen Leib."

Luther war das alles zuwider: es erinnerte ihn an die widerwärtigsten Ereignisse in seinem Leben: an die Wittenberger „Schwärmer" und den Bauernkrieg; mit diesen Schwärmern warf er die Schweizer zusammen und nannte sie ebenfalls „Schwarmgeister." Namentlich aber war ihm die schweizerische Abendmahlslehre unleidlich, sie war ihm zu kahl, zu nüchtern. Wenn's auch seinem Verstand einleuchten mochte, sein Gemüt und seine Phantasie sträubten sich dagegen; er wollte das Geheimnisvolle, Wunderbare, das Sakramentale im Abendmahle festhalten und steifte sich auf das Wort: das „ist" mein Leib. Und als der unruhige Karlstadt, der Luther so viel Herzeleid verursacht und immer wieder freundlich von ihm behandelt wurde, nach der Schweiz zog und die Baseler und Straßburger für sich gewann, so entbrannte nun, wie Luther sagte, durch „Satan, den Tausendkünstler, der von jeher Verwirrung angerichtet hat", über das Liebesmahl ein arger Streit und gehässiger Zank zwischen den Lutheranern in Mittel- und Norddeutschland und den Zwinglianern, zu denen die Schweizer und allmählich die meisten Städte und Länder am Rhein entlang gehörten.

Der Landgraf Philipp, der den Schweizern und ihrer Lehre günstig war, wollte diesen Streit schlichten, damit die Eidgenossen und die süddeutschen Städte, welche den Schweizern sich angeschlossen hatten, sich mit den deutschen Protestanten vereinigten und sie so gemeinsam und stärker den Feinden entgegentreten könnten. Daher lud er die sächsischen und schweizerischen Reformatoren auf sein Schloss in Marburg ein zu einer friedlichen Vergleichung. Zwingli und seine Anhänger waren gleich bereit; er sagte noch nach dem ergebnislosen Religionsgespräch, es wären „keine andern Leute auf Erden, mit denen er lieber wollte eins sein, denn mit den Wittenbergern." Aber Luther, dem die Theologie hoch über der Politik stand, sträubte sich umso mehr und ging sehr ungern, meinte, es käme nichts heraus oder nur ärgeres. Doch folgte er endlich dem Rufe und die Zusammenkunft fand um Michaelis 1529 statt. Von den Schweizern waren da: Zwingli, Oekolampad, Butzer und Hedia; von den Sachsen: Luther, Melanchthon, Jonas, Cruziger; auch Brenz, Osiander waren zugegen, und viele andere Leute aus Westdeutschland und der Schweiz. Unter den Laien besonders der vertriebene Herzog Ulrich von Württemberg, der sich bei seinem Freunde Philipp von Hessen aufhielt.

Zwingli zeigte sich in Marburg sehr versöhnlich und zum Frieden geneigt, wollte aber von seiner Meinung über das Abendmahl auch nicht abweichen. Luther war in gereizter und misstrauischer Stimmung, er schrieb auf den Tisch mit Kreide: *est*, d.h. ist, und wich nicht davon, obgleich Zwingli anführte, Jesus sage auch: „Ich bin der Weinstock"; „und das Fleisch sei fein nütze, sondern die Worte Christi seien Geist und Leben." Luther sagte den Schweizern: „Ihr habt einen andern Geist als wir." So kam es nicht zu einer völligen Vereinigung, eine „Bruderschaft" und „Bundesgenossenschaft" wies Luther entschieden ab. Vierzehn Artikel des Glaubens wurden aber aufgestellt, in denen die Sachsen und die Schweizer eins waren; nur über den einen vom Abendmahl wollten sie sich nicht vereinigen, aber sich in christlicher Liebe vertragen.

Das war der erste Versuch zu einer Union zwischen den zwei evangelischen Parteien. Leider kam es zu keiner vollen und dauernden Vereinigung, vielmehr loderte der Streit der feindlichen Brüder bald neu auf, noch zu Luthers Lebzeiten, ja der Gegensatz zwischen Lutheranern und Reformierten wurde schärfer und schärfer, die Abneigung zum Hass geschürt und unsäglichen Jammer und Gehässigkeit hat diese Zwietracht zu Tage gefördert, bis endlich nach dreihundert Jahren in Deutschland fast überall die Einigung zustande kam, als man über dem vielen Gemeinsamen das eine Trennende übersehen konnte und gelernt hatte, dass zwar von den verschiedenen deutschen Stämmen die christliche Lehre und Sitte verschieden aufgefasst und ausgeführt werden könne, weil sie verschiedener Gemütsart sind und eine verschiedene Geschichte haben, dass aber doch ihr Geist derselbe sei, der christlich evangelische Geist, der Geist der Reformation, der heilige Geist des Glaubens, dessen Gemeinschaft wohl sein kann mit uns allen.

Sechzehntes Kapitel

Was Luther auf der Koburg machte und der Reichstag in Augsburg

Wär Gott nicht mit uns diese Zeit,
So soll Israel sagen,
Wär Gott nicht mit uns diese Zeit,
Wir hätten müssen verzagen,
Die so ein armes Häuflein sind,
Veracht' von so viel Menschenkind,
Die an uns setzen alle.

Die Gemeinschaft und Einigkeit aller Evangelischen wäre freilich zu dieser Zeit gar nötig gewesen, denn es war, wie Luther damals in seinem Heldenliede sang: „Der alt böse Feind mit Ernst er's jetzt meint; groß Macht und viel List sein grausam Rüstung ist, auf Erd ist nicht seinsgleichen." Karl V. war in Bologna eben feierlich vom Papst zum Kaiser gekrönt, hatte ihm dort, wie herkömmlich, den Fuß geküsst und geschworen, „dem Papste und der hl. römischen Kirche die schuldige Unterwürfigkeit und ehrerbietige Treue zu leisten, und den päpstlichen Stuhl in allen Rechten und Gütern zu schützen." Als Besieger und Verbündeter des Papstes und Franzosenkönigs hatte er auf das Frühjahr 1530 einen großen Reichstag ausgeschrieben, auf den er selbst mit großer Macht und Pracht kam, ganz anders als vor neun Jahren in Worms. Nach Augsburg hatte er die Fürsten geladen, um zu beraten, „wie der

Irrung und Zwiespalt halben in dem heiligen Glauben und der christlichen Religion gehandelt und beschlossen werden möge." Er versprach zwar „alle Meinungen in Liebe und Gütlichkeit zu hören und zu einer einigen christlichen Wahrheit zu bringen und zu vergleichen", meinte das aber so, dass die Protestanten wieder zur Einheit der Kirche unter den Papst zurückgebracht werden sollten. Er dachte das leicht durch sein bloßes Wort und Ansehen fertigzubringen, da er ja ganz andere und mächtigere Herren zu seinem Willen gezwungen hatte. In seinen Erblanden Spanien und Holland ließ er auch mit Gewalt die Reformation unterdrücken und ausrotten.

Da machte sich auch der Kurfürst Johann von Sachsen auf, nach Augsburg zu ziehen mit seinen Theologen, Melanchthon, Jonas, Spalatin, Agricola, insbesondere Luther, denen er aufgetragen hatte, die Artikel der evangelischen Lehre zusammenzustellen; damit vor den Verhandlungen zu Augsburg schon feststehe, was die Evangelischen mit gutem Gewissen zugeben könnten. Zu Ostern zogen sie ab. Luther aber musste aus der Feste Koburg zurückbleiben, weil es nicht geraten war, dass der Gebannte und Geächtete dem Kaiser und den Fürsten unter die Augen träte und seine Stimme hören lasse, die, wie Luther selbst sagte, dort einen schlechten Klang haben würde. In dem sächsischen Koburg aber konnte er sicher sein in des Kurfürsten Schutz, und zugleich vermochten die Freunde durch Eilboten ihm auch zeitig Nachricht zu geben, wie es in Augsburg stehe, und seinen Rat einzuholen.

Da war nun Luther auf der Koburg, wie einst auf der Wartburg, geborgen und verborgen, lebte und trieb es auch hier wie dort ein halbes Jahr lang, von Ostern bis Michaelis, ließ den Bart wachsen und nannte seinen Aufenthalt „Sinai" oder „Wüste"; und ebenso tat ihm jetzt wie damals der Aufenthalt in der Stille gut. Es war „ein gar anziehender Ort und ganz gemacht fürs Studieren"; so wollte er denn auch auf diesem Berge „drei Hütten bauen, dem Psalter eine, den Propheten eine und dem Äsop eine", d.h., er wollte diese Bücher übersetzen fürs liebe deutsche Volk, die Jugend und den gemeinen Mann. Von den Fabeln Äsops sagte er: „ein Hausvater möge solches Spiel und Mummerei lustig und nützlich über Tische mit seinen Kindern und Gesinde treiben und so ihnen spielend seine Lehren beibringen." Vom 118. Psalm – „mein Psalm, den ich lieb habe" – den er zuerst auslegte, schrieb Luther den 17. Vers an die Wand seiner Stube mit Noten zum Singen, er heißt aber: „Ich werde nicht sterben, sondern leben, und des Herrn Werk verkündigen!" Auf Koburg suchten ihn auch viele Freunde heim, sodass ihm sogar die „Wallfahrt hierher" zu groß werden wollte.

Ehe aber sein Koffer mit Büchern und Schriften ankam, besichtigte er die Burg und sah da eine Menge Dohlen und Raben in einem Wäldchen, darüber schrieb er an seine Tischgenossen in Wittenberg einen lustigen Brief: „denn der Scherz soll die Gedanken, die auf mich losstürzen, zurücktreiben", sagte er. In dem Briefe „aus dem Reiche der Vögel" heißt es: „Gnade und Friede in Christo, lieben Herren und Freunde! Ich habe Euer aller Schreiben empfangen, und wie es allenthalben zusteht, vernommen. Auf dass Ihr wiederum vernehmet, wie es hie zusteht, füge ich Euch zu wissen, dass wir, nämlich ich, Magister Veit und Cyriarus, nicht auf den Reichstag gen Augsburg ziehen: wir sind aber wohl auf einen andern Reichstag kommen. Es ist ein Gehölz gleich vor unserm Fenster hinunter, wie ein kleiner Wald, da haben die Dohlen und Krähen einen Reichstag hingelegt, da ist ein solch Zu- und Abreiten, ein solch Geschrei Tag und Nacht ohne Aufhören, als wären sie alle trunken voll und toll, da keckt Jung und Alt durcheinander, dass mich wundert, wie Stimm und

Odem so lang währen möge. Und möcht gern wissen, ob solchen Adels und reisigen Zeugs auch etliche noch bei Euch wären; mich dünkt, sie seien aus aller Welt hierher versammlet. Ich hab ihren Kaiser noch nicht gesehen, aber sonst schweben und schwänzen der Adel und die großen Hansen immer vor unsern Augen; nicht fast köstlich gekleidet, sondern einfältig in einerlei Farbe, alle gleich schwarz und alle gleich grauaugig; singen alle gleich einen Gesang, doch mit lieblichem Unterschied der Jungen und der Alten, Großen und Kleinen. Sie achten auch nicht der Großen Palast und Saal: denn ihr Saal ist gewölbt mit dem schönen weiten Himmel, und ihr Boden ist eitel Feld, getäfelt mit hübschen grünen Zweigen, so sind die Wände so weit, als der Welt Ende. Sie fragen auch nicht nach Rossen und Harnisch, sie haben gefiederte Räder, damit sie auch den Büchsen entfliehen und einen Zorn entsitzen können; es sind große, mächtige Herren. Was sie aber beschließen, weiß ich noch nicht. So viel ich aber von einem Dolmetscher vernommen, haben sie vor einen gewaltigen Zug und Streit wider Weizen, Gerste, Hafer und allerlei Korn und Getraidig, und wir mancher Ritter hier werden und große Taten tun. – Also sitzen wir hier im Reichstag, hören und sehen zu mit großer Lust und Liebe, wie die Fürsten und Herren samt andern Ständen des Reichs so fröhlich singen und wohl leben. Aber sonderliche Freude haben wir, wenn wir sehen, wie ritterlich sie schwänzen, den Schnabel wischen und die Wehr stürzen, dass sie siegen und Ehr einlägen wider Korn und Malz. Wir wünschen ihnen Glück und Heil, dass sie allzumal an einen Zaunstecken gespießet wären. – Ich halt aber, es sei nichts andres, denn die Sophisten und Papisten mit ihrem Predigen und Schreiben, die muss ich alle auf einen Haufen also für mir haben, auf dass ich höre ihre liebliche Stimme und Predigen, und sehe, wie sehr nützlich Volk es ist, alles zu verzehren, was auf Erden, und dafür kecken für die ganze Welt. – Heute haben wir die erste Nachtigall gehört; denn sie hat dem April nicht wollen trauen. Es ist bisher eitel köstlich Wetter gewest, hat noch nie geregnet, ohne gestern ein wenig. Bei Euch wird's vielleicht anders sein. Hiermit Gott befohlen, und haltet wohl Haus. Aus dem Reichstag der Malztürken, den 28. April Anno 1530."

Auch an seinen Sohn Hänschen schrieb Luther von Koburg zu diesen Zeiten einen Brief; also: „Gnade und Friede in Christo, mein liebes Söhnchen! Ich sehe gern, dass du wohl lernst und fleißig betest. Tu also, mein Söhnchen, und fahre fort: Wenn ich heimkomme, so will ich dir einen schönen Jahrmarkt mitbringen. Ich weiß einen hübschen lustigen Garten, da gehen viele Kinder innen, haben güldene Röcklein an und lesen schöne Apfel unter den Bäumen und Birnen, Kirschen, Spilling und Pflaumen, singen, springen und sind fröhlich, haben auch schöne kleine Pferdlein, mit güldenen Zäumen und silbernen Sätteln. Da fragt ich den Mann, des der Garten ist, wes die Kinder wären? Da sprach er: es sind die Kinder, die gern beten, lernen und fromm sind. Da sprach ich: lieber Mann, ich hab auch einen Sohn, heißt Hänsichen Luther, möcht er nicht auch in den Garten kommen, dass er auch solche schöne Apfel und Birnen essen möchte, und solche feine Pferdlein reiten und mit diesen Kindern spielen? Da sprach der Mann: „Wenn er gern betet, lernet und fromm ist, so soll er auch in den Garten kommen, Lippus und Jost auch, und wenn sie alle zusammenkommen, so werden sie auch Pfeifen, Pauken, Lauten und allerlei Saitenspiel haben, auch tanzen und mit kleinen Armbrüsten schießen. Und er zeigte mir dort eine feine Wiese im Garten, zum Tanzen zugericht, da hingen eitel güldene Pfeifen, Pauken und feine silberne Armbrüste. Aber es war noch frühe, dass die Kinder noch nicht gegessen hatten; darum konnte ich des Tanzes nicht erharren, und sprach zu dem Mann: Ach lieber Herr, ich will flugs hingehen, und das alles meinem lieben Söhnlein Hänsichen schreiben, dass er ja fleißig bete und wohl lerne und fromm sei, auf dass er auch in diesen Garten komme; aber er hat eine Muhme Lene, die muss er mitbringen. Da sprach der Mann: Es soll ja sein, gehe hin und schreibe ihm also. Darum, liebes Söhnlein Hänsichen, lerne und bete ja getrost, und sage es Lippus und Josten auch, dass sie lernen und beten; so werdet ihr miteinander in den Garten kommen. Hiemit bis dem allmächtigen Gott befohlen, und grüße Muhme Lenen und gib ihr einen Kuss von meinetwegen. Anno 1530. Dein lieber Vater Martinus Luther." Auch dem Zuchtmeister seines Söhnleins, seinem Freund Weller, der mit dreißig Jahren noch in Wittenberg Theologie studierte, nachdem er vorher die Rechte durchgemacht, schrieb Luther tröstliche Briefe; denn jener klagte ihm über Anfechtungen. Luther schrieb: „Du kannst Dich nicht dagegen wehren, dass die Vögel Dir über den Kopf fliegen, aber wohl dagegen, dass sie Dir nicht in den Haaren nisten. Man muss auch bisweilen reichlicher trinken, spielen, scherzen, dem Teufel zum Trotz."

Da Luther in dieser Zeit in Koburg zu einer Hochzeit geladen war, machte er den Brautleuten ein Geschenk: ein zinnernes Salzfass in Gestalt eines Rindes, tat Salz hinein und legte einen Dukaten darauf. Dazu schrieb er einen Zettel mit einer sinnreichen Auslegung, dass drei Stücke bei jeder Ehe seien: Arbeit und Mühe, Verdruss und Widerwärtigkeit, endlich Freude und Gottes Segen.

Auch sonst schrieb Luther auf der Koburg allerlei Schriften ans Volk, die in dieser „geschwinden Zeit" gar leicht und rasch gedruckt auskamen: Vom Fegfeuer, Von Kirchengewalt und Schlüsselamt, Von Anbetung der Heiligen, Von der Sakramentsfeier, „Dass man die Kinder zur Schule halten solle" und andere. Dabei war er oft unwohl, hatte Sausen im Kopfe, arbeitete aber doch unverdrossen, oder erholte sich, wenn's ihm das Kopfweh verbot; so schoss er mit der Armbrust nach des Teufels Getieren, den Fledermäusen, und traf sie ins Herz. Allezeit aber war er fröhlich, sodass sein Famulus Veit Dietrich an Melanchthon schrieb: „Ich kann mich nicht genug verwundern über seine treffliche Beständigkeit, freudigen Glauben und Hoffnung in diesen jämmerlichen Zeiten."

Währenddem erhielt Luther auch die Nachricht vom Tode seines Vaters; Luther hatte kurz vorher einen Brief an ihn geschrieben und ihn mit dem Evangelium getröstet. Da den alten Hans Luther nun sein Pfarrer fragte, ob er auf dies Evangelium, das sein Sohn gepredigt, auch sterben wollte, sagte er: „Ei, wenn ich das nicht glaubete, so täte ich als ein Schalk." Dieser Todesfall betrübte Dr. Martin sehr; als er ihm gemeldet war, nahm er flugs seinen Psalter, schloss sich in seine Kammer und weinte und betete bis zum andern Morgen. Die Frau Doktorin hatte aber Luther ein Konterfei ihres Lenchens von Kranach geschickt, über dem er sich sehr freute und seine schweren Gedanken leichter vergaß.

Luthers angelegentlichste Sorge war aber dem Reichstag in Augsburg zugewandt. Er wollte wenigstens dem Geiste nach auf dem Reichstag zugegen sein. Darum schrieb er „An die Geistlichen, in Augsburg versammelt", d.h. die hohen Prälaten der Kirche, eine scharfe „Vermahnung". Er warnt sie vor „hochmütiger Verstockung, dass nicht eine neue Rute über sie komme, wie die Münzers. Solche Empörung des Volkes sei übrigens nicht von ihm und seinen Anhängern gebilligt, im Gegenteil, er hätte des Volkes Wut gegen die Pfaffen bekämpft und gedämpft. Auch sonst habe er ihnen zugut gewirkt in vielem, wogegen sie sich nicht zu mucken gewagt hätten. Er erinnert daran, wie die Bischöfe es selbst gerne gesehen, dass er den fremden bösen Buben mit ihrem Ablasskram gewehrt, und habe noch keinen Bischof oder Pfarrer darüber weinen hören, dass sie durch ihn so vieler Mönche losgeworden seien; es möchte wohl keiner das Ungeziefer wieder im Pelz haben, den er ihnen gelaust hätte. So sollten sie nun aber auch in die Abschaffung der weiteren Missbräuche willigen. Wenigstens sollten sie die Freiheit des Evangeliums gewähren, dann möchten sie seinetwegen ihr Bischoftum behalten: „Eure Person und fürstlich Wesen überließen wir euerm Gewissen und Gottes Urteil." Wo sie aber ihn und seine Abschaffung der Missbräuche nicht mit Frieden ließen, so kündigt er ihnen Krieg an bis in den Tod, ja über seinen Tod hinaus. „Leb ich, so bin ich eure Pestilenz, sterb ich, so bin ich euer Tod; ihr sollt vor meinem Namen keine Ruhe haben, bis ihr euch bessert oder zugrunde geht. Euer Blut sei auf euern Kopf! Aber der Gott des Friedens gebe euch seinen Geist, der euch zur Wahrheit weise und führe!"

Von den Freunden in Augsburg erhielt er nun auch fleißig Botschaft, wie es gehe. Der Kaiser hatte den Reichstag lange auf sich warten lassen und nach seinem prunkvollen Einzug gleich die evangelischen Fürsten von Sachsen, Hessen, Brandenburg und Lüneburg zu sich gefordert und freundlich aber bestimmt verlangt, die neue Predigt und Gottesdienst müsse aufhören. Aber die Fürsten erklärten einmütig, das sei Gewissenssache und da könnten sie sich nicht fügen. Der alte kaisertreue Markgraf Georg von Brandenburg warf sich vor Karl nieder und rief: „Eher lass ich meinen Kopf als Gottes Wort!" Da war der Kaiser erschrocken und sagte: „Nit Köp ab, löwer Först!" Also war des Kaisers Drohung abgeschlagen, die Protestanten hielten in ihren Herbergen evangelischen Gottesdienst und erschienen nicht in der Fronleichnamsprozession. Nur das Predigen in Augsburg wurde verboten und zwar beiden Parteien, sodass der Kurfürst an Luther klagend schrieb: „Also muss unser Herrgott auf diesem Reichstag stillschweigen."

Nun aber verlangte der Kaiser eine Darlegung der Lutherischen Lehre. Diese hatte Melanchthon schon ausgearbeitet auf Grund von Luthers Artikeln. Da wird zuerst hervorgehoben, worin die Evangelischen mit den Katholiken in der Hauptsache eins seien; dann erst werden in wenigen Artikeln die Missbräuche aufgezählt, die bei ihnen abgeschafft waren. Die Schrift wurde Luther vorgelegt; er hätte sie anders gemacht, er sagte, so leise könne er nicht treten; doch billigte er sie schließlich um des Friedens willen. „Für meinen Teil", sagte er, „ist darin vollauf und genug nachgegeben. Ich beschäftige mich Tag und Nacht mit dieser Sache, denke, überlege, disputiere und gehe die ganze hl. Schrift durch, und beständig wächst mir die Freudigkeit in dieser unsrer Lehre und ich werde je mehr und mehr gewiss, dass ich mir, so Gott will, nu nichts mehr werde nehmen lassen, es gehe darüber, wie es wolle." Und so wurde die Schrift vor dem Reichstage feierlich vorgelesen und dem Kaiser überreicht. Das ist die berühmte Augsburger Konfession, das Glaubensbekenntnis der Protestanten, in der alle Lehren der Evangelischen, wie sie Luther aufgebracht hatte, zusammengestellt waren und nachgewiesen ist, sie seien keine Sekte, sondern „sie lehrten nichts, was die uralte Kirche nicht auch gelehrt habe." Luther schrieb nach der Übergabe: „Es ist mehr geschehen, als zu hoffen war, denn ihr habt dem Kaiser gegeben, was des Kaisers ist, und Gotte, was Gottes ist: dem Kaiser vollkommenen Gehorsam, indem ihr erschienen seid mit so vieler Kost, Mühe und Beschwerung; Gott das auserwählte Opfer der Konfession, die zu allen Höfen der Könige und Fürsten durchbrechen wird, dass sie herrsche inmitten ihrer Feinde und ausgehe mit ihrem Schall in alle Lande, damit, die es nicht glauben, keine Entschuldigung haben. Das wird die Frucht des Stillschweigens sein, das zu Anfang des Reichstages auferlegt wurde. Kommt dazu noch der Lohn, dass nach dem Zeugnis der Widersacher kein Artikel des Glaubens verletzt ist, so haben wir weit mehr erlangt, als ich gebeten habe, wir sind nämlich von der Schmach des Ketzernamens befreit. So möge uns denn Christus selber bekennen, wie ihr ihn bekannt habt und möge die verherrlichen, die ihn verherrlicht haben. Amen. Darum spreche ich euch los im Namen des Herrn von dieser Versammlung. Nur wieder heim, immer heim!"

Aber von einer sofortigen Heimkehr war keine Rede, sondern es folgten nun von Seiten des Kaisers und der Päpstlichen Verhandlungen, Vermittlungen, Drohungen, Lockungen und Listen. Der Kaiser wollte nicht schlichten, sondern richten und zwar über die Protestanten, und die katholische Partei sollte sein Mitrichter sein. Er wollte durchaus das „Schisma", d.i. Trennung, nicht dulden; denn er sei Schutzherr der deutschen Kirche und ihrer Einheit. Der Papst aber gedachte mit listiger Verhandlung die Protestanten hinzuhalten und sachte herumzubringen, wie einst vor hundert Jahren die Hussiten.

Luther hatte also seine Freunde und Gönner, die Theologen und Fürsten, zu beraten, zu trösten, zu ermuntern, zu warnen in zahlreichen Briefen und Botschaften. Er hielt aber auch während der heißen harten Kämpfe in Augsburg wie Mose während der Amalekiterschlacht die Hände im Gebet zu dem Herrn empor, dass er seinem Volke den Sieg verleihe. Täglich brachte er drei Stunden im Gebet zu. Sein Diener hörte ihn einst gewaltig beten: „Ich weiß, dass Du unser Vater und alt bist. Die Gefahr ist die Deine, wie die unsre. Der ganze Handel ist ja Dein; wir haben ihn angefangen, weil wir mussten. So musst Du ihn auch schützen."
Auch seine Freunde und seine Frau ermahnte er zum Mitbeten, gleichwie Aaron und Hur Mosis Arme unterstütz-

ten: „Betet getrost, denn es ist wohl angelegt und Gott wird helfen." Dem Kurfürsten schrieb er, sein Herz möge fest und geduldig bleiben in Gottes Gnade. Gott zum Freunde zu haben wäre tröstlicher als aller Welt Freundschaft. Und essen könne er sich getrösten, wenn er sein Land ansehe, wo Gottes Wort und Lehrer und Hörer desselben seien und sonderlich die Jugend als Pflanzen Gottes aufwachse wie in einem Paradies, als wollte Gott sagen: „Wohlan, lieber Herzog Hans, da befehl ich dir meinen edelsten Schatz: Du sollst Vater über sie sein: Ich will dir die Ehre antun, dass du sollst mein Gärtner und Pfleger sein." Am meisten hatte er Melanchthon zu stärken und zu trösten, denn der wollte gerne allzuviel nachgeben wegen Gewalt der Bischöfe und der Zeremonien. Melanchthon zeigte sich fast schwach, denn es war ihm ängstlich und ungewohnt zu Mut im Kampf, während Luther gerade dann und damals sich am heitersten und wohlsten fühlte. Er schrieb dem Freunde: „Deine Sorgen hasse ich gar sehr; dass sie in Deinem Herzen herrschen, macht nicht die Größe unsrer Sache, sondern die Größe unsres Unglaubens. Als ob ihr durch eure unnützen Sorgen etwas ausrichten könntet! Ich bitte fleißig für Dich und bedaure, dass Du hartnäckiger Sorgenblutegel meine Gebete erfolglos machst." Als er von der Widersacher unsinnigem Zorn und Hass hörte, sagte er, es gehe in Augsburg wie im zweiten Psalm, dort heißt es aber: „der im Himmel lachet ihrer"; „Nun", sagt Luther: „Ich sehe nicht ein, warum wir weinen sollen, wenn dieser unser Herr lachet." An den Kanzler Brück schrieb er folgendermaßen: „Ich hab neulich zwei Wunder gesehen: das erste, da ich zum Fenster hinaussahe, die Sterne am Himmel und das ganze schöne Gewölb Gottes, und sah doch nirgend keine Pfeiler, darauf der Meister solch Gewölb gesetzt hatte; dennoch fiel der Himmel nicht ein und stehet auch solch Gewölb noch fest. Nu sind etliche, die suchen solche Pfeiler und wollten sie gern greifen und fühlen. Weil sie denn das nicht vermögen, zappeln und zittern sie, als werde der Himmel gewisslich einfallen, aus keiner andern Ursache, denn dass sie die Pfeiler nicht greifen noch sehen. Wenn sie dieselben greifen könnten, so stünde der Himmel feste. Das andere: Ich sah auch große dicke Wolken über uns schweben, mit solcher Last, dass sie möchten einem großen Meere zu vergleichen sein; und sahe doch keinen Boden, darauf sie ruheten oder fußten, noch keine Kufen, darein sie gefasset wären; und sie fielen dennoch nicht auf uns, sondern grüßten uns mit einem sauern Angesicht und flohen davon. Da sie vorüber waren, leuchtete hervor beide der Boden und unser Dach, der sie gehalten hatte, der Regenbogen. Das war doch ein schwacher, dünner, geringer Boden und Dach, dass er auch in den Wolken verschwand und mehr ein Schemen (als durch ein gemalet Glas zu scheinen pfleget), denn ein solcher gewaltiger Boden anzusehen war, dass einer auch des Bodens halber wohl so sehr verzweifeln sollte, als der großen Wasserlasten. Dennoch fand sich's in der Tat, dass solcher ohnmächtig anzusehende Scheme die Wasserlast trug und uns beschützte. Dennoch sind etliche, die des Wassers und der Wolken dicke und schwere Last mehr ansehen, achten und fürchten, denn diesen dünnen, schmalen und leichten Schemen; denn sie wollten gern fühlen die Kraft solches Schemens: weil sie das nicht können, fürchten sie, die Wolken werden eine ewige Sündflut anrichten. Solches muss ich mit Eurer Achtbarkeit freundlicher Weise scherzen und doch ungescherzet schreiben; denn ich besondere Freude davon gehabt, dass ich erfahren habe, wie E. L. vor allen andern einen guten Mut und getrostes Herz hat in dieser unserer Anfechtung."

Über die Vermittlungsversuche schrieb Luther: „Ich höre, dass ihr das wunderliche Werk unternommen habt, den Papst und Luther zu vereinigen. Aber der Papst wird nicht wollen und Luther verbittet sich's. Wenn ihr das zustande bringt, so will ich Christus und Belial versöhnen." Er warnt vor des Feindes List mehr als vor ihrer Gewalt: „Wenn der Teufel kein Löwe sein kann, so wird er zur Schlange. Seid tapfer und mannhaft!" Dass die beiden Parteien in der Lehre eins würden, davon hatte Luther keine Hoffnung, weil der Glaube und auch der Unglaube und Aberglaube schlechthin ein frei Ding sei. Der Widerpart könne zwar die unsträfliche Lehre, die sie bekannt, nicht tadeln, vielmehr müssten sie sie selbst loben zum wenigsten damit, dass sie dagegen verstummen und nichts wüssten zu reden; noch weniger wüssten sie sie zu widerlegen, wie sich ja klärlich bewiesen darin, dass Dr. Eck und seine Helfershelfer sechs ganze Wochen an einer Widerlegung der Konfession geschwitzt und doch einen gar kläglichen Krüppel von Vogel ausgebrütet hatten. Aber dass die Gegenpartei diese Lehre annehme, sei auch nicht zu erwarten; denn sie seien zu durchbittert und entbrannt, als dass sie nachgeben sollten. Noch weniger könne an eine Verleugnung auf der Seite der Protestanten gedacht werden trotz Verdammung, Verfolgung und Drohung. „Wir zwingen niemand, auch zur Wahrheit nicht, wie sie doch zwingen zum Lügen. Man weiß ja wohl, dass man niemand soll noch kann zum Glauben zwingen, stehet auch weder ins Kaisers noch Papstes Gewalt; denn auch Gott selber, der über alle Gewalt ist, hat noch keinen Menschen mit Gewalt zum Glauben zwingen wollen; was unterstehen sich denn elende Kreaturen zum Glauben oder gar zu falschen Lügen zu zwingen? Darum bittet Luther den Kurfürsten samt den andern dahin zu arbeiten, dass der andre Teil nur nicht lästere und töte die Unschuldigen, sondern Frieden halte und glaube, was er wolle, und lasse auch uns glauben diese Wahrheit, die jetzt vor ihren Augen bekannt und untadelig erfunden ist. Will aber weder Frieden noch Einigkeit folgen, so zürne, wer's nicht lassen kann, wir aber wollen derweil mit den Aposteln singen den zweiten Psalm."

Luther hoffte aber kaum noch auf eine äußere Einigung, weil der Papst überall seine Hände drinnen habe, der keinen Frieden wolle, während die Deutschen ihm zu viel glaubten und trauten. Er warnte die Deutschen, auch die Wohlgesinnten unter den Katholiken, sich nicht von der Welschen List übertölpeln zu lassen. „Wir Deutschen", schreibt er, „hören nicht auf, dem Papst und seinen Welschen zu glauben, bis sie uns bringen, nicht in ein Schweißbad, sondern in ein Blutbad. Wenn deutsche Fürsten übereinander herfielen, das möchte ihn fröhlich machen, dass er in die Faust lachen könnt und sagen: da, ihr deutschen Bestien; ihr wolltet mich nicht zum Papst haben, da habt ihr's! – Ich kann's ja nicht lassen, ich muss auch sorgen für das arme, elende, verlassene, verachtete, verratene und verkaufte Deutschland, dem ich ja kein Arges, sondern alles Gute gönne, wie ich schuldig bin meinem lieben Vaterlande."

Der Friede blieb wenigstens vorläufig gesichert, ohne dass die evangelischen Stände etwas nachgegeben hätten. Vielmehr beharrten sie auf ihrer Protestation und Konfession. Der Kaiser, der immerfort von den Römlingen, welschen und deutschen umlagert war, wie Pilatus von den Juden, war zwar unwillig über die Evangelischen, aber er konnte doch nicht sofort Gewalt anwenden, denn er merkte, das Volk sei unruhig und musste fürchten, der hessische Landgraf, welcher sich nicht länger hinhalten ließ und vom Reichstag ohne Urlaub abgereist war, rüste zum Kriege. Auch katholische Fürsten waren nicht mit ihm zufrieden, weil er seines Hauses Macht so mehrte. Also gab er den Reichstagsabschied: Kaiser und Reichstag hätten beschlossen, beim alten Glauben zu bleiben und die Neuerungen abzutun. Die Protestanten sollten Bedenkzeit haben bis Ostern nächsten Jahres, ob sie sich wieder mit der Kirche vereinigen wollten. Damit die wirklichen Missbräuche abgeschafft würden, wolle der Kaiser beim Papst und den andern christlichen Potentaten währenddem auf ein Konzil bringen. Freilich war es sehr fraglich, ob ein solches je zustande komme. Der Papst versprach es zwar, aber ungern und suchte es zu hindern.

Also war Luthers Vertrauen nicht zu Schanden geworden, und an seiner Festigkeit, die er auch seinen Freunden eingeflößt, brachen die Angriffe der Feinde wie brandende Wellen an einem Meerfelsen.

Am 14. September kehrte der sächsische Kurprinz von Augsburg zurück und kam zu Luther auf die Koburg. Er brachte Luther einen Ring, der für seine Finger aber zu groß war und herausfiel; da sagte er: „Ich bin eben nicht dazu geboren, Gold zu tragen!" Der Kurprinz wollte Luther gleich mit heimnehmen, aber Luther wollte bleiben, damit er die andern Freunde bei ihrer Rückkunft von Augsburg empfangen, und ihnen nach dem heißen Bade „den Schweiß abtrocknen" könne. Bald kamen die auch, und Luther begrüßte sie: „Ihr habt Christum bekannt, Frieden angeboten, dem Kaiser Gehorsam geleistet, habt Unrecht ertragen, seid mit Lästerungen gesättigt worden und habt das Böse nicht mit Bösem vergolten; Summa: Ihr habt das heilige Werk Gottes, wie's Heiligen ziemt, würdiglich getrieben. Ich will euch heilig sprechen als Christi treue Glieder, und was wollt ihr Ruhms mehr? Freut euch nun in dem Herrn und seid fröhlich, ihr Gerechten!"

Darauf zog Luther mit ihnen wieder heim nach Wittenberg. Dort schrieb er wider das kaiserliche Edikt, hinter dem die Pfaffen und Mönche stäken. Wenn diese die Evangelischen Neuerer schölten, so sei ihnen zu sagen: „Ihr seid die Neuerer. Ihr habt eure Lehren und Bräuche erst eingeschwärzt in die rechte Lehre, ihr habt das

Wort Gottes gefälscht." Übrigens sagte er schon früher in einer andern Schrift, „Antwort auf des Königs von England Buch": „Wahr ist das Sprichwort: Was hundert Jahre unrecht gewesen ist, wird um keine Stunde recht. Und wenn's die Jahre täten, so wäre der Teufel der Allergerechteste, da er nun über 5000 Jahre alt ist." Er sei, fährt er in jenem Büchlein fort, berufen, ja, gezwungen worden, Doktor zu werden. „Da ist mir das Papsttum in den Weg gefallen und hat mir's wollen wehren. Darüber ist's ihm gegangen, wie vor Augen liegt, und soll auch immer ärger gehen, und sollen sich meiner nicht erwehren. Ich will in Gottes Namen und Beruf auf den Löwen und Ottern gehen, und die jungen Löwen und Drachen mit Füßen treten, und das soll bei meinem Leben anfangen und nach meinem Tode ausgerichtet sein." Noch freimütiger lautet Luthers „Warnung an seine lieben Deutschen". Für den Fall, dass es aufs allerärgste gerate und es zum Kriege komme, so seien nicht seine Anhänger schuld, sondern der Widerpart, denn er habe ohne Aufhören nichts als Ruhe und Frieden gebeten. Sondern man wird sagen müssen: Siehe, das ist der Papisten Lehr und Frucht, die haben nicht wollen Frieden weder für sich haben, noch bei andern leiden. Er biete auch jetzt nicht seine Freunde zum Aufruhr auf, aber er werde sie nicht mehr von Notwehr zurückhalten. Und würde er in einem solchen Aufruhr ermordet, so werde er einen Haufen Bischöfe, Pfaffen und Mönche mitnehmen, dass er eine große Prozession und Leichenbegängnis habe. „Nach meinem Tod aber sollen sie den Luther erst recht fühlen. So harte Trotzköpfe sollen sie nicht haben, ich will noch einen viel härtern und stärkern haben, wenn sie gleich nicht nur diesen mächtigen Kaiser Karolum sondern auch den türkischen Kaiser samt Mohammed, um sich, neben sich und bei sich hätten. Weil ich der Deutschen Prophet bin (denn solch hoffärtigen Namen muss ich mir hinfort selbst zumessen), so will mir als einem treuen Lehrer gebühren, meine lieben Deutschen zu warnen vor Schaden und Gefahr."

Darnach starb Luthers „herzliebe Mutter", nachdem ihr Sohn sie getröstet mit Christi Wort: „Seid getrost, ich habe die Welt überwunden." Auch Zwingli starb in diesem Jahr 1531 in der Schlacht bei Kappel, und obwohl er Luther zuwider war, sah dieser es doch als ein Unglück für das Evangelium an. Als auch er todkrank wurde, da sagte er: „Ich werde jetzt nicht sterben, ich bin's gewiss, weil Gott jetzt mein bedarf." Im folgenden Jahre ging sein Kurfürst Johann heim, der mit Recht „der Beständige" heißt, denn er war standhaft im Glauben. Er sagte: „Mein Kurhut und Hermelin haben für mich den Wert nicht, welchen das Kreuz Christi hat; denn sie bleiben in der Welt, dies aber begleitet mich zu den Sternen." Dem Kaiser hatte er in Augsburg erklärt, dieser werde ihn überall als getreuen und friedlichen Fürsten erfinden, aber nie vom unvergänglichen Gotteswort abwendig machen. Und von dem Augsburger Bekenntnis sagte er: „Ich weiß gewiss, dass die in der Konfession enthaltene Lehre auch wider die Pforten der Hölle bestehen wird."

Siebenzehntes Kapitel

Die Wiedertäufer in Münster, der Papst in Wittenberg und Luther in Schmalkalden

> *Es danken Gott und loben dich*
> *Die Völker überalle,*
> *Und alle Welt, die freue sich*
> *Und sing mit großem Schalle,*
> *Dass du auf Erden Richter bist*
> *Und lässt die Sünd nicht walten.*
> *Dein Wort die Hut und Weide ist*
> *Die alles Volk erhalten,*
> *In rechter Bahn zu wallen.*

Der Termin, welchen der Kaiser zu Augsburg fürs Frühjahr 1531 gegen die Protestanten angesetzt hatte, ging herum, aber die Reichsexekution ließ er bleiben. Denn die protestantischen Fürsten hatten sich besonnen, sich zu wehren, wenn sie angegriffen würden, und dazu ein Bündnis zu Schmalkalden geschlossen. Das riet Luther nicht mehr ab, wie er in seiner „Warnung an seine lieben Deutschen" erklärte, sondern sagte, dass man in Glaubenssachen dem Gewaltzwang, zu dem die Papisten den Kaiser als ihren Büttel hetzen wollten, sich nicht zu fügen brauche. Die Erbfeinde im Aufgang und Niedergang, der Türke und der Franzose regten „sich wieder, und auch die Katholiken waren dem Kaiser nicht sonderlich freund. Darum schloss dieser, trotzdem der Papst gar scheel dazu sah, während Luther willig dazu riet, 1532 mit den Protestanten zu Nürnberg einen Religionsfrieden: es solle einstweilen Friede sein und die deutschen Fürsten dem Kaiser gegen die Türken beistehen, was sie auch redlich taten; die Kirchensache sollte später ein „gemein frei, christlich Konzil" ordnen.

Also konnte, nachdem der „Papstkrieg" einstweilen eingestellt war, die Reformation ungehindert ihren Gang gehen. Der neue sächsische Kurfürst, Johann Friedrich, war ihr womöglich noch treuer ergeben und noch heldenmütiger als sein Vorgänger. Er ordnete eine neue Kirchenvisitation an, bei der jetzt mehr auf das christliche Leben und die kirchlichen Rechte und Ordnungen gesehen wurde als auf den Glauben, auf den bei der ersten Visitation geachtet werden musste. So geschah es auch mit der Universität Wittenberg, für welche neue Statuten entworfen wurden. Der Herzog Ulrich von Württemberg, der aus seinem Lande vertrieben war, wurde von Philipp von Hessen wieder zurückgeführt in sein Herzogtum, das die Österreicher eingenommen hatten; er brachte als neuer Mensch die Reformation mit und führte sie ein durch Brenz, Schnepf und Blaurer, 1534. Und auch sonst griff die evangelische Lehre um sich. So wurde sie in Pommern eingeführt und in ganz Anhalt. Der Erzbischof von Mainz, der den Ablasshandel angezettelt hatte, war wieder in Geldnot und ließ sich von den Bürgern in Halle 20.000 fl. geben dafür, dass er ihnen einen evangelischen Prediger erlaubte. Ja, er schien mehrmal nicht abgeneigt, selbst die Reformation anzunehmen, wenn er nur sein Erzbistum hätte behalten können.

Anders freilich ging es in Münster. Es regten sich nämlich jetzt die Wiedertäufer nochmals, schlichen in den Häusern und Dörfern heimlich umher und hielten Winkelpredigten; das geschah auch in Sachsen, sodass Luther ein Sendschreiben ergehen ließ gegen „die Schleicher und Winkelprediger". „Wenn solche Schleicher sonst kein Untätlein an sich hätten und eitel Heilige wären, so kann doch dies eine Stück, dass sie ohne Befehl und unaufgefordert geschlichen kommen, sie als Teufelsboten bezeichnen. Denn der heilige Geist schleicht nicht, sondern fleucht öffentlich vom Himmel herab; die Schlangen schleichen, aber die Tauben fliegen. Ich hab's oft gesagt und sage es noch: ich wollt nicht aller Welt Gut nehmen für mein Doktorat; denn ich müsste wahrlich zuletzt verzagen und verzweifeln in der großen, schweren Sache, die auf mir liegt, wo ich sie als ein Schleicher ohne Beruf und Befehl angefangen." An mehrere Städte schrieb er um dieser Schleicher willen, auch an Rat und Prediger zu Münster. Aber vergebens. Sie nahmen dort die Wiedertäufer auf; diese richteten eine blutige und wüste Pöbelherrschaft ein, „ein unchristliches Reich der Heiligen" mit ihrem Schneiderkönig Johann. Die Stadt wurde erstürmt – und wieder katholisch gemacht: Solche Frucht schafft die Schwarmgeisterei.

In diesem selben Jahr 1534 vollendete Luther auch die Übersetzung der ganzen Bibel; daraufhin feierte sein Freund Bugenhagen in seinem Hause das erste Bibelfest, zum Dank „für den teuren und seligen Schatz". An manchen Orten wurde dagegen Luthers Bibel verboten und verbrannt und die gelehrten Doktoren unter den Päpstlichen ärgerten sich, dass auch „gemeine Leute und Laien, ja, auch Weiber, alles was nur deutsch lesen gelernt hatte, das Neue Testament lasen, bei sich trugen und durch öfteres Lesen auswendig lernten, sodass sie auch mit Priestern und Mönchen, ja, mit öffentlichen Lehrern und Doktoren der Theologie sich nicht scheuten über Glauben und Evangelium zu disputieren". Luther hatte gar viele Mühe und sauren Schweiß an das Werk gewendet, sodass er einmal sagte: „Ich bekenne frei, dass ich mich zu viel unterwunden habe, sonderlich das Alte Testament zu verdeutschen; denn die hebräische Sprache liegt gar darnieder." Oft hat er mit seinen Freunden drei, vier Wochen nach einem Wort gesucht und dennoch zuweilen nicht gefunden. „Im Hiob arbeiteten wir, M. Philippus, Aurogallus und ich, dass wir in vier Tagen zuweilen kaum drei Zeilen konnten fertigen. Nun da es verdeutscht und bereit ist, kann's jeder lesen und meistern, läuft mit den Augen drei, vier Blätter durch und stößt nicht einmal an, wird aber nicht gewahr, welche Wacken und Klötze dagelegen sind und wie wir haben schwitzen müssen, sie wegzuräumen, auf dass man könnte so fein dahergehen. Es ist gut zu pflügen, wenn der Acker gerodet ist. „Ach Gott", seufzte er über den Propheten, „wie eine große Mühe und Arbeit ist dies, die hebräischen Schreiber zwingen deutsch zu reden. Wie sträuben sie sich und wollen ihre hebräische Art nicht lassen und das grobe Deutsch nicht annehmen, wie eine Nachtigall den Kuckucksgesang!" Doch hatte er auch seine Freude an dem Werk, die hebräische Sprache gewann er lieb, denn „sie ist vor allen einfältig, aber majestätisch und herrlich, schlecht und wenig von Worten, aber da viel hinter ist". Und von seiner köstlichen Übersetzung darf er selbst rühmen: „Ich will meine Arbeit von der Welt nicht belohnt haben, sie ist zu gering und arm dazu." Wie ihm aber sein deutsches Volk danken und lohnen soll, sagt er mit den Worten: „Ihr habt nun die Bibel verdeutscht; ich will nun aufhören zu arbeiten: Ihr habt nun, was ihr haben sollt. Sehet nur zu und gebraucht es wohl nach meinem Tode!"

Der Kaiser drängte den Papst stark zu einem Konzil oder drohte die Kirche zu reformieren nach seiner Weise. Der Papst war bisher immer ausgewichen und hatte nach Luthers Wort den Kaiser mit dem Konzil geäfft wie einer, der einem Hunde ein Stück Fleisch vorhält und, wenn er darnach schnappt, ihn auf die Schnauze schlägt. Jetzt kam aber Papst Paul III. Der gedachte das Konzil als ein gutes Mittel gegen die Ketzerei zu benutzen, wie es vor hundert Jahr mit dem Basler Konzil gegen die Böhmen geschehen war; denn auch England und Frankreich drohten vom Papst abzufallen und sollten durch ein Konzil zurückgehalten werden.

Also schickte der Papst 1535 einen Legaten, Vergerius, nach Deutschland. Der kam auch nach Wittenberg und ritt um Allerheiligen in fürstlichem Aufzug ins Schloss ein; er ließ Luther dahin einladen zum Frühstück, um den Erzketzer zu sehen, auszuforschen und vielleicht auch ein wenig umzustimmen, namentlich für das Konzil zu gewinnen. Da schickte Luther nun früh nach seinem Barbier. Der kam und sagte: „Herr Doktor, wie kommt's, dass Ihr Euch so frühe wollt balbieren lassen?" Da antwortete Dr. Luther: „Ich soll zu des hl. Vaters Gesandten kommen, so muss ich mich schmücken lassen, dass ich jung scheine, so wird der Legat denken: „Ei, der Teufel! Ist der Luther noch so jung und hat schon so viel Unglück angerichtet, was wird er denn noch tun!" Der Barbier sagte: „Nun, Herr Doktor, so gehet hin in Gottes Frieden, und der Herr sei mit Euch, dass Ihr sie bekehrt." Luther sprach: „Das werd ich nicht tun; aber das kann wohl geschehen, dass ich ihnen ein gut Kapitel lese und lasse sie fahren." Als er darauf in seinen besten Kleidern und einer goldenen Kette mit einem Kleinod um den Hals mit Freund Bugenhagen ins Schloss fuhr, lachte er: „Siehe, da fahren der deutsche Papst und sein Kardinal!"

Mit dem Kardinallegaten im Schlosse verkehrte Luther wie mit seinesgleichen, ganz anders als vor siebzehn Jahren in Augsburg mit Cajetan, vor dem er auf sein Angesicht fiel. Auch redete er anders als dort und „spielte den ganzen Luther", wie er selbst sagte, deutsch und trotzig und ließ sich nicht von dem schlauen Welschen überlisten. Der

Kardinal sagte, es würde wohl besser sein, mit dem Oberhaupt der Kirche in gutes Vernehmen zu treten und auf dem Konzil die Einheit der Kirche wieder herzustellen; so hätten es andere Kirchenlehrer auch getan, die vorher von der Kirche abgewichen wären, und es sei ihnen wohl zustatten gekommen, sie wären selbst Kirchenfürsten und sogar Päpste geworden. Luther erwiderte, es kümmere ihn wenig, wie's jetzt mit dem päpstlichen Hofe stünde, er frage nicht nach seinem Hass und seiner Gunst. Dass das Konzil einen guten Fortgang gewinne, stehe nicht bei Luther, sondern beim Papste, wenn er darin den heiligen Geist präsidieren lassen wollte statt sich selbst, die heilige Schrift zur Richtschnur nehmen statt politische Rücksichten, und Aufrichtigkeit und christliche Liebe statt Ränke walten lassen. „Übrigens", fuhr er fort, „es ist nicht euer Ernst mit dem Konzil; und wenn ihr gleich eins hieltet, so würdet ihr doch nichts handeln denn von Kappen, Platten, Essen, Trinken und anderm Narrenwerk. Aber von Glauben und Gerechtigkeit und andern nützen und wichtigen Sachen, wie die Gläubigen möchten im einträchtigen Geist und Glauben stehen, da gedenket ihr nicht eins zu handeln, denn es wäre nicht für euch." Darauf bemerkte der Legat, wie's heißt, heimlich zu einem seiner Begleiter: „Der trifft die Hauptsache." Luther sagte weiter, die Evangelischen brauchten für sich kein Konzil, denn sie hätten die evangelische Wahrheit. Doch wolle er aufs Konzil kommen und sie dort vor aller Welt verteidigen auf seinen Kopf hin. Der Legat sprach erfreut: „Wollt Ihr nach Bologna kommen?" Luther: „Wem gehört Bologna?" „Dem Papst." „Guter Gott, hat er auch diese Stadt an sich gerissen! Doch ich will kommen mit diesem meinem Hals und Kopf." Damit ritt Vergerius weg. Zehn Jahre hernach trat er zur evangelischen Lehre über; er musste aus Welschland fliehen und kam nach Tübingen in Schwaben, wo er viele Bücher gegen das Papsttum schrieb.

Im folgenden Jahre kamen auch Butzer und andere Abgesandten der oberdeutschen Freien Reichsstädte Straßburg, Augsburg, Frankfurt, Memmingen, Ulm u.a. zu Luther nach Wittenberg, einigten sich mit ihm in der sog. „Wittenberger Concordia" und nahmen die lutherische Abendmahlslehre der Hauptsache nach an. Über diese Union hatte Luther gar große Freude, und meinte, jetzt könne er mit Simeon singen: „Herr, nun lässest Du Deinen Diener in Frieden fahren." Denn er wusste und sagte, die Pforten der Hölle – das Papsttum und der Türke – hätten dem Evangelium nicht so viel schaden können denn diese Zwietracht. Auch die böhmischen Brüder verhandelten mit Luther und nahmen manches von der deutschen Reformation an, während ein Vergleich mit den Schweizern nicht zustande kommen wollte. Sogar die Könige von Frankreich und England ließen mit Wittenberg Verhandlungen anknüpfen, wie sie dem Papst zum Trotz ihre Kirchen reformieren sollten: Franz lud sogar Melanchthon zu sich nach Paris ein und Heinrich schickte eine Gesandtschaft nach Wittenberg. Aber der Franzose und der Engländer wollten nicht eine Reformation des Glaubens und Lebens nach dem Evangelium, sondern nur eine Reformation nach der Politik, d.h. eine Befreiung von der Übergewalt des Papstes. Daher wurde nichts aus der Sache. Denn Luther bestand auf der Hauptsache, auf dem Evangelium und dem Glauben: „In meinem Herzen regiert dieser eine Artikel an Christum: aus ihm, durch ihn und zu ihm fließt all mein theologisches Denken." Sein Dichten und Trachten war eben ein religiöses und nicht ein weltkluges politisches. Daher entsetzte Luther sich auch, als er von dem Sultan hörte, der habe sich nach ihm erkundigt und gesagt: „Ich wollte, dass er jünger wäre, er sollte einen gnädigen Herrn an mir haben."

Endlich schrieb der Papst auf Mai 1537 ein Konzil nach Mantua aus. Denn der Kardinal hatte seinem Herrn berichtet, Luther wolle zum Konzil kommen; da könne man schon den Mut der deutschen Ketzer brechen, wenn sie auch noch so keck jetzt aufträten; hernach möge der Papst auch gegen England vorgehen. Und obwohl der Kurfürst es kurzerhand ablehnen wollte, so redete Luther samt Melanchthon doch dafür, die Evangelischen sollten ihren guten Willen zeigen, damit nicht die Schuld auf sie fiele und sie nicht widersetzlich gegen den Kaiser erschienen, zumal sie sich bisher auf ein Konzil berufen hätten. „Es brächte auch groß Ärgernis, dass wir zu eben dieser Zeit, so der Türk vorhanden und der Kaiser in Arbeit, sollten das Konzil weigern." So wurde Luther denn beauftragt, die Artikel des evangelischen Glaubens noch einmal zusammenzustellen, damit die Evangelischen auf einem Tage in Schmalkalden darüber berieten und dann dem Konzil etwa gegenüber darauf halten könnten. So schrieb Luther die „Schmalkaldischen Artikel"; die waren schärfer als die Augsburger Konfession gegen das Papsttum gerichtet. Darin heißt's: der Hauptartikel, „auf dem alles steht, was wir lehren und leben", sei, dass der Glaube allein gerecht mache und Christi Werk selig. Damit falle aber der Greuel der Messe und was daran hänge als Geschmeiß an dem Drachenschwanz: Klosterleben, Fegefeuer, Seelenämter und Heiligenverehrung. Das Papsttum sei nicht mehr als ein anderes christliches Pfarramt, es müsste auf freier Wahl der Christen bestehen, die sich ihm etwa unterwerfen wollen; es diene dann freilich nicht zur Einheit, sondern zur Rotterei. Seine Anmaßung, dass die Unterwerfung unter den römischen Papst zur Seligkeit notwendig sei, wäre Widerchristentum. „Das Papsttum ist auch eitel Schwärmerei, indem der (unfehlbare) Papst sich rühmt, alle Rechte seien im Schreine seines Herzens und was er mit seiner Kirche urteilt und befiehlt, solle Geist und Recht sein, wenn es auch wider Gottes Wort ist." Von diesen

Dingen würden freilich die Päpstlichen nicht „das kleinste Gliedlein lassen." – „Das sind die Artikel, darauf ich stehen muss und will bis in den Tod, so Gott will, und weiß darin nichts zu ändern und nachzugeben. Will aber jemand etwas nachgebe, das tue er auf sein Gewissen." Über andere Artikel, wie Sünde, Gesetz, Evangelium, Buße, Taufe, auch Abendmahl, Priesterehe, Kirche, möge man „mit Gelehrten, Vernünftigen oder unter uns selbst" handeln. Freilich meinte Luther: „Der Papst und sein Reich achten derselben nicht viel. Denn *Conscientia* (Gewissen) ist bei ihnen nichts, sondern Geld, Ehre, Gewalt ist's gar."

Die protestantischen Fürsten, die sich mit vielen Gelehrten und vornehmen Herren, auch den Gesandten des Papstes und Kaisers zu Schmalkalden versammelten, erklärten nun, dass es mit dem Konzile nichts sei; denn zum ersten hatte der Papst, wie inzwischen bekannt geworden war, das Konzil ausgeschrieben „zur Ausrottung der lutherischen Ketzerpest", zum andern in einer welschen Stadt, und endlich zu einer Zeit, da Krieg in Italien war. Also war es gewiss, der Papst wolle kein Konzil und besonders kein friedliches, schiedliches, am allerwenigsten aber ein reformatorisches: jedenfalls kein allgemeines, kein freies, christliches, sondern ein päpstliches, welsches. Das hatte Luther schon in den Schmalkaldischen Artikeln erkannt, indem er da betet: „Ach lieber Herr Jesu Christe, halt Du selber Konzilium und erlöse die Deinen durch Deine herrliche Zukunft. Es ist mit dem Papst und den seinen verloren, sie wollen Dein nicht." – Also versagten die protestantischen Fürsten dem Papst den Gehorsam und sagten sich los von seinen Konzilien, wie es Luther in Worms getan.

In Schmalkalden wurde Luther auf den Tod krank. „Das ist der Apfel Adam, der mir im Fleisch steckt und ich kann ihn nicht verzehren: Aber Christus hat ihn verzehrt", war seine Rede. Wie ein Pfahl im Fleisch zermarterte ihn der

Schmerz, sodass er fürchtete von Sinnen zu kommen, aber er sagte: „Christus ist meine Weisheit und mein Gott." Sein Kurfürst besuchte ihn und meinte: „Ich besorge mich, lieber Herr Doktor, wenn Euch Gott hinwegnähme, würde er sein liebes Wort auch mit hinwegnehmen." „Ach nein", sprach Luther, „das wolle Gott nicht, es sind noch viel gelehrte, getreue Leute, die es herzlich gut meinen und wohl verstehen, die sich durch Gottes Gnade zur Mauer machen und darüber halten." – Er hätte es gerne Gott abgebetet und abgemurret, daheim zu sterben, aber sein „Gebet geschah nicht flugs", wie er sagt. Also wollte er heimreisen und fuhr, ehe noch in Schmalkalden ein Beschluss von den Fürsten gefasst war, in einem kurfürstlichen Wagen mit Bugenhagen und andern Freunden ab. Unterwegs wurde ihm wieder wohl; ein Begleiter ritt nach Schmalkalden zurück, um die gute Nachricht zu überbringen. Als dieser dort auch an der Wohnung des päpstlichen Gesandten vorbeigaloppierte, rief er mit lauter Stimme hinauf: „*Lutherus vivit, Lutherus vivit!* Luther lebt, Luther lebt!" Von Gotha schrieb Luther an seine Käthe: „Ich bin tot gewest und hab Dich mit den Kindlein Gott befohlen und meinem guten Herrn, dem Kurfürsten, als würde ich euch nimmer sehen, es hat mich eurer sehr verbarmet. Darum danke Gott und lass die lieben Kindlein mit Muhme Lene dem rechten Vater danken, denn ihr hättet diesen Vater gewisslich verloren. Gott hat Wunder an mir getan und tut's noch durch frommer Leute Fürbitte." Als er am folgenden Tag wieder schwächer wurde und abermals zu sterben glaubte, sagte er zu Bugenhagen: „Ich weiß, Gott sei gelobt! Dass ich recht getan, dass ich das Papsttum gestürmt mit Gottes Wort, denn es ist Gottes, Christi und des Evangeliums Lästerung."

Doch kam er gesund nach Hause. Es ging aber das Gerücht, Luther sei tot, und es kam nach Wittenberg ein Bote aus Tirol, wo auch getreue Anhänger Luthers und seiner Lehre waren, der sollte Luthers Grabschrift für die Tiroler mitbringen. Obwohl er nun Luther am Leben fand, bat er doch um eine Abschrift, damit er die frommen Leute tröste, die sich darum bekümmert hatten; denn die gemeine Sage wäre, dass man eine Grabschrift mit hebräischen, griechischen und lateinischen Buchstaben verfertigt hätte. Luther musste lachen und gab dem Boten ein schreiben mit, also: „Ich Doktor M. Luther bekenne mit dieser meiner Handschrift, dass ich mit dem Teufel, Papst und allen meinen Feinden eines Sinnes bin, denn sie wollten gerne fröhlich sein, dass ich gestorben wäre, und ich gönnte ihnen von Herzen solche Freude; aber Gott hat solche Freude nicht wollen bestätigen, wird's aber tun, nicht zu großem Glück und werden einmal singen: Ach, dass nur der Luther noch am Leben wäre! Das ist die Abschrift von meinem Grabe, deutsch, gräkisch, lateinisch, hebräisch."

Achtzehntes Kapitel

Von Luthers Arbeiten, des Papstes „Nimmermehrkonzil"
und der Ausbreitung der Reformation

Es danke Gott und lobe dich
Das Volk in guten Taten,
Das Land bringt Frucht und bessert sich,
Dein Wort ist wohlgeraten.

L.

Ja, Luther lebte wieder auf und zeigte sich in Wittenberg so lebendig und kräftig tätig wie je zuvor. Er predigte an Sonn- und Wochentagen und zwar so „gewaltig und trefflich", dass sich des Kurfürsten Kanzler höchlich verwundern musste. Bugenhagen nämlich, der Pfarrer von Wittenberg, war lange Zeit in Dänemark abwesend, wo er die Reformation einführen und den neuen Kirchenbau aufrichten half. Darum trat Luther wie schon oft in Wittenberg für ihn ein, predigte und übte Seelsorge. Da werden allerlei liebliche Geschichten erzählt, wie freundlich, geschickt und christlich er die Kranken und Angefochtenen tröstete, sich zutraulich zu ihnen hinsetzte, ihre Leiden sich erzählen ließ und sie ausfragte nach dem, wovon Leidende gerne reden, bis ihnen das Herz ausging, auch das Wort des ewigen Trostes zu vernehmen. So war einmal eine Magd aus seinem Hause aus Trotz fortgelaufen und lag todkrank. Sie ließ Dr. Luther kommen und tat ihm Abbitte, klagte aber, sie habe was Schweres auf dem Herzen, sie hab ihre Seele dem bösen Feinde übergeben. „Das ist nichts!", sagte Luther. Ob sie noch andere Sünden habe? „Ach", jammerte sie, „jawohl; aber das ist ja die größte Sünde, die nicht vergeben werden kann, denn ich habe ja meine Seele weggeworfen!" „Höre", sprach er, „wenn du in meinem Dienst alle meine Kleider einem Fremden geschenkt hättest, würde das wohl gelten?" „Nein!" „Nun, deine Seele gehört dir auch nicht, sondern dem Herrn Christus. Also gilt's auch nicht mit ihr. Sage dem Herrn Christus, er solle wieder nehmen, was ihm gehört, wirf du aber dem Teufel deine Sünde hin, denn die gehört ihm." Da wurde die Magd wieder ruhig. – Ein Weib klagte Luther einmal, sie könne gar nimmer glauben. Er fragte sie: „Könnt Ihr auch noch Euern Kinderglauben?" „Ja!", sprach sie und sagte ihn fein andächtig her: „Ich glaube an Gott, den Vater usw." „Haltet Ihr das für wahr?" „Ja!" „Wahrlich, liebe Frau, da glaubet Ihr stärker denn ich; denn ich muss alle Tage Gott darum bitten, mir diesen Glauben zu mehren." So sagte Luther auch einmal zu Jonas über den Schatz des Glaubens an Christus: „Ja, lieber Dr. Jonas, wenn es einer so könnt glauben, wie's dasteht, so müsst einem das Herz vor lauter Freude springen." Ein andermal fragte er einen Studenten auf dem Sterbebett, was er Gott mitbringen wolle, wenn er jetzt zu ihm komme. „Alles Gutes." „Wieso, da du doch ein armer Sünder bist?" „Ich will ihm ein bußfertig, demütig Herz mitbringen, besprengt mit Christi Blut." „Ja, das ist wirklich alles Gutes", sagte der Doktor, „so fahre hin, lieber Sohn, damit wirst du wohl ankommen und Gott dem himmlischen Vater ein willkommener Gast sein."

Daneben arbeitete Luther fleißig in der lieben Theologie, an Auslegungen der Bibel vor den Studenten und in Büchern, namentlich an der Haus- und Kirchenpostille. Wie viele Schriften er überhaupt geschrieben hat, das wusste Luther selber nicht. Im Ganzen aber sind es mehr, als die meisten ihr Leben lang lesen: fünfundzwanzig dicke Bände reichen nicht aus, sie alle zu umfassen; seit 1516 hat er jährlich fünf bis fünfundzwanzig kleinere und größere Schriften verfasst. Das liebste war ihm freilich seine Bibelübersetzung, die er jetzt noch einmal mit großem Fleiße durchging und verbesserte. Dazu ließ er sich Volkslieder und Volksbücher sammeln, und schrieb selbst viele deutsche Sprichwörter auf, um an ihnen noch deutscher und volkstümlicher schreiben zu lernen; dann sammelte er seine gelehrten Freunde, auch Rabbiner, um sich, setzte sich mit seiner alten lateinischen Bibel und seiner deutschen Übersetzung in ihre Mitte und in dieser Versammlung wurde das Werk herrlich zu Ende geführt.

Auch außerhalb Wittenbergs hatte Luther selber, wie sein Freund Bugenhagen, sich vieler Gemeinden und Länder anzunehmen, ihnen zu raten und zu helfen, wie sie das Evangelium aufrichten sollten. Aber nicht nur das, sondern auch vieler Hilfsbedürftigen, Unglücklichen und Trostlosen nahm er sich barmherzig an. Denn allerlei Leute wandten sich an ihn in allerlei Not und Anliegen, namentlich auch aus der Ferne mit Episteln. Wieviel er angegangen und auch geplagt war, davon sagt er in einem Schreiben: „Ich werde mit Briefen von allen Seiten überhäuft. Alle und jede meinen, nur ihre Anliegen seien es, die der müßige Luther zu besorgen habe, können nicht warten und meinen, es müsse gleich ein Brief wieder da sein, sobald sie nur den ihren abgeschickt. Ich einziger kann ja doch wahrhaftig nicht alle Anliegen aller allein und plötzlich zugleich ausrichten." Aber er half, wo und wie er immer konnte. Er richtete in Seuchen die Ängstlichen auf und nahm sich in teuren Zeiten der Armen an gegen die Kornhändler und zu verschiedenen Malen gegen die Wucherer. Er bat und sorgte für solche, die um ihres Glaubens willen verfolgt und vertrieben waren, für arme Studenten, für Gefangene und Verurteilte, auch für die gedrückten Juden; schrieb Empfehlungsbriefe und herzliche Trostepisteln, so für den Wittenberger Mesner, der lange krank lag; verwendete sich bald für einen alten Schulmeister, bald für eine Pfarrwitwe bei Hofe um ein Gnadengehalt. Dem hartköpfigen Hans Kohlhase von Berlin, der grobes Unrecht erlitten und, weil ihm das Recht verweigert ward, durch eine arge Bande mit Raub und Brand sich selber Recht zu schaffen suchte und Luther um Rat angegangen hatte, schrieb er: „Lasst Euch Euern Schaden von Gott zugefügt sein und verbeißet's um seinetwillen, so werdet Ihr sehen, er wird Euch wiederum segnen." Kohlhase folgte freilich nicht, wurde gefangen und hingerichtet.

Aber wie Luther barmherzig und hilfreich war gegen die Gedrückten und Bedrängten, so war er auch zornig und scharf gegen die Gewalttätigen und Ungerechten; und nicht nur gegen die Wucherer und Geizwänste und die frechen bekehrungssüchtigen Juden, welche in Mähren die Leute zur Sabbatfeier, ja, zur Beschneidung verführten, sondern auch gegen die Großen und Allergrößten trat er mutig und unerschrocken auf, auch wenn sie zu seinen Anhängern gehörten, ja, seine Schützer und Gönner waren. Er schalt und strafte sie, wenn sie taten, was vor Gott und der Welt nicht recht war, oder bat sie auch und mahnte zur Eintracht. An seinen Kurfürsten und dessen Gegner schrieb er in einem Streit mit seinem Vetter Moritz, er bitte aufs höchste, dass sie nicht zu hart und steif sein wollten; an seine „lieben Landesherrn" in Mansfeld, „sie möchten Gott und seinem Wort zu Ehren sich demütigen und untereinander freundlich, wie Gott gern wollte, handeln." Auch gegen die Rechtsgelehrten stritt Luther über die heimlichen Verlöbnisse, denn sie wollten, dass solche gültig seien, Luther aber meinte, die Kinder dürften sich nicht ohne Willen der Eltern verheiraten. Er vermahnte auch zum Gebet und zur Steuer wider die Türken. Die

Kinder solle man den Katechismus lehren, damit sie, wenn sie von den Türken weggeführt würden, ihren Glauben nicht vergäßen. Luther dichtete dazu als ein „Kindergebet" das Liede „Erhalt uns Herr bei Deinem Wort und steur des Papsts und Türken Mord." Damals war nämlich „der allerchristlichste König" von Frankreich mit dem Erzfeind der Christen verbündet und das „allerheiligste Haupt der christlichen Kirche", der Papst, gab heimlich seinen Segen zu diesem Bund gegen den Kaiser.

Da der Kaiser immer wieder darauf ausging, auf einem Konzil, wie er meinte, die Streitigkeiten beizulegen und Luther selber früher auf ein Konzil sich berufen hatte, so gab dieser jetzt wieder eine Schrift „von den Konzilien und der Kirche" heraus, darin sagt er, was Konzilien zu ordnen hätten: nämlich, den alten evangelischen Glauben aufzurichten und christliche Anordnungen nützlich fürs Volk und seine Zucht einzurichten, nicht aber neue Glaubensartikel und Zeremonien aufzuzwingen. Nicht der Papst und die Bischöfe seien die Kirche, wie die päpstlichen meinten und sagten, sondern das heilige christliche Volk, in welchem Christus und der hl. Geist wirke durch Gottes Wort und Sakramente. Auch sonst äußerte er sich über das Konzil und Papsttum, weil der Papst nicht daran wollte aus Furcht, es könnte seiner Macht schaden und eine ernstliche Reformation gefordert werden, und weil es dem Kaiser nur um Unterwerfung der Protestanten und äußere Einheit zu tun war, während er nichts vom Glauben wusste, noch auch wissen wollte. Luther nannte es das „Nimmermehrkonzil" und sagte, der Papst schleppe sich damit, wie die Katze mit ihren Jungen. Ein frei, christlich, deutsch Konzil, diese drei Worte seien dem Papst wie Gift, Tod, Teufel. Es sei nicht wahr, dass der Papst zu Rom das Haupt der Christenheit sei; nicht wahr, dass ihn niemand könne urteilen, richten und absetzen; nicht wahr, dass er das römische Reich den Deutschen übergeben habe; Kaiser Karl der Große habe das römische Reich teils ererbt, teils mit dem Schwert genommen; vom Papst habe er den ledigen Namen Römischer Kaiser erhalten, und der sei den Deutschen so teuer zu stehen gekommen, dass die Kaiser besser dem Papst seine „Schmiere und Krönung" gelassen hätten. Denn die Päpste hätten die Kaiser zu ihren Bütteln gemacht und diesen Dienst mit Schalkheit und Büberei gelohnt. Dazu weist Luther auf die „Papsttreue Hadrians IV. und Alexanders III., gegen Kaiser Friedrich Barbarossa geübt, den trefflichen, treuen, weidlichen, kühnen, sieghaften Fürsten; und solch treuen Mann musst solch fauler Bauch mit Füßen treten!" Wenn Kaiser Karl V. gegen die Evangelischen zu Felde zöge, so sei er nicht Kaiser, sondern Kriegsknecht des Papstes, und dann dürfe man sich gegen ihn stellen.

Es wurden mancherlei Religionsgespräche angestellt, auf denen namentlich Melanchthon und der katholische Eck vermitteln sollten. Besonders 1541 zu Regensburg auf einem Reichstag wurde viel verhandelt und die katholischen wie die evangelischen Lehren vertuscht und abgeschwächt. Luther meinte, das wäre Flickwerk und da gelte Christi Wort von dem neuen Lappen auf dem alten Rock, wo der Riss nur ärger würde. Und so war es. Denn den Papst reuete es bald, als er hörte, was vorgefallen: von Toleranz wolle er nichts wissen; der Glaube sei einer und unteilbar, so müsse auch die Kirche sein. Und Luther hatte recht, wenn er sagte: „Der Päpste Gedanken und Anschläge und Vornehmen ist dahin gerichtet, dass sie eher die Kirche wollen lassen untergehen, wenn sie nur die lutherischen Buben, wie sie uns nennen, vertilgt hätten." Lieber wollte der Papst wenigstens ein paar Millionen Seelen verlieren und so die Einheit der Kirche stören, als von seiner Macht etwas aufopfern und den Christen etwas Freiheit gestalten.

Mit dem Konzil war es darum wieder und wieder nichts; und Luther war damit auch zufrieden, so gut wie der Papst. Dem Kaiser war es freilich nicht recht, denn der wollte absolut die zwei verschiedenen Köpfe unter einen Hut stecken, aber so, dass das Luthertum samt dem deutschen Fürstentum darunter erstickt wäre und das Papsttum und Kaisertum allein die Herrschaft behielte, indem aber der Kaiser über alles seine breite schwere Hand legte. Doch konnte er auch jetzt nichts mit Gewalt ausrichten, denn der Franzose und Türke machten ihm ständig zu schaffen. Der Kaiser brauchte in seinen Kriegen die protestantischen Fürsten und die waren viel besser kaiserlich als die katholischen. Darum gab er noch einmal nach, dass die Protestanten ungestört sein sollten und mahnte nun den Papst zu einem Konzil und einer Kirchenverbesserung. Also hatte die Reformation wieder ihren weiteren Gang.

Im herzoglichen Sachsen starb der grimmigste Feind Luthers, Georg, nachdem vorher schon seine zwei Söhne auch gestorben waren, die noch ärgere Lutherhasser waren als er; und sein Bruder Heinrich, der schon zum Schmalkaldischen Bunde getreten war, wurde Herzog von Sachsen. Um Pfingsten 1539 ließ er sich huldigen und Luther musste nach Leipzig kommen, dort in der vollgepfropften Kirche eine evangelische Predigt halten und die Universität, die so lange feindlich gegen die Wittenberger gewesen war, wurde lutherisch samt dem ganzen Lande, das sich schon lange darnach gesehnt hatte. So war erfüllt, was Luther ein paar Jahre früher, wie man sagte, geweissagt hatte: „Ich sehe, dass Herzog Georg nicht aufhören will, Gottes Wort, seine Predigt und die armen Lutheraner zu verfolgen. Aber ich will's noch erleben, dass er und sein ganzer Stamm untergehen soll und ich will noch Gottes Wort in Leipzig predigen."

Ähnlich ging's in Brandenburg; der Kurfürst Joachim war der lutherischen Lehre so feind, dass seine eigene

Gemahlin Elisabeth, die ihr anhing, fliehen musste und dass er seine Söhne durch einen Eid zum Versprechen zwingen wollte, sie sollten die Reformation nicht einführen. Aber er starb, sein Sohn und Nachfolger ließ dem Luthertum freien Lauf, und sein Volk nahm es begierig auf. Auch der Herzog von Braunschweig, wider den Luther als einen „Hanswurst" geschrieben hatte, war ein Feind des Evangeliums; als er aber die evangelische Stadt Goslar bekriegen wollte, wurde er von dem Landgrafen Philipp und dem Kurfürsten Johann Friedrich aus seinem Lande verjagt. In den Stiftern Magdeburg, Halle und Halberstadt hatte der Erzbischof Albrecht für Geld, das er immer brauchte, den Bürgern erlaubt, sich evangelische Prediger zu berufen, und war mit seinem „beinernen Heiligtum", den 9000 Reliquien abgezogen, um damit in Mainz am Rhein bessere Geschäfte zu machen. Dafür hat ihm aber Luther durch eine Spottschrift, „Neue Zeitung vom Rhein", die Lärmtrommel gerührt: die lieben Rheinländer möchten sich doch ja der armen heiligen Knochen erbarmen und ihnen neue Röcklein machen; Se. Kurf. Gnaden hätten auch noch allerlei neue unerhörte Sächelchen dazu getan: drei Flammen von Mosis Dornbusch, eine Locke vom Bart Beelzebubs, auch ein Quäntchen von seinem eigenen frommen Herzen und ein Lot von seiner wahrhaftigen Zunge: wer solch Heiligtum mit zehn Goldgulden ehre, sei von Sünden frei und dürfe noch zehn Jahre weiter sündigen ohne Schaden an seiner Seligkeit.

Als der Bischof von Naumburg starb, wo schon viele Geistliche das Evangelium predigten, ließ der sächsische Kurfürst Luthers Freund Amsdorf zum Bischof einsetzen, und Luther weihte ihn ein und gab so ein „Exempel, einen rechten christlichen Bischof zu weihen", 1541. Das kündigte Luther der Welt in einer Schrift an: „Wir armen Ketzer haben abermal eine große Sünde begangen wider die höllische, unchristliche Kirche des allerhöllischesten Vaters, des Papstes, dass wir einen Bischof ordiniert und eingeweiht haben ohne Chresem, Teer und Schmer, Weihrauch, Kohlen und was derselben großen Heiligkeit mehr ist."

Auch ein geistlicher Kurfürst, der Erzbischof von Köln, sowie der Bischof von Münster waren daran, ihr Land zu reformieren, und der Kurfürst von der Pfalz tat es wirklich; in Kur-Mainz wurde nach dem Tode Albrechts ein evangelisch gesinnter Nachfolger gewählt. Ja, sogar des Kaisers Bruder Ferdinand, dessen Beichtvater noch auf dem Totenbette evangelisch wurde, war bereit, in Österreich die Protestanten zu dulden. Nur der Bayerfürst wollte seinem Volke nicht erlauben lutherisch zu werden; sonst waren alle bedeutenden Länder und Reichsstätte schon protestantisch.

Über das alles geriet der Kaiser in große Besorgnis. Denn wenn es so fortging, wurde unaufhaltsam ganz Deutschland protestantisch. Die größte Zahl der sieben Kurfürsten waren's beinahe schon und dann wäre kein katholischer Kaiser mehr gewählt oder geduldet worden, die Landesfürsten wären noch mächtiger geworden und der Kaiser noch ohnmächtiger. Daher entschloss sich der Kaiser, so bald als möglich die protestantischen Fürsten und die protestantische Lehre zu unterdrücken; die Abstellung von Missbräuchen wollte er zwar durchsetzen lassen durch den Papst, aber die Protestanten sollten geradeso unter das Papsttum zurückkehren, wie unter das Kaisertum.

Karl schloss Frieden mit den Franzosen und Türken; den Papst bewog er endlich, dass er ein Konzil berief nach Trient; das wurde aber so eingerichtet, dass die Protestanten nicht kommen konnten, wenn sie evangelisch bleiben wollten. Insgeheim gewann der Kaiser den Herzog Moritz von Sachsen zu einem Bündnis, indem er ihm Kursachsen versprach, und rüstete sich heimlich zum Krieg; dagegen waren die Glieder des schmalkaldischen Bundes uneinig, indem jeder befehlen wollte und doch nur einer es konnte: der Landgraf Philipp von Hessen. Aber in arglistiger Weise wusste der Kaiser seine Absichten zu verbergen, zeigte sich den Protestanten gar versöhnlich und freundlich, bis er die Maske abwarf; die Protestanten waren zu gutmütig, ihm Böses zuzutrauen, und zu gewissenhaft, um selber den Krieg anzufangen.

So standen die Sachen, als das Jahr 1546 herankam und Luther sterben sollte.

Neunzehntes Kapitel

Wie Luther stirbt

Gott heilger Geist, du Tröster wert,
Gib dein'm Volk einerlei Sinn auf Erd!
Steh bei uns in der letzten Not.
G'leit uns ins Leben aus dem Tod.

L.

Luther hatte in seinen letzten Lebensjahren neben manchfachen freundlichen und tröstlichen Erlebnissen auch allerhand trübe Stunden und schmerzliche Erfahrungen durchzumachen. Das waren teils solche, wie sie jeder im Alter zu kosten hat, wo die Tage kommen, die einem nicht gefallen, weil die alte Lebenskraft und Lebenslust dahinstirbt und auch die alten Freunde und Verhältnisse absterben, die einem lieb gewesen, während man sich nicht mehr in die neuen Menschen und Dinge recht schicken kann; die Zeit, wo man dann auch verdrießlich und wunderlich wird und empfindlich, wo einem die Welt zu wüst und enge erscheint, namentlich wenn einst der Geist so freudig tätig gewesen ist und noch sein möchte, aber nicht mehr kann. Und solche Zeiten wurden Luther zuteil, indem er gar viel krank war und herbe Schmerzen zu leiden hatte, sodass er klagte, er sei in einem Jahre schon oft gestorben. Es drückten ihn aber auch solche Dinge, die ihm als dem deutschen Reformator besonders nahe ans Herz gingen. Denn vieles war nicht nach seinen begeisterten Wünschen und Hoffnungen gegangen: nur halb war sein liebes Deutschland der Reformation beigetreten, und innerhalb der evangelischen Christenheit war noch manches unfertig und unvollkommen, vieles nur Anfang und Versuch. Doch ist er niemals verzagt, hat nie den Mut verloren, und wenn er auch kein so freudiges Vertrauen mehr in die Menschen und menschlichen Dinge hatte wie in seinen besten Jahren, so hat er doch niemals sein frisches, fröhliches Vertrauen auf Gott verloren und auf sein heiliges und heilsames Walten in der Welt und Kirche. Ja, auch durch die trüben Herbsttage hindurch blitzte noch immer der Sonnenschein seines gläubigen, herzlichen und kindesfrohen Gemütes, dass er auch in den letzten Zeiten immer noch zu einem guten Scherz aufgelegt war.

Um diese Zeit, 1542, starb sein herzliebes Kind, sein „gehorsamstes und ehrerbietigstes" Lenchen, das lebend und sterbend mit Antlitz, Worten und Gebärden ihm so tief ins Herz eingesenkt war, dass er sagte, er und seine Frau könnten ihren Tod nicht ohne Seufzen und Schluchzen des Herzens, ja, schweres eignes inneres Sterben ertragen. Luther aber war jetzt selbst oft krank und fühlte sich müde und schwach. Hatte der alte Kämpfer doch so manche Schlacht geschlagen und manchen Sturm überstanden, und Arbeit und Verdruss gar viel gehabt und überhaupt war „das Alter da, welches an ihm selber alt, kalt und ungestalt, krank und schwach ist." Da sehnte er sich nach Abgeschiedenheit von der Welt und auch nach völligem Abscheiden, um bei Christo zu sein. „Ich alter, abgelebter, fauler, müder, kalter Mann hatte gehofft, man solle mir ein wenig Ruhe gönnen; aber ich werde dermaßen überhäuft mit Schreiben, Reden, Tun und Handeln, als ob ich nie etwas gehandelt und geschrieben, geredet und getan hätte. Aber Christus ist mir alles in allem, der es tun kann und auch tut." Am liebsten hätte er sich aufs Land zurückgezogen: „Ich wünschte in diesen Tagen das Vergnügen des Alters zu genießen, und in den Gärten die Wunder Gottes zu betrachten an dem Sprossen der Bäume, Blumen und Kräuter, und auf dieses Vergnügen, ja auf diese Muße hätte ich Anspruch." Aber so gut wurde es ihm nicht, er musste fort arbeiten, kämpfen, leiden. „Ich meinte", musste er klagen, „vollends Ruhe und Frieden zu haben und darin entschlafen zu dürfen; aber ich muss immer in Unruhe leben." So war's ihm denn ein angenehmes Gebet, zu sagen: „Lieber Vater, spann mich aus, ich habe mich in der Welt müde gezogen", und zu singen sein Simeonslied: „Mit Fried und Freud fahr ich dahin!"

Namentlich die Bürger und Studenten in Wittenberg gaben ihm durch ihr ungeistliches, üppiges Leben manchen Anlass zum Verdruss und Tadel; wie denn auch sonst natürlich das evangelische Volk nicht gleich und völlig heilig und christlich lebte, und nicht recht reif war für die evangelische Freiheit des Glaubens und der Kinder Gottes, sodass er vielfach über den Undank gegen das Evangelium klagte und einmal sogar im Unwillen sagte: „Wenn ich es vor meinem Gewissen verantworten könnte, so würde ich dazu raten und helfen, dass der Papst mit all seinen Greueln wieder über uns kommen möchte; denn so will die Welt regiert sein: mit strengen Gesetzen und Aberglauben." „Die Menge muss einen Moses mit Hörnern haben." Bei diesen Äußerungen ist freilich zu bedenken, dass Luther bei seiner Kränklichkeit und seinem beschwerlichen Alter auch manches viel schlimmer und schwärzer ansah, als in früheren Jahren und als es in der Tat war.

Seine eigenen Anhänger machten ihm die schwersten Stunden. So der Landgraf Philipp, den Melanchthon eine Art deutschen Alribiades nannte. Der hatte Luther und Melanchthon mit Ehesachen in einen so ärgerlichen Handel verwickelt, dass Melanchthon auf den Tod krank wurde; und durch Luthers energisches Gebet und scharfe Bedrohung des todesmatten Freundes wurde dieser erst wieder der Unterwelt aus dem Rachen gerissen. „Allda musste mir unser Herrgott herhalten", erzählte Luther, „denn ich warf ihm den Sack vor die Türe und rieb ihm die Ohren mit allen Verheißungen des Gebets, das da musste erhört werden." Den Melanchthon, der abscheiden wollte, sucht er an: „Mitnichten! Du musst unserm Herrgott noch weiter dienen!" Da wachte der Kranke aus seiner Betäubung auf, und als er sich weigern wollte zu essen, sagte Luther: „Hörst du, Philipp, du musst kurz und gut essen, oder ich tue dich in den Bann!" Das half, und es wurde besser mit ihm. Überhaupt hatte Luther von Melanchthons Weichmütigkeit und Nachgiebigkeit manches zu leiden, und böse Zungen suchten noch Zwietracht zwischen die zwei großen Männer zu säen; freilich vergebens.

Andere Prediger dagegen, wie Agrikola, wollten lutherischer sein als Luther selbst, indem sie seine Lehre vom Glauben und Rechtfertigung übertrieben und predigten: für Christen sei nur das Evangelium, das Gesetz gehöre nicht in die Kirche, sondern aufs Rathaus. Auch mit den Schweizern brach der Sakramentsstreit wieder los. Dazu waren die evangelischen Fürsten nicht recht einig, und der Kaiser drohte mit Krieg, verfolgte auch in seinen Landen die Lutheraner mit Feuer und Schwert. Der Papst aber zeigte sich im Vertrauen auf den Kaiser immer trotziger und anmaßlicher, und die Gegensätze zwischen Lutherischen und Päpstlichen schärften sich immer mehr, sodass Luther sagte: es sei nicht eine Komödie unter den Menschen, sondern ein Trauerspiel zwischen Gott und Satan.

So ernst hatte Luther freilich zeitlebens den Kampf mit dem Papsttum gefasst und darum mit scharfen Waffen und heiligem Zorn ihn geführt. Und so kämpfte er auch noch in den letzten Tagen. So war im Jahre 1545 eine welsche

Schrift erschienen, dass Luther unter greulichen Zeichen verstorben sei. Die gab Luther heraus und setzte dazu, dass er sie fröhlich gelesen habe „und tut mir's sanft, dass mir der Teufel und seine Schranzen, die Papisten, so herzlich feind sind. Gott bekehre sie!" Zum letzten Male schrieb er eine heftige, derbe Schrift, in der er seinen ganzen Zorn zusammennimmt: „Wider das Papsttum zu Rom vom Teufel gestift"; worin er ausführt, dass „vor Constantin der schwarze Teufel wütete mit dem Schwert; hernach aber kam der weiße Teufel mit Menschengeboten und Satzungen". In dieser Schrift waren zwar viele „böse Worte", aber sogar König Ferdinand meinte, wenn diese heraus wären, hätte der Luther nicht übel geschrieben. Doch sein Kurfürst nahm Luther wider die Anklagen seiner Heftigkeit und Derbheit in Schutz und sagte: Luther müsse so reden, weil er nicht das Papsttum bekehren wolle und könne, sondern nur seine Unchristlichkeit und Widersetzlichkeit aufdecke. Und auch Luther wusste und „weissagte von dem wüsten, wilden Weg der Zukunft des Papsttums: Es wird wieder in den Sattel kommen, ärger werden, sich verdoppeln und Deutschland in ein Blutbad bringen." Von sich selber aber meinte Luther, er müsse zürnen, wo es die Seele und Hölle gelte. Sein Zorn ging eben aus einem tiefen Weh hervor: „Mit großem Herzeleid und Angst denk ich des Nachts, wie den Papisten möchte geholfen werden; mein Herz im Leib erzittert, wenn ich an sie denke. Denn wenn jetzt einer die Welt des Papsttums mit rechtem Ernst anschaut, so wär nicht Wunder, dass er im Nu vor Schmerz stürbe." Auch war es Luthers Natur so zu zürnen, ein guter Zorn erfrische, sagt er selbst, sein Geblüt, schärfe ihm den Geist und vertreibe ihm die Anfechtungen, den brauche er, wenn er gut schreiben, predigen und beten wolle. Sein Zorn am rechten Ort wäre ein Geschenk Gottes. Und das war er auch in der Tat, denn ohne diesen kräftigen heiligen Zorn, diese fromme feurige Leidenschaft wäre Luther nicht Luther gewesen und nicht Reformator geworden, der unerschrockene und unermüdliche Kämpfer gegen Ablass und Papsttum, gegen Lüge und Unrecht, vom Allerheiligentage 1517 an bis zu seinem Tode.

Doch das letzte Werk des streitmüden Helden war ein Friedenswerk, wie er ja solche auch sonst nicht wenige gefördert und vollbracht hat. In seinem „Vaterland" Mansfeld, an das er immer sehr anhänglich war, ging es übel her. Der Graf Albrecht regierte gewalttätig, darum hatte ihm Luther mehrmals mahnende Briefe geschrieben. Nun fing er aber auch Streit an mit seinen Brüdern über allerlei Gerechtsame. Da wurde Luther zur Vermittlung eingeladen. Obgleich er krank war, ließ er sich bereit finden und schrieb: „Ich will gerne acht Tage dran wagen, wiewohl ich viel zu tun habe, damit ich mich mit Freuden in meinen Sarg legen möge, wenn ich zuvor meine lieben Landesherrn vertragen und freundliches, einmütiges Herzens gesehen habe." So kam Luther im Herbst und dann mitten im eisigen Winter zur Weihnachtszeit 1545 nach Mansfeld. Da dies nichts geholfen, machte er im Januar 1546 noch eine dritte Reise.

Er dachte daran, dass das seine letzte Reise wäre. Denn als in der Nacht vorher ein großer Fall geschehen war, sagte er: „Erschrecket nicht, denn dieser Fall bedeutet mich, dass ich bald sterben werde. Bittet unsern Herrn Gott, dass er mir ein gnädiges Sterbestündlein verleihe. Ich bin der Welt müde, so scheiden wir uns desto lieber, wie ein reicher Gast aus einer schlechten Herberge." Er war überhaupt längst zum ewigen Abschiede bereit. „Schlag Herr, lieber Herr Jesu", sagte er, als er 1540 Schwindel und Brausen bekam und einen Schlagfluss erwartete, „ich bin fertig, weil ich auf Dein Wort absolvieret und mit Deinem Fleisch und Blut gespeist und getränket bin." Auch sein Testament hatte er gemacht 1542. Darin vermachte er seiner Käthe zum Dank, „dass sie ihn als ein fromm, treu ehelich Gemahl allezeit lieb, wert und schön gehalten, zum Leibgedinge das Gütlein Zulsdorf und seine Kleinodien, damit sie nicht den Kindern, sondern die Kinder ihr in die Hände sehen müssten, sie in Ehren halten und unterworfen sein, wie Gott geboten hat." Er schrieb selbst das Vermächtnis ohne Notar, denn er meinte, seine Person sei „wohlbekannt im Himmel und auf Erden und in der Hölle"; habe ihm doch Gott das Evangelium und Testament als seinem Notar vertraut, das durch ihn viele angenommen, die ihn für einen Lehrer der Wahrheit achten trotz Papstes Bann und Kaisers, Könige, Fürsten, ja, aller Teufel Zorn; so solle man ihm auch in dieser geringen Sache trauen und seiner Handschrift, die ja auch wohl bekannt sei.

Da er also vorbereitet war, so reiste Luther getrost gen Eisleben mit seinen drei Söhnen, denen er seine Heimat zeigen wollte, und ihrem Hauslehrer Rutfeld. Unterwegs wurde er aber durch eine Überschwemmung der Saale und Mulde in Halle zurückgehalten und blieb daselbst bei seinem Freunde Justus Jonas und predigte. Von Halle schrieb er auch an seine Käthe: „Es begegnete uns eine große Wiedertäuferin mit Wasserwogen und Eisschollen, die das Land bedeckten. Die dräuete uns mit der Wiedertaufe. Müssen also zwischen den Wassern stille liegen. Nicht, dass uns darnach dürstete, sondern nehmen gut torgisch Bier und rheinischen Wein dafür, damit laben und trösten wir uns dieweil, ob die Saale wollte wieder auszürnen." Zu seinen Freunden sprach er: „Ich ziehe jetzt dahin nach Eisleben, will die Grafen von Mansfeld, meine Landesherren, vertragen helfen. Da Christus den himmlischen Vater und das menschliche Geschlecht versöhnen und vertragen wollte, musste er darüber sterben. Gott gebe, dass es mir auch so geht!" Anfang Februar kam er, begleitet von Jonas, in Eisleben an.

Von dort schrieb Luther noch öfters an seine Frau, die begreiflicherweise in Sorge um ihn war, namentlich da er sich unterwegs erkältet hatte. Er suchte ihre Sorgen zu verscheuchen: „Du willst sorgen für Deinen Gott, gerade als wäre er nicht allmächtig, der da könnte zehn Doktor Martin schaffen, wo der einige alte ersöffe in der Saale oder im Ofenloch oder auf des Wolfs Vogelherd. Lass mich in Frieden mit Deiner Sorge, ich hab einen bessern Sorger denn Du und alle Engel sind. Der liegt in der Krippen, sitzet aber gleichwohl zur rechten Hand Gottes des allmächtigen Vaters." Sodann schreibt er „der heiligen sorgfältigen Frau Katharin Lutherin, Dr. Zulsdorferin zu Wittenberg: Allerheiligste Frau Doktorin! Wir danken gar freundlich für Eure Sorge, davor Ihr nicht schlafen könnt, denn seit der Zeit Ihr für uns gesorgt habt, wollte uns ein Feuer verzehren in unsrer Herberg hart vor unsrer Stubentür, und gestern, ohn Zweifel aus Kraft Eurer Sorge, hat uns schier ein Stein auf den Kopf gefallen im Gemach und zerquetscht, wie in einer Mausfalle. – Ich sorge, wo Du nicht aufhörst zu sorgen, es möchte uns zuletzt die Erde verschlingen. Lehrst Du also den Katechismus und den Glauben? Bete Du und lass Gott sorgen!"

Luther redete in Eisleben den streitenden Grafen einzeln zu und sagte, wenn sie ihr Recht ablegten, kämen sie bald zu ihrem Recht. Wenn man einen Baum in die Stube bringen wolle, so dürfe man ihn nicht am Wipfel anfassen, sondern am Stamm, dann lassen sich die Ästlein fein zusammenbeugen. Aber die Versöhnung wollte nicht recht glücken, weil Juristen und Juden die Hände im Spiele hatten. Da, sagte Luther, könne man verstehen, warum Christus den Reichtum Dornen nenne. Luther war schon dran, im Zorn den Wagen zu schmieren und drohte abzufahren. Das wirkte und der Vertrag kam zustande. Die Gräfin Albrecht war der Einigkeit von Herzen froh und ließ der Frau

Lutherin Forellen als Verehrung schicken. Luther selbst freute sich sehr, dass ihm das Friedenswerk gelungen war, und wollte nun, wie er sagte, sich nach Wittenberg machen, sich in einen Sarg legen und den Würmern einen feisten Doktor zu speisen geben. Aber am selbigen Tag, den 17. Februar, wurde er abends krank, nachdem er vor drei Tagen sein Predigen in Eisleben hatte abbrechen müssen vor Schwachheit. Vormittags hatte er in seiner Stube geruht und zum Pfarrer Cölius von Eisleben gesagt: „Ich bin hie in Eisleben getauft; wie, wenn ich hie bleiben sollte?" Abends aß er mit den andern, denn „Alleinsein bringt keine Fröhlichkeit", sagte er und redete über Welt, Tod und ewiges Leben. Da zeigte er an einem gar lieblichen Exempel, dass die seligen einander wieder erkennen: wie Adam, als er aus seinem Schlafe erwachte, Eva erkannte als Fleisch von seinem Fleisch und Bein von seinem Bein, also werden auch wir uns, sagte Luther, untereinander kennen von Angesicht und besser denn Adam und Eva.

Dann ging er mit seinen zwei jüngeren Söhnen und dem Pfarrer in sein Stüblein und legte sich nach seiner Gewohnheit ans Fenster zu beten. Da kamen ihn heftige Brustschmerzen an. Aber als man ihn einrieb, so schlief er ein bis zehn Uhr; stand dann auf, ging umher und betete wieder: „In Deine Hände befehl ich meinen Geist, Du hast mich erlöset, Du treuer Gott! – Walt's Gott, ich gehe zu Bett." Dann gab er vom Bett aus nach seiner Gewohnheit den Freunden die Hand zur guten Nacht und sagte: „Dr. Jonas und Mag. Cölius und ihr andern, betet für unsern Herrn Gott und sein Evangelium, dass es ihm wohl gehe, denn das Konzilium zu Trient und der Papst zürnen hart mit ihm." Dann schlief er, bis der Zeiger ein Uhr zeigte, da wachte er auf und klagte über schweres Brustweh. Die Grafenleute, Ärzte und Freunde kamen und wandten allerlei Mittel an; währenddem betete er: „O himmlischer

Vater, Gott alles Trostes! Ich danke Dir, dass Du mir Deinen lieben Sohn offenbaret hast, Jesus Christus, an den ich glaube, den ich gepredigt und bekannt habe, den ich geliebet und gelobet hab; ich bitt Dich, Jesu Christ, lass Dir meine Seele befohlen sein. O himmlischer Vater, ob ich schon den Leib muss lassen und aus diesem Leben hinweggerissen werden, so weiß ich doch gewiss, dass ich ewig bei Dir bleibe und mich niemand aus Deinen Händen reißen kann." Alle Mittel halfen nichts; der Todesschweiß trat ihm auf die Stirne, er lag im Sterben. Er betete noch Bibelsprüche: „Also hat Gott die Welt geliebt" und „Vater, in Deine Hände befehle ich meinen Geist." Dann wurde er still. Da fragten ihn der Pfarrer und Jonas mit lauter Stimme: „Ehrwürdiger Vater, wollet Ihr auf Christum und die Lehre, die Ihr gepredigt habt, beständig sterben?" Da antwortete er „Ja", fiel auf die Seite und schlief. Nach einer Viertelstunde atmete er tief auf und aus. Er war gestorben. Das war am 18. Februar 1546, morgens zwischen zwei und drei Uhr.

Viele vom Adel und Grafenhaus kamen, Luther nochmals zu sehen. Dann wurde sein Leib in einen zinnernen Sarg gelegt und am folgenden Tag eine Leichenfeier in der Eislebener Stadtkirche gehalten, wo er getauft war. Der Kurfürst von Sachsen aber wollte, dass Luther in Wittenberg beigesetzt würde, wo er so lange gewirkt und von wo das Licht des Evangeliums ausgegangen war. Also wurde der Sarg unter großem und ehrenvollem Geleit dahin geführt. In den Dörfern, durch welche der Zug kam, läuteten die Glocken, in Halle kam ihm der Rat und die Geistlichkeit, die Schuljugend und Einwohnerschaft entgegen und hielten wieder eine Leichenfeier in der Stadtkirche. Am 22. Februar morgens kam der Trauerzug nach Wittenberg, wo ihn wieder Universität, Rat und Bürgerschaft empfingen und nach der Schlosskirche geleiteten. Voraus zogen die Geistlichen, Lehrer und Schüler und sangen

Begräbnislieder. Hundert Reisige ritten dem Sarge voran, hinter ihm fuhr Frau Lutherin in ihrer Witwentrauer mit einigen Freundinnen nach damaliger Sitte auf einem Wägelein, dann kam die Verwandtschaft, darauf die Professoren der Hochschule, der Rat, die Studenten, zuletzt die Bürger und Bürgersfrauen, alt und jung, alles laut weinend und wehklagend. In der Schlosskirche hielt Dr. Bugenhagen die Leichenrede über 1. Thess. 4, 13–18; Melanchthon aber sprach im Namen der Universität die Gedächtnisrede lateinisch und führte das wahre Wort des berühmten Erasmus an, der Luthers Freund nicht gewesen war: „Gott hat dieser Zeit wegen ihrer großen Krankheit einen scharfen Arzt gegeben." Melanchthon selbst bezeugte Luther, dass er heftig, aber auch mächtig, wie Elias, gewesen, dass er ein Herz ohne Falsch gehabt und trotz aller Kraft und Würde nicht stürmisch oder zanksüchtig, sondern gütig und leutselig und freundlich gewesen sei. „Wir haben", klagte er, „ihn verloren, der wie Elias seines Volkes Wagenburg und Vater war. Aber er ist dort den teuren Propheten gesellt, als ihr Genosse von ihnen begrüßt."

Dann wurde der Sarg in die Gruft gesenkt und die Erde schloss sich über dem gewaltigsten Mann, der seit der Apostelzeit in der Kirche aufgestanden ist.

Letztes Kapitel

Und wie er lebt

Was ich getan hab und gelehrt,
Das sollst du tun und lehren,
Dass Gottes Reich gemehret werd
Zu Lob und seinen Ehren:
Und hüt dich vor der Menschen Gsatz
Davon verdirbt der edel Schatz.
Das lass ich dir zuletze.

L.

Auf Luthers Grabe stand ein Jahr darauf Kaiser Karl als Sieger über die deutschen protestantischen Fürsten. Als der spanische Herzog Alba ihm riet, die Gebeine des Erzketzers auszugraben und zu verbrennen, weigerte sich der Kaiser: sein einstiger mächtiger Gegner flößte auch im Tode ihm noch Ehrfurcht ein. Der Herzog Moritz von Sachsen war um den Judaslohn von Länderbesitz von der protestantischen Sache abtrünnig geworden und hatte hauptsächlich die Niederlage seiner Glaubensgenossen verschuldet; er wurde aber fünf Jahre später durch Luthers Geists, der im deutschen Volke lebte und um Sühne schrie, gezwungen, seinen einstigen Lehrmeister in der Politik und Verbündeten im Krieg, den Kaiser Karl, zu einem Religionsfrieden zwischen den Altgläubigen und den Evangelischen zu nötigen. Dieser Religionsfriede von Augsburg (1555) gilt heute noch, nachdem er freilich viel und lang gestört worden ist durch die Jesuiten, die damals grade auskamen. Als aber dieser Religionsfriede erreicht war, dankte der alte Kaiser ab und ging ins Kloster: umgekehrt wie Luther; der hatte in seiner Jugend an der Welt verzweifelt, war aber als reifer Mann herausgetreten in die Welt, hat sie reformiert, hat durch den Glauben ein neues Wesen geschaffen und eine Kirche gegründet und seines Geistes Stempel ihr aufgedrückt, unverwischbar; und sein Werk hat er als ein gottgewolltes bekannt und sich selbst als Gottes Rüstzeug bis an sein Ende, hat gelebt und ist gestorben darauf, und hat niemals einen Widerruf getan. Kaiser Karl aber, der in seiner Jugend- und Manneszeit die Welt gestalten wollte nach seinem weltlichen Sinn und die alte Kirche erhalten wollte, nicht durch den Geist des Glaubens, sondern durch die arge List und Gewalt der Politik, er sah am Ende seines Lebens, dass er vergeblich gearbeitet, dass er falsch gerechnet, dass er sich törichterweise dem Geist der Zeit und Gottes widersetzt hatte. Das gestand er vor aller Welt öffentlich ein, indem er sein Werk und Reich im Stiche ließ, die Krone niederlegte und die Mönchskutte anzog.

Ja, Luthers Werk ist ein bleibendes, denn es ist ein göttliches, aus Gottes Wort und Willen gegründet. Und es ist ein großes Werk, nicht bloß ein Einreißen von altem, faulem Wesen und ein Losreißen von welschem, unchristlichem, tyrannischem Regiment, sondern auch ein Aufbauen eines neuen Kirchentums, eines Gottesdienstes und einer Gottesgelehrsamkeit im Geist und in der Wahrheit und einer Kirchenordnung voll Freiheit und Volkstümlichkeit. Und nicht nur für die deutschen Protestanten ist Luther und das Luthertum zum Heile gewesen, sondern auch für die deutschen Katholiken: vergleichet nur den deutschen Katholizismus mit dem in den welschen Ländern! Aber noch über Deutschland hinaus hat er gewirkt: sehet hin über die Länder und Meere; alle verwandten

Stämme der Deutschen haben die Reformation angenommen. Ja, ein Segen ist er geworden für die ganze Christenheit, die katholische, wie die protestantische; auch die päpstliche Kirche wurde durch ihn wider Willen zu Reformen gezwungen: vergleichet nur die Geschichte der Kirche nach Luther mit der vor seinem Auftreten. Zur Zeit als Martin Luther ins Kloster trat, hat der berühmte Geiler von Kaisersberg vor Kaiser Max und allem Volk gepredigt: „Weil Bischof, Kaiser und König nicht reformieren unser geistlos, verrucht, gottlos Leben, so wird Gott einen erwecken, der wird die gefallene Religion wieder aufrichten"; und hundert Jahre nachher bekannte der größte Lutherfeind, der Jesuit und Kardinal Bellarmin: „Einige Jahre, bevor die lutherische Ketzerei entstand, war kein Ernst in dem Kirchenrecht, keine Zucht in den Sitten, keine Gelehrsamkeit in der Schrift, keine Ehrfurcht in göttlichen Dingen, ja, es war fast keine Religion mehr; vielmehr waren alle Arten von Sünden und Lastern im Schwange." So ward nach dem eigenen Geständnis der Feinde Geilers Weissagung erfüllt in Luther: der hat die gefallene Religion wieder aufgerichtet auch in der katholischen Kirche, wie in der evangelischen.

Warum aber hat Luther dieses Große alles vermocht?

Er war in erster Linie ein echter Christ, der die Höhen und Tiefen der Religion erfasst hat mit seinem klaren scharfen Geist, seinem wahren empfindsamen Gewissen, seinem tiefen warmen Gemüte, seinem starken heiligen Willen; der die Höllenfahrt der Buße und die Himmelfahrt des Glaubens durchlebte in schweren Anfechtungen und seligen Offenbarungen; der den reichen Schatz seines inwendigen Lebens und seiner Forschungen in Gottes Wort verkündet hat mit der heiligen Begeisterung und feurigen Beredsamkeit eines Propheten, mit der Glaubensgewalt und Überzeugungskraft eines Apostels.

Und er war ein echter Deutscher, voll der Innigkeit und Kindlichkeit, der Treue und Ehrlichkeit, dem heiligen Ernst und dem leidenschaftlichen Trotz, voll des Weichmuts und „tapfern Zorns", der sinnigen Beschaulichkeit und grübelnden Gewissenhaftigkeit des Deutschen, voll seiner Hingebung ans Ganze und Aufopferung fürs Große: Luther war ausgerüstet mit all dem, was unserm deutschen Volke als sein schönstes und bestes Erbe eigen ist. Deutsch ist seine Heimat- und Vaterlandsliebe, seine Verehrung für Kaiser und Fürsten, und wieder seine Hingebung ans Volk; deutsch ist sein Familiensinn und Familienleben, seine Freude an der Natur und der Musik. Deutsch auch ist seine Frömmigkeit, sein kindlicher traulicher Verkehr mit Gott und doch wieder der tiefe Ernst für das Heilige und Seelenheil.

Luther aber war endlich ein echter Mann, ein ganzer Mann, ein großer Mann. Mannhaft ist sein gesamtes Auftreten: nicht jugendlich unzeitig stürmt er ins Leben, sondern langsam reift seine Überzeugung, männlich entschieden ist sein Auftreten, fest und stark, unentwegt bleibt er bei der erkannten Wahrheit, und keine Drohung, keine Schwierigkeit, keine Enttäuschung vermag ihn davon abzulenken. Und ein ganzer Mann war er: nicht bloß Gelehrter oder Theologe, nicht bloß Erneuerer der Kirche, sondern ein Mann des Lebens, der auf die verschiedensten Gebiete, auf Schule und Gemeinde und Staat, mit gesundem Urteil und praktischem Griff erneuernd, anregend, schöpferisch einwirkte. Er war ein Mann, der sein Volk verstand und ihm ein Bewusstsein um sich selbst, um seine Schäden und Bedürfnisse, um seine Vorzüge und Fehler beibrachte, ein Volksmann, der im Volke wurzelte, aber über alles Volk eines Hauptes Länge emporragend sein Führer und Fürst im geistigen Leben wurde. Er war ein Mann, der die Zeit begriff und den die Zeit wieder begriff, der aber doch auch der Zeit neue Bahnen vorschrieb und ebnete, auf denen sie jahrhundertelang sich fortbewegen musste. Kurz, er war ein großer Mann, den mit kleinlichen Worten erheben zu wollen ebenso töricht wäre von seinen Freunden, als es töricht ist, wenn ihn seine Feinde mit läppischen Verleumdungen meinen heruntersetzen zu können.

Ein solcher Mann aber kann nicht sterben und darf nicht sterben, er wird leben, ob er gleich starb, leben in seinem Werk und Volke, und wieder auferstehen, wenn er gestorben und vergessen scheint. Das ist er nun zwar unter uns und in dieser Zeit nicht, aber kräftiger und heller dürfte sein Geist wohl in unsrem Geschlechte weben, und deutlicher dürfte er wohl in unserm Bewusstsein stehen, heute, wo bei vielen das protestantische Gefühl verwischt ist und selbst bei solchen ermattet, die sich mit Nachdruck nach seinem Namen nennen. Da tritt denn zur rechten Stunde, wie vor 34 Jahren sein vierhundertjähriges Geburtsfest, jetzt der vierhundertjährige Geburtstag seines Werkes, der Reformation, mahnend herein in unser Volk, dass die Erinnerung an Luther, den wahren Christen, den rechten Deutschen, den großen Mann sich erneuere und belebe, dass man wieder lerne und erfahre, was er gewesen ist und getan hat für Deutschland, für den Protestantismus, für die Christenheit, dass man nicht nur ein paar verwässerte geistliche Lieder von ihm kennt oder einige apokryphische weltliche Sprüche, oder ein schlechtes Holzschnitzbild, oder gar Schmähschriften giftiger Gegner, sondern dass das deutsche evangelische Volk an den herrlichsten Kleinodien seiner reichen geist- und gottesmächtigen Schriften und an seinem wunderbaren großartigen Lebensbilde sich erfreue, erbaue, erhebe und begeistere; ja, dass Luthers Geist und Werk aufs neue auflebe in seinem Volk und seiner Kirche.

Die katholische Kirche weiß zahllose Heilige ihres Glaubens zu feiern im Kalender und in Festen, in Legenden und glänzenden Bildern; auch unser protestantisches Volk hat außer den allgemein-christlichen frommen Männern und Frauen noch seine besondern Helden der Kirche und sollte sie feiern und verehren, wenn es sie auch nicht anbetet. Der größte Held der protestantischen Kirche ist aber Dr. Martin Luther, und sein Fest, sein Jubiläum müssen wir feiern mit dankbarer Verehrung. Zu ihren Jubelfesten pflegt die katholische Kirche die Reliquien, die Gebeine und Kleiderstücke und Marterwerkzeuge ihrer Heiligen auszustellen und einen Ablass zu verheißen aus dem „überflüssigen Schatz und Verdienst" ihrer „guten Werke"; und das katholische Volk wallfahrtet dahin, um sich Heil und Heilung von allerlei Schäden und allerlei geistlichen Segen zu holen. Solche Totengebeine, solche sinnlichen Erinnerungzeichen brauchen wir nicht auszustellen, es gibt Besseres und Köstlicheres für uns: Luthers Leben und Schriften, sie sind ein reicher Schatz und Verdienst, sie sind ein Erbe und Vermächtnis für uns und seine Tat der Reformation ein gottbeglaubigtes und gottgewolltes „gutes Werk". Dieses Leben und Werk seines Helden und Heiligen wird in diesem Jubeljahr wieder ausgestellt vor dem deutschen Volk; nun mag es kommen, und sich aus diesen lebendigen und geistigen Reliquien, aus diesem überfließenden Schatz seiner Verdienste Segen holen und Heil, und Heilung von manchen Schäden in Herz und Haus, in Gemeinde und Schule, in Kirche und Staat!

Möchte sich das Reformationsjubiläum als ein solch heilsames Fest erweisen, möchte die Gabe der Reformation in der Vergangenheit als eine Aufgabe für die Zukunft erfasst werden, und das Wort und die Weissagung eines Zeitgenossen Luthers in Erfüllung gehen: „Dieser Dr. Luther ist gar nicht gestorben, wird und kann nicht sterben; denn seine Schriften sind des lebendigen Geistes

Gottes Schriften, der wird sich bei vielen recht regen und beweisen, bis Christus kommt und mit dem Glanz seiner Herrlichkeit den Antichrist gar aufreiben wird, wie die Sonne die Finsternis!"